KB267145

아슈레이 세계

나메스
나유
벤항일
리사다임
리튜나스
유린의 땅
(아슈레이 중간지대)
리치온산맥
카브리스
테리온
카르모니아
수도 키리엔
수도 나카리안
에사
자유도시 레카
제국수도 카드미엘
하나스
도르티
케슈튼
수도 알리아
요하엘
셰비
대하 나하르
유탄
리튠
자노아
갈리아 계곡
아셀
2000. 10. 15

아슈레이
The Wind of Ashurei

8

완결

아슈레이 8

김우인 판타지 장편 소설

초판 1쇄 찍은 날 | 2002년 3월 4일
초판 1쇄 펴낸 날 | 2001년 3월 14일

지은이 | 김우인
펴낸이 | 서경석

편집장 | 문혜영
편집책임 | 권민정
편집 | 허경란, 장상수, 박영주, 김희정
마케팅 | 정필, 강양원, 김규진

펴낸곳 | 도서출판 청어람
등록번호 | 제1081-1-89호
등록일자 | 1999. 5. 31
어람번호 | 제1-0217호

주소 | 경기도 부천시 원미구 심곡1동 350-1 남성B/D 3F (우) 420-011
전화 | 032-656-4452 팩스 | 032-656-4453
E-mail | eoram99@chollian.net

ⓒ 김우인, 2001

값 7,500원

ISBN 89-5505-044-5 (SET)
ISBN 89-5505-309-6 04810

김우인 판타지 장편 소설

아슈레이

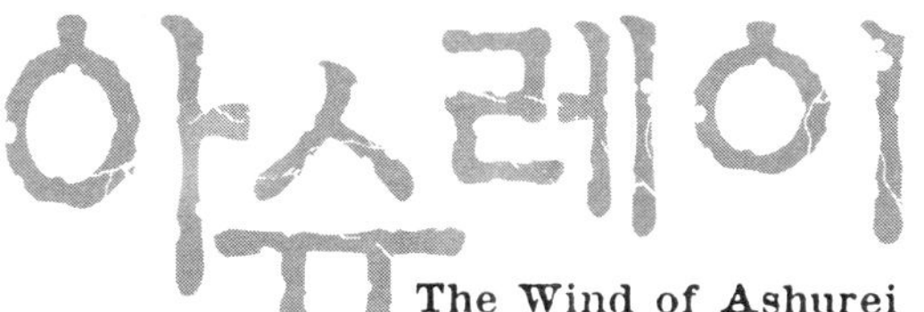

The Wind of Ashurei

8

완결

바람의 주인

도서출판
청람

목차

제1장
나유에서 온 사신

The Wind of Ashurei

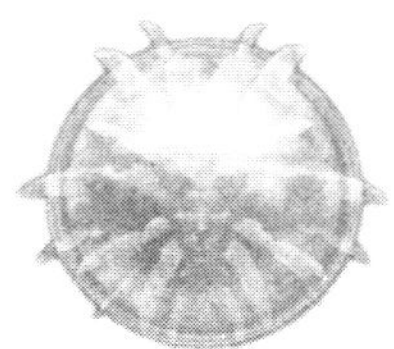

아슈레이 대륙에서 가장 큰 나라이자 가장 큰 영향력을 가지고 있는 나라 가이칸 제국.

그 가이칸 제국의 황제가 사는 수도 카드미엘의 한가운데에는 제국의 황제가 일 년의 대부분을 머무는 웅장한 황제궁이 서 있다.

카드미엘의 황제궁은 가이칸에서 가장 아름다운 궁전은 아니었지만 대신 가장 웅장하고 규모있는 성이라 일컬음을 받고 있다.

그곳에서 일하는 이들은 어느 누구든지 코를 하늘로 쳐들고 우쭐거려도 수도에 사는 사람에게라면 절대 인정받을 수 있을 정도였다.

가이칸 내에서도 제국의 황제가 기거하는 성에서 일한다는 것만큼 영광스러운 일은 없을지도 모른다.

그들이 모시는 대상은 최고의 핏줄을 타고 내려온 신의 대리자와도 같은 황제와 그의 멀고 가까운 식솔들, 그리고 황제를 보좌하는 최고의 귀족들.

그것에 자부심을 가지지 못하는 사람들은 없을 것이다.

하지만 태자궁에서 일하고 있는 몇몇 사용인들에게 그런 자부심을 과연 가져도 될지 고민하게 만드는 대상이 따악— 한 명 그 궁에 존재하고 있었다.

정식으로 등극은 하지 않았으나 명실상부한 제국의 황제인 로렌이 기거하는 태자궁이다.

그런 태자궁이건만 문제의 사람은 자신이 머물고 있는 곳이 태자궁이라는 것을 거의 무시하고 있는 듯했다.

덕분에 눈이 보양이 되는 외모를 가졌음에도 불구하고 하루하루 태자궁에서 일하는 모든 여관들의 공적이 되어가고 있었다.

"아으, 따땃해서 조오타—"

경하는 쭈욱 기지개를 켜며 햇빛이 환하게 내리쬐는 흰색의 대리석 위에 드러누웠다.

한가하다라는 말이 너무나 잘 들어맞을 정도로 이 커다란 궁은 조용했다.

사실은 궁이 한가한 것이 아니라, 그 커다란 궁에서 한가할 정도로 일이 없는 유일한 인물 중 하나가 경하이기 때문이었지만 경하가 그런 것에 신경 쓸 인물은 아니다.

느즈막하게 일어나 누군가 차려다 주는 식사를 먹고 한가하게 화원을 돌아다보며 사람들이 움직이는 모습을 보고 있다가 햇빛을 받으며 낮잠을 자고, 다시 일어나 밥을 먹고 하는 게 요 며칠 간 경하가 한 일의 전부였다.

"하아, 역시 여기가 제일 좋다니까. 바람도 잘 불고."

물론 거의 매일, 또는 거의 매번 그것을 방해하는 인물이 있어서 탈이긴 하지만 말이다.

"찬 대리석 위에 누워 계시면 몸에 좋지 않습니다, 경하님."

"시끄러워. 그러니까 햇빛으로 데워지면 와서 눕는 거잖아. 온돌 같다니까."

"그렇다고 해도 공기가 찹니다, 경하님."

"안 차다니까. 이 정도는 끄떡 없어."

경하는 잔소리를 해대는 기엘을 향해 손을 내저었다.

사실이 그랬다.

지금까지 노숙을 해야 했던 밤을 세어보면 두 손 두 발의 손가락 발가락을 다 동원해도 모자를 정도다.

심지어는 비가 추적추적 내리는 가운데 차가운 기가 만연해 있는 동굴에서 잔 적도 있었고, 바닥이 축축한 골짜기 어디에선가 드러누워 선잠을 청했던 적도 있다.

'아아, 기엘만 없으면 정말 늘어지게 잘 수 있을 텐데.'

따위를 생각하며 경하는 잠을 청했다.

일생 중 언제 이런 호화 사치스러운 호텔 타입의 궁에서 이렇게 늘어지게 휴양을 할 수 있을까?

'으음, 평생을 가봐라. 신혼여행 같은 걸 가더라도 이런 데서 묵지는 못할걸?'

경하는 씨익 웃으며 햇빛에 간질거리는 콧잔등을 쓰다듬었다.

적어도 두 번 다시 오지 않을 기회일지도 모르니 일단은 즐기고 보자! 라는 것이 경하의 지론이었다.

"경하님, 그럼 이것이라도 덮으세요."

"괜찮다니까."

"그러다가 한기라도 드시면 제가 곤란합니다."

기엘이 어쩔 줄 몰라 하며 자신의 어깨에 둘러져 있는 망토를 벗어 경하에게 덮어주려 실랑이를 하고 있는데 뒤쪽에서 나지막한 목소리가 들려왔다.

"오늘도 어김없군. 시간 하나는 잘 지키는데?"

기엘은 막 망토를 덮어주려다 말고 그 목소리에 흠칫하고 몸을 굳혔다.

그 목소리의 주인공은 다름 아닌 경하가 호화 사치스러운 호텔 타입의 궁이라고 부르고 있는 태자궁의 주인인 로렌이었다.

그의 옆에는 기엘이 경하에게 단 한 순간도 떨어지지 않고 찰싹 붙어 있는 것처럼, 로렌의 오른팔인 미타 남작이 서 있었다.

"……."

말 대신 가벼운 목례로 예를 표한 기엘은 멋쩍은 표정을 하며 옆으로 비켜섰다.

"그리고 자네도 여전하군."

로렌이 기엘을 바라보며 미소를 지었다.

그의 입장에서 보면 기엘은 상당히 흥미로운 인물이었다.

사신으로 왔던 하라스다인 장로의 아들인 것은 이미 알고 있다. 그 정도의 가문에서 태어나 그림으로 그린 듯한 미남에다가 최고 귀족 출신의 로열 나이트.

하지만 그가 하는 양을 보면 정말로 그가 로열 나이트인가 싶을 정도로 경하의 옆에서 시시콜콜 하나하나 수발을 들고 있는 것이다.

경하의 개인 시종이라고 해도 주위 여관들이 믿을 정도로.

그러나 다른 한편으로 생각해 보면 기엘은 지금 로렌의 바로 옆에서 도끼눈을 뜨고 있는 카스핀, 즉 미타 남작과 별반 다를 바가 없는 것이다.

미타 남작이라고 하면 기본적으로 '남작'이라는 지위에다가 명실상부한 로렌의 오른팔이며 얼마 지나지 않아 공작의 지위 정도는 가볍게 그 손아귀에 쥘, 그리고 현재로써는 실질적인 제국의 재상으로 여겨질 정도의 남자인 것이다.

그러나 그런 미타 남작은 로렌이 늦게 잠들면 늦게 잔다고 잔소리를 하고, 피곤해 보이면 쉬라고 잔소리를 하고, 식사를 거르기라도 하면 침전까지 쫓아와 몸이 상한다고 잔소리를 해대는 사람이다.

'겉보기 등급은 다르지만 결국 똑같은 건가?'

로렌이 기엘과 미타 남작을 번갈아 바라보며 그런 생각을 하고 있는 것을 미타 남작이 알았다면 아마도 피를 토하고 그 자리에서 쓰러졌을지도 모른다.

하지만 그것은 어디까지나 로렌의 머리 속에 있는 생각일 뿐 입 밖으로 나올 리는 전혀 없기 때문에 미타 남작은 어디까지나 로렌의 곁에서 위엄(?)을 지키며 뻣뻣하게 서 있을 뿐이다.

"어라…."

곧 제국의 황제로서 등극할 남자가 자신을 바라보고 있건만 경하의 태도는 주위에서 몰래 그들을 훔쳐보고 있는 여관들이 모조리 까무러쳐 버릴 정도로 오만불손하다.

"뭐야, 당신. 또 방해야?"

"방해라니, 그럴 리는 없지. 내 궁에 머무는 손님이 불편하게 지내는 것은 아닌가 하는 걱정이 돼서 말이야."

여기저기서 조그맣게 털썩털썩하는 소리가 들려왔다. 그 소리가 미타 남작의 신경을 긁어대기 시작했다.

'이 시간에는 여관들의 출입을 전부 통제시켜야 할지도 모르겠군. 저 사람은 정말이지, 골칫덩이야.'

그는 로렌과는 전혀 다른 의미에서 경하를 바라보고 있었다.

미타 남작의 입장에서는 저 경하라는 소년과 그의 곁에서 절대로 떨어지지 않는 남자들이 아주 껄끄러울 수밖에 없다.

이런저런 비밀을 다 듣고 났으니 이제 당신들에게는 볼일없소 하고 보내 버리면 그만이건만, 그의 주군은 왠지 이 일행에게서 눈을 떼지 못하고 있는 것이다.

그뿐만이 아니다. 눈을 떼지 못하는 것 이상으로 그들에게 다분히 흥미를 가지고 있는 것이다.

'이제 좀 그만두어 주셨으면 좋으련만.'

경하의 일행이 궁에 들어와 그와 그의 주군인 로렌의 앞에서 밝힌 진실들은 사뭇 충격적인 내용들이었다.

분명 보통이 아닌, 절대 일반적인 인간이 가질 수 없는 능력을 가진 사람들이 살고 있는 나라 신국.

마음만 먹으면 이 가이칸 제국의 수도 카드미엘 정도는 하루아침에 쓸어버릴 수 있을 정도의 능력을 가진 사람들이 아슈레이 중간지대를 둘러싼 그 작은 나라에 그저 안주만 하고 있는 이유를 세상 사람들은 전혀 알지 못했다.

그 이유는 다름 아닌 신국인들이 받은 축복이 그들에게 반대급부로 요구하는 속박.

현재 그 사실을 알고 있는 비신국인은 미타 남작과 로렌뿐이다.

틀림없이 충격적인 사실이긴 하지만 조금 입장이 다른 미타 남작

에게 있어 그 진실은 그저 한순간 '그런…' 하고 혀를 몇 번 찰 정
도밖에 안 되는 일이었다는 것이 문제라면 문제일 것이다.

신국인들의 그 신비한 힘에 집착하는 로렌 때문에 그는 골치가
아플 지경이었다. 제국 내의 엘러들을 샅샅이 뒤져 찾아내라고 하
는가 하면 미메이라 인을 황비로 맞겠다고 억지를 부렸을 정도다.

하루하루 위가 쓰릴 정도로 고민해 오던 일들이 그 비밀을 듣는
순간 단번에 해결되어 버렸다.

'그래, 정말 억지라고밖에는 말할 수 없는 일이었지.'

모든 것은 원래대로 돌아갔다. 황비의 일도 더 이상은 추진할 수
없는 일이 되었다.

기껏 시집와서 몇 년 살지도 못할 텐데 제아무리 로렌이라고 해
도 고집을 피울 수는 없는 일이다.

'잘된 일이고말고.'

미타 남작은 고개를 들어 로렌이 하는 말을 하나하나 되받아치며
실랑이를 하고 있는 경하를 바라보았다.

저 안하무인의 미메이라 인의 언행 정도는 미타 남작의 골칫거리
들을 해결해 준 반대급부라고 생각하면 된다.

엘러들이 쓰는 제대로 알지도 못하는 힘을 빌 필요는 없다. 제국
의 일은 제국인들의 힘으로도 얼마든지 해낼 수 있다.

'신국인들 따위, 제국에는 필요없어.'

묘한 감정이 미타 남작의 마음에 가득 들어차기 시작했다.

"아아~ 정말 귀찮단 말이야, 저 녀석."

한참 동안이나 이런저런 말을 해가며 괴롭(?)히던 로렌이 돌아가
는 모습을 바라보며 경하가 투덜거렸다.

물론 그 한참 동안 주위 여기저기 숨어 있던 여관들이 얼마나 초토화가 되었는지는 신만이 아는 일일 것이다.

경하의 투덜거림을 듣고 기엘이 쓴웃음을 지었다.

"저분을 그렇게 말할 수 있는 것도 경하님뿐일 겁니다."

"그게 무슨 뜻이야?"

뭔가 약간 기엘의 말투가 이상하다고 생각한 경하가 그에게 물었다.

"예? 아, 그러니까 저분도 경하님 못지 않게 신경을 쓰고 있다 랄까요?"

"무슨 소리야, 그게? 난 저 자식이 귀찮다구."

"그렇게 귀찮다고 하면서 계속 여기서 그렇게 죽치고 있는 이유는 도대체 뭐지?"

어디선가 그들을 바라보고 있다가 불쑥 등장한 로운이 차가운 목소리로 말했다.

"매일 같이 '귀찮아. 신경 쓰여. 피곤해'라는 세 단어로 일관하는 주제에 가자는 소리는 절대로 안 한다는 사실이 제일 이상해."

"에?"

갑자기 의표를 찌르는 로운의 말에 경하는 심장에 직격을 당해 풀썩 쓰러진다.

"……."

"그렇지 않아, 기엘?"

"그러고 보니 그렇군."

로운의 말에 기엘이 동조했다.

일단은 편한(?) 김에 긴장을 좀 풀고 있었던 탓에 무심코 넘겼던 사실이 있는 것이다.

"에헤헤, 그게 말이야, 로운, 기엘."

너무나 수상하다는 얼굴로 자신을 향해 시선을 모으는 남자들에게 경하는 배시시 웃어보였다.

"그, 그러니까 편… 편하잖아."

"……."

"그런 이유로는 설명이 충분히 되지 않아. 평소의 네 성격을 알고 있는 우리로서는 말이지."

로운의 눈초리가 원래의 그것보다 더욱 삐죽 위로 치켜 올라간다.

음유 시인이 되어 여행해 온 그대로를 노래할 생각은 없지만, 여하튼 이제 어려운 일들은 대부분 처리했다. 물론 여기저기 산재한 작은 일들이 남아 있을지 모르지만 그것은 각국의 사정이 된다. 다시 말해서 이제 길고 길었던 여정의 막이 내려야 할 시간.

그런데 그 서사시(?)의 주인공인 경하가 도통 그 막을 내릴 생각을 안 하고 있는 것이다.

무엇보다 나름대로는 껄끄러울 수밖에 없는 제국의 수도 한가운데 떡하고 버티고 앉아 있는 것이 도통 이해가 가지 않았다.

"조, 좀 편하면 어때!"

뭔가 난처해질 듯하자 경하가 버럭 소리를 질렀다.

"진창 고생하고 죽을까 봐 심장 두근두근하고 산전수전 다 겪느라 허리가 휠 뻔했는걸. 등 따스게 누워서 부른 배 좀 두들기고 있으면 어때! 손가락 까닥하면 먹을 것 갖다 주고… 아! 그래, 무엇보다 여기 이 궁의 요리사가 하는 음식은 아주 먹을 만하다구!"

무엇보다도 그것이 제일 중요하다!! 라고 경하의 심각한 표정이 주장하고 있었다.

"게다가 편하잖아. 물론 저 황젠지 황태잔지 하는 놈이 조금 갈구긴 하지만 그것도 하루 한두 번뿐이고. 여하튼 지내기 나쁘지 않아."

로운은 이마를 짚었다.

아프지도 않던 머리가 갑자기 아파오는 기분이다.

"그래… 괜한 것을 물었군."

"로운."

기엘은 로운에게 동정을 금하지 못했다. 물론 자신의 기분도 로운과 별다를 바가 없긴 하지만 자기보다는 왠지 로운이 더 속을 끓이고 있는 듯했기 때문이다.

"뭐 그렇게 오래 있지는 않을 테니까 안달하지 마, 로운."

좀 미안한 기분이 들어버린 경하는 로운에게 슬쩍 말을 흘렸다.

"안달하는 게 아니다!"

"하지만 그렇게 보이는걸. 지금까지 너무 급하게 지내온 거니까 이제부터는 천천히 하자구. 어차피 앞으로 남은 일이라고 해봐야 내가 돌아가는 거밖에 더 있겠어?"

경하가 가볍게 입에 담은 말에 순간 기엘과 로운은 그 자리에 얼어붙어 버렸다.

"……."

"……."

갑작스런 침묵이 세 사람의 주위를 감돌았다.

알고 있던 사실이지만 그것이 경하의 입에서 나오는 순간 있는 그대로의 생생한 사실이 되어 다가온다.

머리로만 알고 있었던 것과 그것이 현실이 되어 다가오는 것 사이에서 생기는 괴리감.

그것이 침묵의 원인이었다.

순간 기엘과 로운의 표정이 얼어붙자 경하는 일부러 아무렇지도 않은 듯이 말했다.

"천천히 하자. 기왕이라고 해야 하나. 천천히 놀 시간이 생긴 건 처음이잖아. 그렇지?"

"……"

"자아~ 나는 이제부터 낮잠을 잘 테니까 방해하지 마. 알겠지?"

귀찮다는 듯이 손을 내저으며 경하는 아까 누웠던 대리석 위에 그대로 벌렁 드러누웠다.

이번에는 기엘이 내밀었던 망토를 둘둘 몸에 마는 것을 잊지 않는다.

'쳇, 말하다 보니까 실수했잖아.'

경하는 얼굴을 보이기 싫었다.

망토를 머리까지 뒤집어쓰고 경하는 몸을 움츠렸다.

몸은 편하다.

하지만… 나름대로 찬찬히 가라앉아 있던 머리 속에 갑자기 파문이 일기 시작하는 것을 경하는 느낄 수 있었다.

'하아… 기왕이면 늦게 왔으면 좋겠어.'

누굴 향한 바램인지 모를 소리를 경하는 중얼거렸다.

머리끝까지 덮어쓴 망토에서 따스한 햇살의 온기가 전해져 오기 시작했다.

＊　　　　　＊　　　　　＊

"에엑! 연회?"

“네, 연회입니다.”

경하 일행들을 담당하고 있는 부시녀장 게틀린드는 눈썹 하나 까닥하지 않고 말을 이었다.

원래 그녀는 미메이라에서 온 사신들을 담당하고 있었지만 사신들의 일행이 하라스다인 장로에서 경하 일행으로 바뀌어지는 것과 발맞추어 자연스럽게 그들을 담당하는 일을 맡고 있었다.

“연회는 삼 일 뒤입니다. 여러분들을 위한 준비는 모두 제 소관이오니 제 말에 따라주시면 됩니다.”

그렇게 말하며 그녀는 손바닥을 탁탁 쳤다.

그 소리가 들리기 무섭게 뒤쪽에서 우르르 시녀들이 제각각 손에 가득가득 물건들을 들고 들어왔다.

“오늘 가봉을 한 후에 기타 연회 예절에 대해 알려드리겠습니다.”

그녀의 목소리에는 한 치의 사감도 없었지만 그때까지 조용히 입을 다문 채 듣고 있던 경하는 왠지 기분이 나빠졌다.

‘뭐야, 우리를 시골뜨기 취급하는 거야?’

자신도 모르게 입이 삐죽 나온다.

물론 경하 자신이야 키리엔이니 이곳 가이칸이니 어느 쪽의 연회 예절도 제대로 배우지는 못했다.

궁정 의례 어쩌구저쩌구를 열심히 수능 공부하듯 외우긴 했지만 그런 것이 지금까지 머리에 남아 있을 리는 없는 것이다.

하지만 역시 자존심이 상한다.

스스로 미메이라 인이라고 생각해 본 적이 없음에도 불구하고 말이다.

“로운, 하라스다인 장로님이 돌아가실 때 뭐 이것저것 놓고 간다고 하지 않았어?”

"그렇습니다만…."

경하가 아무 말 하지 않았기 때문에 조용히 입을 다물고 있던 로운은 갑자기 경하가 무슨 소리를 하려는가 해서 눈썹을 치켜세웠다.

"그중에 의례용 복장 정도는 들어 있겠지?"

"그 정도는……."

며칠 전 하나하나 확인해 보던 품목들을 머리 위에 떠올리면서 로운이 대답했다.

또 무슨 일을 저지르려는 건가 해서 걱정이 앞섰던 로운은 한 박자 늦게 경하의 의도를 알아챘다.

과연… 하는 생각이 들었다.

자신이 느끼고 있는 그 미묘하고 껄그러운 감정을 정확하게 잡아냈다고밖에는 생각할 수 없었다. 자신과 기엘은 미메이라 인이지만 경하는 본디 미메이라 인이 아니었기에 더 더욱 기대할 수 없었던 부분이다.

"가서 전해요. 우린 가이칸 제국에 미메이라의 사신으로, 이 궁의 손님으로 와 있다고."

"……."

"미메이라 인으로서 최고의 예로 연회에 참여하겠다고 말이죠."

"……."

"대답이 안 들리는데."

손가락으로 귀를 후비는 시늉을 하며 경하가 씨익 미소를 지었다.

자신만만한 미소였다.

"…알겠습니다. 그리 말씀을 전해 올리겠습니다."

게틀린드는 시녀장답게 안면의 표정 관리를 열심히 하고 있었지만 뒤의 다른 시녀들은 조금 사정이 달랐다.

당황해하는 기색이 역력하다.

그녀들의 표정을 보며 완벽하게 한 방을 먹였다고 생각한 경하는 더욱더 의기양양해졌다.

"자아, 그럼 그 너저분한 것들은 좀 치워주시겠습니까?"

"……"

머리를 틀어 올린 시녀장은 허리를 깊이 숙여 인사를 하고는 시녀들에게 손짓을 했다.

일제히 시녀들이 물러갔다.

순식간에 고요해진 공간에 묘한 여운과도 같은 침묵이 감돌았다.

의기양양해진 경하의 얼굴을 감격했다는 듯 쳐다보는 기엘의 표정은 말할 것도 없다.

그런 뭔가 상당히 경하에게 호의적인 침묵을 깨버린 것은 미메이라 인도 아니지만 그렇다고 해서 완벽한 가이칸 인이라고 하기도 뭐한 이리야였다.

"…그런데 말이지, 뭔가 좀 간과하고 있는 게 있는 듯해, 너."

"…내, 내가 뭘?"

자신을 향해 손가락을 정확하게 겨누고 있는 이리야를 보며 경하는 흠칫해서 뒤로 물러섰다.

"네가 미메이라의 그 예절인지 뭔지 알 턱이 없잖아."

"…그, 그런 것쯤 모르면 어때. 어차피 가이칸 사람들이 알 리가 없는걸."

"하이고, 그걸 말이라고 하나? 어이, 기엘, 로운, 큰일 났다. 여기 사람들 모두 이 녀석이 하는 행동을 미메이라의 최고 예절인지 뭔지로 알게 되겠어."

"그러련 그렇지."

잠시 경하의 언동에 감격 비슷한 것을 하고 있던 로운이 눈을 감으며 얼굴을 감쌌다.

"말은 그럴싸했는데 말이야."

터억— 하고 이리야가 경하의 어깨를 쳤다.

"고생 좀 하겠다."

"…그. 그게, 내 의도는 말이야."

삐질삐질 식은땀을 흘리며 경하는 자신에게 다가오는 기엘과 로운의 얼굴을 피해 도망을 치려고 굼질굼질 움직이기 시작했다.

덥썩—

덥썩—

양쪽에서 두 남자가 경하의 팔을 힘껏 잡아챘다.

"가르쳐 드리겠습니다, 경하님."

"가르쳐 주지. 확실하게."

"우웃!"

"시간이 없군, 삼 일이라면."

"어렵지 않습니다, 경하님."

웃고는 있지만 왠지 절대적으로 무서운 표정의 로운과 기엘.

경하의 얼굴이 하얗게 질려가기 시작했다.

"푸하하하하하~ 제 꾀에 제가 빠졌잖아."

이리야가 옆에서 배꼽을 잡고 웃어대기 시작했다.

그가 웃어대기 무섭게 로운이 기엘에게 눈짓을 했다. 그러자 기엘이 전광석화 같은 빠르기로 경하의 한쪽 팔을 로운에게 넘기고는 이리야에게 훌쩍 다가갔다.

"당신도 마찬가지입니다, 이리야 씨. 확실하게 배워주셔야겠습니다."

"우. 내, 내가 왜!! 왜 나한테 화살이 돌아오는 건데!!"

"어차피 우리들, 같은 일행이지 않습니까?"

씨익—

기엘이 로운처럼 웃음을 지었다.

이리야의 얼굴이 경하처럼 새하얗게 되는 데는 많은 시간이 걸리지 않았다.

*　　　　*　　　　*

"하아, 죽겠다."

"동감."

"우리 이러다 죽지 않을까?"

"설마 죽기야 하겠어."

"아냐, 죽기 일보 직전까지는 충분히 갈걸?"

"그런가?"

"그렇다니까."

"그럼 사과하지. 어제 겔겔대고 웃은 거."

"용서해 줄게."

하아— 하고 한숨을 쉬면서 사과해 오는 상대에게 넉넉한 인품을 보여준다.

"그러니까 왜 이런 데 머물러서 이런 꼴을 당해야 하냐구."

"……."

화사하게 푸른 하늘 밑, 그리고 풀잎의 향기가 주위에 가득한 화원 한가운데 대리석으로 만들어진 돌침대(?)에 정수리를 맞대고 정반대의 방향으로 누워 있는 두 사람.

그들은 서로 동병상련을 앓고 있는 사이였지만 결국 한 사람이 상대방어게 원망을 하기 시작했다.

하지만 원망을 받은 사람은 그에 합당한 대답을 하는 대신 투덜투덜거리기 시작했다.

"쳇, 기엘은 그래도 좀 봐주는 타입이었는데 로운한테 옮았어."

"…그런가?"

"그래. 키리엔에 있을 때는 내가 졸아도 봐줬다구. 로운은 가차없이 뒤통수를 후려쳤지만."

"그래도 기사 양반은 뒷통수는 안 치잖아. 그 정도면 됐지."

"으윽—!! 되기는 뭐가 돼!"

경하는 벌떡 일어나 앉았다.

"시어머니보다 더하게 잔소리를 해대잖아. 이러면 안 됩니다, 저러면 안 됩니다!!"

"그건 그렇지. 그것도 안 돼, 저것도 안 돼, 요것도 안 돼. 체엣, 어째서 나한테까지 그러는 거냐구. 나 정도는 빠져도 되는 거 아니야? 실저로 난 미메이라 인이 아니니까. 미메이라의 예절을 배울 필요도 없고 말이야. 어이, 기사 양반들한테 말 좀 해주면 안 될까? 나는 좀 빼달라구."

"흐응, 이제 와서 난 가이칸 인이유— 라고 해봐. 그 로렌이라는 녀석이 당장에 이리야 당신을 여기 붙들어 매려고 할걸?"

"앗! 그건 사양이지."

"그럼 군소리 말아. 우어— 죽겠다."

이틀 내내 로운과 기엘의 이른바 군대식(?) 예절 훈련을 받은 두 사람은 심신이 모두 너덜너덜해져 있었다.

더 이상 '다리는 똑바로 펴시고, 시선은 우아하게 약간 위쪽으로'라고 말하는 기엘의 목소리 따위 절대로 듣고 싶지 않았다.

자다가도 벌떡 일어나서 '팔은 가볍게 내리고…' 따위의 잠꼬대를 지껄일 정도다.

"하아~ 죽겠다."

한 팔을 쭈욱 펴고는 기지개를 켰다.

노곤한 몸 여기저기서 우둑우둑 뼈들이 자주 독립을 외친다.

"아고, 아프다."

말을 마치기 무섭게 경하는 가볍게 주문을 외워 자신의 몸에 바람의 기운을 한차례 돌렸다.

많이 나아지지는 않았지만 곧 무겁게 내려앉던 몸이 조금은 가뿐해지는 것을 느낄 수 있었다.

경하가 마악 불러일으켰던 바람을 갈무리하려는 순간 뒤쪽에서 인기척이 들렸다.

"…흠흠."

'이 시간에 여기까지 올 사람은….'

경하는 천천히 뒤로 고개를 돌렸다.

그곳에는 오늘따라 항상 옆에 들러붙어서 떨어지지 않는 미타 남작도 거느리지 않은 로렌이 홀로 서 있었다.

"아, 아하하하."

경하는 애매하게 웃어버렸다.

그 주위로 경하가 가볍게 일으켰던 바람의 기운으로 날리던 머리카락이 하나둘씩 살포시 내려앉았다.

그 모습을 로렌이 멍한 표정으로 바라보는 것을 느꼈는지 경하는 황급히 바람을 불러들인 것이다.

"……."

"또 무슨 일이죠?"

경하가 정원에 나오기만 하면 귀신처럼 눈치를 채고 따라 나오는 로렌은 항상 경하에게 이런저런 시비를 건다.

오늘은 또 무슨 소리를 하려나 싶어 경하는 어깨를 잔뜩 굳히며 긴장을 하기 시작했다.

그 옆에서 이리야가 자연스럽게 경하와 로렌 사이로 끼어들었다.

"황제 폐하께서는 아주 한가하시군요."

조롱과는 조금 다른, 경계의 의미가 가득 담긴 목소리가 이리야의 목에서 흘러나왔다.

"하루에 한 번 정도는 황제도 쉬어야 하지 않겠소? 그리고 난 아직 황제 폐하가 아니니까."

"본인이 아니라고 해도 주변 사람들이 모조리 폐하라고 부르는걸요 뭐."

경하는 로렌의 말에 반론을 폈다.

사실이 그랬다.

황제의 자리는 비워져 있다고 하나 얼마 후면 황제의 위에 등극할 남자가 바로 로렌이다.

"다 좋으니까 언제쯤 우리를 보내줄 건지나 좀 말해 보시죠?"

앞을 막아선 이리야의 옆으로 돌아가며 경하가 말했다.

"왜? 벌써 이 궁에서의 생활에 질력이 났나? 이제 겨우 일주일 하고 하루가 지났을 뿐인데?"

"아니, 그런 건 아니지만 매여 있는 것과 자주적으로 머물러 있는 것은 질적으로 다르니까요."

“호오, 그렇다면 내가 굳이 이곳에 머무르라 하지 않아도 된다는 소린가?”

“붙잡지 않아도 며칠 정도는 여기서 개겨… 아니, 그러니까 지낼 생각 정도는 있죠.”

말을 막 하다 말고 경하는 식은땀을 흘리며 단어를 정정했다.

‘로운이 들었으면 분명 뒤통수를 한 대 후려팼겠어.’

“그건 듣던 중 반가운 소리군.”

로렌의 표정이 갑자기 화악~ 하고 풀어졌다.

상당히 날카로운 인상의 남자지만 저렇게 웃으니 그나마 좀 봐줄 만하다고 경하는 생각했다. 물론 다음과 같이 투덜거렸긴 했지만 말이다.

‘하지만 남자가 봐줄 만해서 어디다 쓴담. 치잇!’

잘생긴 거로 치면 오히려 자신의 옆에 언제나 들러붙어 다니는 기엘이나 로운 쪽이 한수 위라고 경하는 잠시 생각했다.

“그래, 그렇게 원한다면 언제까지라도 좋으니 내 성에 머물러 주게. 이러면 되겠나?”

“헤에? 갑자기 왜?”

“좋은 말을 들었으니 나도 보답을 해야 하지 않겠나. 믿어준다면 그것으로 족해.”

“…황제가 될 거라면서 당신을 믿어주는 사람이 그렇게 없어요?”

미타 남작이 곁에 있었다면 바로 불같이 화를 낼 말을 경하는 아무 스스럼 없이 입에 올린다.

“나는 믿어주었으면 하는데 왠지 다들 날 꺼려해서 믿어주는 척하는 게 아닌가 싶거든. 자네는 그렇게 생각해 본 적 없나?”

“에헤….”

얼굴 표정이나 행동거지는 어디까지나 당당하고 황제다운 로렌이건만 왠지 경하는 그에게 조그만 연민 같은 게 느껴졌다.

언젠가 읽었던 만화의 한 구절이 생각났다.

군주란 고독한 것이라는 말이 말이다.

위로를 해주려는 말이 목구멍에까지 올라왔지만 경하는 왠지 아무 말도 할 수 없었다. 어줍잖게 그를 위로하는 일 따위 자신은 할 수 없다.

"……."

말을 잃은 경하 대신 먼저 나직하게 말을 걸어온 것은 로렌이었다.

"그걸 다시 한 번 보여주지 않겠나?"

"에? 무엇을?"

"아까처럼 바람을 불러일으키는 것 말일세."

"……."

"기왕이면 산들바람이면 좋겠어."

왜라고 질문을 할 수 있는 분위기가 아니다. 싫다고 말할 수 있는 분위기는 더 더욱 아니다.

경하는 잠시 머뭇머뭇하다가 조용히 눈앞을 스쳐 지나가는 바람의 자락을 잡아당겼다.

아무것도 없는 허공에 손을 내미는 동작이지만 너무나 자연스러운 탓인지 아무런 위화감도 느껴지지 않는다.

"케인."

경하의 목소리에 경하의 몸속에 잠들어 있는 바람의 세나케인이 반응했다.

소리없이, 그리고 형제도 없이 세나케인이 경하의 몸속에서 불어

나왔다.

그것은 경하가 잡아당긴 바람의 자락에 살포시 엉겨 들어갔다.

쏴아아아아—

한차례 강한 바람이 경하의 몸을 휘감았다가 사라지고 그 뒤를 산들거리는 작은 바람의 결들이 나타나 경하의 주위로 흘러 나갔다.

불어 나오는 바람에 경하의 머리카락들이 한 올 한 올 살아나 그 바람에 맞추어 흩날렸다.

은백색의 머리카락은 바람에 휘날리며 빛나는 햇살을 받아 반짝거리기 시작했다.

눈이 부시도록 반짝이는 머리카락을 로렌은 아무 말 없이 지켜보고 있었다.

기억 속에 있던 것처럼 길지는 않았지만 반짝이며 흩날리는 모습은 그의 뇌리에 박혀 있던 그 신비한 광경과 판에 박은 듯이 똑같았다.

그가 남몰래 한숨을 내쉬는 것을 경하는 눈치 챘지만, 그것은 단지 로렌의 작은 신세 한탄의 한숨일 것이라 지레 짐작해 버렸다.

물론 그 한숨에 담긴 진실은 로렌을 제외하고는 어느 누구도 눈치 채지 못할 비밀이었다.

*　　　　*　　　　*

"이 옷 굉장히 불편해. 이런 게 기사의 예복이야?"

경하는 어깨에서부터 길게 아래로 늘어진 옷자락을 신경질적으로 당기며 불평을 해댔다.

하라스다인 장로 이하 미메이라의 사신 일행이 전부 남자이며 기사들이었기 때문에 경하 일행이 예복을 갖추어 입는 데는 그다지 문제가 없었다.

그나마 문제라면 기본적으로 기엘이나 로운보다는 몸집이 작은 편인 경하에게 옷이 좀 큰듯하다는 것뿐.

여행을 하면서 계속 성장해 온 덕에 크다고는 해도 누군가의 옷을 빌려 입은 것 같은 인상은 풍기지 않게 된 것이 다행이었다.

시안이었을 때처럼 치렁치렁 흰색의 반투명한 천들이 휘날리는 드레스는 아니었지만 그 못지 않게 지금 경하가 입고 있는 옷도 꽤나 치렁치렁했다.

"걷는 데 걸리적거려."

"춤을 추는 것도 아닌데 좀 참으시죠."

라고 로운이 옆에서 묵직하게 무게를 담아 말했다.

말은 존댓말이지만 내용은 '시끄러우니 입 좀 다물고 있어!!'의 분위기다.

"쳇."

경하는 턱을 괴려고 슬그머니 팔을 들어 올렸지만 그러기가 무섭게 로운이 타악— 하고 경하의 팔을 쳐냈다. 물론 다른 사람의 눈에 띄지 않게.

'우우웃— 젠장, 연회장에서는 팔도 못 괴냐!!'

연회장만 아니라면 바람 뿜는 고질라가 되어버렸을지도 모른다.

'아으. 내 팔자야.'

경하는 마치 무슨 매스게임이라도 보는 기분으로 넓디넓은 연회장을 바라보았다.

영화에서나 봤던 장면이 실제로 경하의 눈앞에 펼쳐지고 있었다.

일사불란하게 움직이는 옷자락과 그 뒤를 따르는 휘황찬란한 여성들의 머리 장식이 경하의 눈앞에 쉴 새 없이 지나가고 있었다.

'정말 영화의 한 장면이 따로 없구만.'

처음에 이 연회장에 발을 디딜 때는 사실 상당히 얼어 있었다.

비슷한 상황에는 처해본 적이 있지만 이렇게 많은 사람이 있는 '연회'라는 이름을 가진 자리에 서게 된 것은 거의 전무후무하기 때문이다.

하지만 쫄아 있던 것도 아주 잠시. 그 후부터는 왠지 실사 영화 촬영이라도 구경하고 있는 기분이 되어버렸다.

명목이야 미메이라에서 온 사신 일행 환영 축하 연회였지만 그것에 전혀 신경 쓰지 않는 경하에게 있어선 그것이 축하 연회든, 그냥 보통 연회든 별 상관이 없다.

"그런데 우리 언제까지 여기 있어야 하는 거야?"

"기본적으로는 가이칸의 황위 계승자께서 자리를 떠나신 후라고 해야 할까요?"

"그런 게 어디 있어? 아무것도 안 하고 앉아 있는 것도 피곤하다고."

투덜거리는데 순간 경하의 앞으로 로렌이 휘익 하고 빠른 속도로 스쳐 지나갔다.

화들짝 놀라 경하가 고개를 들자 경하의 앞에서 얼마 떨어지지 않은 곳에 로렌이 한 여성의 손을 잡고 서 있는 것이 보였다.

경하와 시선이 마주친 그는 웃으면서 솜씨 좋게 여성의 허리를 한 바퀴 돌려 제자리로 당겼다.

역시나 영화에서나 볼 수 있을 정도의 부드러운 움직임이다.

"저런 거 안 시키니 정말 다행이군."

어느사 경하는 한 손으로 턱을 괴고 중얼거리고 있었다.

쯔읏하며 로운이 슬며시 경하가 괴고 있는 손의 옷자락을 잡아당겼다.

"자세를 바로해 주십시오."

"아, 으응. 알았어, 알았다구."

그 순간 저 멀리 서 있던 어떤 젊은 귀족 아가씨가 경하의 일행이 자리 잡고 있는 곳으로 사뿐사뿐 걸어왔다.

무슨 일인가 싶어서 경하는 그녀가 한 발자국씩 가까이 올 때마다 굳어가고 있는데, 그녀는 경하에게 가볍게 목례를 하고는 로운에게 다가갔다.

"원래대로라면 제가 청해서는 안 되겠습니다만 한 곡 부탁드립니다, 로크레슈 경."

흰색 공단에 레이스가 달린 장갑을 끼고 있는데도 그녀의 손가락은 아주 가늘다.

"……"

조금 당황한 로운은 쿨럭하고 헛기침을 한번 하고는 대답했다.

"감사합니다만, 저는…."

"괜찮아요. 가르쳐 드릴게요."

방긋— 하고 그녀가 웃어 보였다.

거절할 수도, 그렇다고 해서 승낙할 수도 없어 로운은 난감해져 버렸다.

실제 가이칸 제국의 궁에서 유행하는 댄스를 그가 알 리가 없다. 하지만 그런 그의 고민은 다음 순간 나타난 이 궁의 주인에 의해 가볍게 해결(?)되어 버렸다.

"류드란 공작 영양의 부탁인데 거절하면 짐의 체면이 서지 않소. 그녀라면 좋은 선생이 되어줄 거요."

방금 전까지 저 멀리서 춤을 추고 있었을 로렌이 어느새 불쑥 튀어나와 말을 하고 있었다.

"……."

반짝반짝하는 눈으로 자신을 바라보는 미녀와 로렌의 그 묘한 표정을 번갈아 보던 로운은 결국 작게 한숨을 내쉬었다.

더 이상 거절할 명분이 없는 것이다.

사실 카드미엘에서 어느 나라의 사신이든 사신들을 환영하는 연회가 열리는 것 자체가 상당히 드문 일이다.

자타 공인 아슈레이의 패자나 마찬가지인 가이칸 제국이 굳이 한 나라의 왕이나 수상도 아닌 사신 일행을 연회까지 열어 환영한다는 것 자체가 희한한 일이다.

연회에 참석한 귀족들 역시 말은 하지 않았지만 곧 황제가 될 로렌의 의중을 궁금해하는 사람들이 많았다.

하물며 그런 자리에서 공작 영양의 청에 로렌이 저렇게까지 말을 해오는 이상 거절을 했다가는 국가 간의 문제가 될지도 모르는 노릇이 되는 것이다.

결국 로운은 승낙의 말을 입에 담았다.

"알겠습니다."

흰색의 옷자락을 날리며 로운이 가볍게 플로어에 내려서서 류드란 공작 영양의 흰 장갑에 감싸인 손을 잡았다.

"…노, 놀라워."

놀란 표정을 감추지도 않고 경하는 있는 힘껏, 마음껏 놀라고 있었다.

평소 바위 위나 언덕 위를 사뿐사뿐(?) 소리도 나지 않게 걸어다닐 수 있는 사람이라는 것은 익히 알고 있었지만 눈앞에 펼쳐지고 있는 광경은 역시나 놀라지 않을 수 없는 광경이었다.

"그리 놀라실 것은 없습니다, 경하님. 저래 봬도 한때는 키리엔의 모든 여성들이 함께 춤을 추고 싶어하는 최고의 로열 나이트였던 적도 있으니까요."

경하가 놀라는 모습을 보며 기엘은 쿡쿡 웃음을 지었다.

경하가 지금까지 보아온 로운과 자신은 이런 연회장에는 절대 어울리지 않는 모습뿐. 하지만 사실 그들 역시 미메이라의 수장궁 키리엔에서 대부분의 시간을 보내던 사람들이다.

춤의 형태는 달라도 기본기가 탄탄할 수밖에 없는 것이다.

"설마 기엘도 저렇게 출 수 있다는 소리?"

"글쎄요. 어느 정도까지는이랄까요?"

"……"

춤이라면 당연 힙합밖에 떠오르지 않는 경하로서는 새삼스럽게 기엘과 로운에게 놀랄 일이다.

"재미있군. 역시 귀족은 귀족이라는 건가…"

그때까지 조금은 뻘쭘하게 앉아 있던 이리야가 한마디 했다.

어디까지나 평민 출신일 수밖에 없는 그로서는 어찌 되었든 간에 별로 기분 좋은 자리는 아니다.

"미메이라에 귀족은 없습니다."

"그런 소리 하지 말라구, 기사 양반. 기사가 귀족이 아니고 또 뭔데?"

“하지만 어느 누구든 능력이 있으면 기사가 될 수 있으니 꼭 귀족이라고 말하긴 힘듭니다.”

“그중에서도 명문가라는 것은 있게 마련 아니야? 기사 양반만 해도, 그 아버지인 장로님인지 뭔지 하는 사람이 요직에 있는 거고.”

“뭐… 그런 경우도 있긴 합니다.”

뭔가 분위기가 조금은 썰렁해지려 하는데 두 눈을 번쩍 뜨고 플로어에서 가볍게 춤을 추고 있는 로운을 바라보고 있던 경하가 자리에서 벌떡 일어났다.

“경하님? 무슨 일이라도 있으십니까?”

기엘이 깜짝 놀라서 경하에게 다가서려는데 그 순간 경하의 몸에서 바람이 흘러나왔다.

“……”

“경하님?”

“오고 있어…”

자리에서 일어나 어딘가를 바라보고 있는 경하의 눈은 플로어가 아닌 먼 곳을 향해 있었다.

“경하님, 무슨 말씀을…”

당황해서 경하를 자리에 앉히려던 기엘과 이리야는 순간 손을 멈추었다.

경하가 이렇게 뜻 모를 행동을 할 때면 뭔가 자신들의 눈에 보이지 않는 그 무엇인가를 느끼거나 보고 있는 경우라는 것이 생각났기 때문이다.

춤을 추고 있는 와중에도 계속 경하를 주시하고 있던 로운도 뭔가 이상함을 느꼈는지 정중하게 실례를 고하고 자리로 돌아왔다.

“무슨 일이야?”

"그것이 좀…."

초점을 멀리한 경하의 눈동자에 순간 푸른색이 감돌더니 다시 원래의 색으로 돌아온다.

"경하 님?"

기엘이 얼른 무슨 일이냐는 어조로 경하의 이름을 불렀다.

"별건 아니야. 기다리는 사람이 드디어 도착할 것 같아서. 아마도 한밤중일 것 같은데… 이 연회 언제 끝나지?"

"기다리시는 분이요?"

"기다리는 사람이라니?"

동시에 기엘과 로운이 물었다.

"그거… 나도 잘은 모르니까. 에헤헤헤."

굳이 설명을 하라면 할 수 있었지만 경하는 웃음으로 얼버무렸다.

나름대로는 카드미엘에서 강제적이든 아니든 이렇게 비비고 있는 이유였기도 하기 때문이다.

"나도 정확하게는 설명하기가 힘들고."

단정하게 빗어 내려 하나로 묶은 머리카락을 손가락으로 꼬면서 경하는 털썩 주저앉았다.

다들 경하가 무슨 말이든 더 해주길 바랬지만 경하는 입을 꾹 다물고 더 이상 한마디도 하지 않았다.

"……."

그런 경하를 로운은 더욱 의심스러운 마음으로 바라볼 수밖에 없었다.

*　　　*　　　*

"이 궁 안에서 제일 물이 많이 있는 데가 어디죠?"

"그런 것은 왜 묻지?"

이른 저녁부터 시작된 연회는 늦은 밤이 되어가는데도 로렌이 자리를 뜨지 않은 탓인지 나른하게 계속 이어지고 있었다.

"그게…."

뭐라고 설명을 해야 할지 몰라 경하는 우물쭈물거렸다.

'우웅, 이제 곧 도착할 것 같은데……'

감각적으로밖에는 설명할 수 없는 시간이기에 경하는 조금씩 초조해져 가기 시작했다.

사실 이 궁에서 경하 일행은 일단 손님이며, 결국은 이방인일 수밖에 없는 존재다.

다른 사람들의 눈에 띄지 않고 일을 처리하려면 로렌의 도움을 받을 수밖에 없다는 것도 잘 알고 있다.

한 번 더 고민을 한 후 경하는 입을 열었다.

"일단 이 연회는 언제 끝나는 거죠?"

"뭐, 내가 자리를 뜨면일까?"

"그럼 일단 밖으로 나가죠."

"호오, 일 대 일 대화가 필요한가?"

로렌은 뜻밖이라는 듯 미소를 짓는다.

"아니, 기엘이랑 로운이랑 이리야도 같이요."

"뭐, 좋아. 그쪽에서 나와 이야기를 하겠다고 하는 건데 내가 싫다고 할 순 없지."

경하는 고개를 끄덕였다. 뭐든 간에 로렌이 들어주겠다고 하는 것이 다행일 뿐이다.

"여긴 어디죠?"

경하는 꽤나 조용한 정원을 둘러보며 로렌에게 물었다.

"이쪽은 내 후원이지. 정면의 정원과는 달리 말하자면…."

찡긋하고 로렌이 윙크를 한다.

"원래는 금남의 지역. 나를 제외하고 남자들은 원래 못 들어오는 곳이다."

로렌의 설명에 경하는 순간 아— 하고 짧은 소리를 냈다.

궁에서 금남의 지역이라면 결국 황비나 후궁들이 있는 곳이다.

"뭐 조용해서 좋으니 별 상관은 없지만 우리가 이렇게 들어와도 되는 건가요? 혹시…."

"무엇을 걱정하는 것인지 모르겠지만 나에겐 아직 단 한 명의 후궁도 애첩도 없으니 안심하게. 이 정도면 되었나?"

"아! 그, 그러면 별로 상관은 없지만…."

조금은 말하기가 뭐해 빙빙 돌려 말하려던 경하는 의외로 로렌이 대놓고 말해 버리는 바람에 뻘쭘해져 버렸다.

'체엣, 무슨 말을 하든 간에 저렇다니까.'

경하가 로렌과 말을 할 때면 항상 뭔가 껄끄러움 같은 것을 느껴 온 것도 그 때문인지 모른다.

모든 것을 가진 자의 너무나 당당하고 자신감에 찬 말투.

그것에 이상한 거부감 같은 것이 느껴지는 것이다. 그렇다고 해서 대놓고 얼굴을 마주 보기 싫다거나 하는 것은 아니다. 단지 같이 말을 하다 보면 왠지 로렌에게 무엇이든 말해 버릴 것 같은 그런 기분이 들었기 때문이다.

"저쪽에 인공으로 만들어놓은 작은 못이 있으니까. 물이 많이라는 조건을 충족시키려면 본궁의 정원까지 가야 하지만 일단 그곳은 아직 갈 수 있는 곳은 아니니 그 다음은 여기뿐이거든. 자아, 그럼 이제 할 말이 뭔지 들어볼까?"

로렌의 말은 그 이외에도 지금 이 자리에 모인 모두가 묻고 싶은 말이었다.

경하는 주위에 있는 남자들을 돌아보았다. 로렌과 로렌의 그림자 같은 미타 남작. 그리고 자신의 일행들이다.

후욱— 하고 경하는 심호흡을 했다.

"손님이 한 명 더 올 거야."

지나가는 말이라도 하듯 경하가 기엘과 로운을 향해 말했다.

"정확한 것은 그 손님이 도착해야 하니까."

말을 마치는 경하의 눈이 어느덧 이리야에게 머문다.

이리야는 경하가 왜 그런 눈빛으로 자신을 바라보는지 도통 알 수가 없었다.

"손님? 이런 시간에 이런 곳에? 그게 무슨 소립니까?"

제일 먼저 반응을 한 것은 미타 남작이었다.

사실이 그렇다. 한밤중에 태자궁의 후원에 대체 어떤 손님이 어떻게 올 수 있다는 말일까?

하지만 경하는 미타 남작보다는 로렌에게 대답을 했다.

"기왕이면 이쪽에서 알아서 처리하려고 했는데, 이 궁은 당신의 궁이니까…"

"그건 고맙군. 내궁에서 일어나는 일을 내가 모르면 안 되지. 그래서 그 다음은?"

로렌은 경하를 재촉했다.

"지금부터 일어나는 일은 사실 로렌 당신이나 가이칸과는 전혀 상관없는 일입니다. 지금 오고 있는 손님도 그렇구요.”

말을 마친 경하는 먼저 로렌이 말했던 작은 못이 있는 곳으로 향했다.

그 뒤를 남자들이 줄줄 따라갔다.

로렌은 못이라고 말했지만 사실 그 못은 지하수를 인공적으로 끌어당겨 만들어놓은 인공 연못 같은 곳이라 바닥까지 보일 정도로 물이 맑았다.

끌어 올려진 물들은 온 후원 전체로 작은 시내를 따라 흘러가고 있었다.

그곳에 도착한 경하는 연못가에 반듯이 서서 잠시 그 깨끗한 물이 흘러가는 것을 지켜보았다.

“이리야.”

“어? 나?”

일행의 제일 뒤에 떨어져 있던 이리야가 깜짝 놀라 손가락으로 자신을 가리키며 되물었다.

경하는 고개를 끄덕였다.

“왜 갑자기 나를 부르는 건데?”

이리야가 의아해하며 앞으로 나왔다.

“그게 그러니까… 그 손님은 이리야를 보러 오는 거니까.”

“……?”

“그렇게 그냥 있지 말고, 자꾸 차단하려 하지 말고 느껴봐. 그럼 알 수 있으니까.”

드물 정도로 경하는 농담 한마디 입에 담지 않았다. 그 때문일까? 경하는 어느 때보다 훨씬 어른스러워 보였다.

경하의 손이 이리야의 어깨에 닿았다.

“마음만 먹는다면, 그녀에 대해서는 이리야가 나보다 훨씬 더 잘 느낄 수 있을 거야.”

경하의 말이 끝나는 순간 그의 엘이 이리야의 감각을 두들기기 시작했다.

이리야는 언제나 무의식적으로 자신의 감각을 차단하고 있었다. 그것은 그의 능력을 숨겨야 했던 현실적인 상황 때문.

하지만 경하의 완전히 개방된 엘이 이리야에게 닿자 그것에 반응한 이리야의 엘이 닫혀 있던 물고를 트고 밖으로 흘러나오기 시작했다.

“……!!”

의아한 표정을 짖고 있었던 이리야의 표정이 순식간에 변했다.

그것은 경악도, 놀람도 아닌 깨달음과도 같은 것.

“느낄 수 있지? 그녀가 오고 있다는걸.”

고개를 끄덕이지는 않았지만 닿아 있는 손에서부터 이리야의 감정이 전해져 왔다.

그는 이미 경하가 느끼고 있던 그녀의 파장을 감지하고 있었다.

멀리서부터, 그러나 확실히 가까워져 오고 있는, 물의 흐름 같은 빠르기를 가지고 다가오고 있는 물의 엘의 그 순수한 파장.

이리야의 눈이 살며시 감겼다가 다시 떠지는 순간, 잔잔하던 연못에 파문이 일어나며 물 줄기가 하늘로 치솟아올랐다.

파앗—

물방울들이 사방으로 흩어진다.

인공적인 분수로는 도저히 만들어낼 수 없는 물줄기.

그 물줄기는 신비한 푸른색을 담고 있었다.

사방으로 퍼지는 분수보다도 더욱 아름다운 물줄기에서 푸른색의 빛과 같은 물방울들이 떨어져 내린다.

높이 치솟았던 물은 두줄기로 갈라져 마치 살아 있는 것처럼 움직인다.

바람 소리와도 같은 물소리가 경하의 바람과 함께 공중에 흩날리고 또 하나의 물줄기가 솟구쳐 올랐다.

"우앗—"

이리야는 깜짝 놀라 뒷걸음질을 치다 그만 돌부리에 걸려 넘어지고 말았다.

바로 그 앞에 솟구쳐 올랐던 물줄기가 화살처럼 내리꽂혔다.

"……!!"

사방으로 튀어야 마땅할 물줄기는 이상하게도 내리꽂혀진 그 자리에 그다로 멈추었다.

마치 보이지 않는 물병 같은 것이라도 있는 것마냥 물은 형체를 갖추어가기 시작했다.

"…이, 이게 뭐야?"

이리야는 눈앞에 나타나는 것에서 시선을 떼지 못했다.

다른 사람들도 마찬가지였지만 이리야는 그보다도 더욱 그 물줄기에서 풍겨 나오는 파장에 사로잡힌 듯 꼼짝도 할 수 없었다.

"……"

쏴아아— 소리를 내며 보이지 않는 물병 속으로 내리꽂히던 물은 이내 멈츠고 푸른빛을 띠고 있는 물의 형체는 천천히 형태를 갖춘 그 무엇이 되어갔다.

"…저건 물의 여신이라도 되는 건가?"

뒷전에 서 있던 로렌의 말이 끝나기도 전에 그것은 순식간에 인간의 형태가 되어 그들 앞에 고개를 들었다.

"……."

물방울은 머금은 청명한 푸른색의 머리카락은 그녀의 앞에 넘어져 있는 남자의 그것과 완전히 같은 색으로 반짝이고 있었다.

"본의 아니게 놀라게 해드렸군요."

"……."

푸른빛이 그녀의 머리카락에서 물처럼 흘러내린다.

우아한 옷자락 역시 머리카락 색 못지 않은 푸른색이다.

그녀는 옷자락을 갈무리하더니 시선을 얌전히 돌렸다.

머리카락의 출렁거림이 멈추는 순간 그녀는 경하를 마주 보고 서 있었다.

"인사드리겠습니다. 저는 나유의 딸. 새로운 나유의 계승자. 라마이드 메로유 타인 나유입니다. 미메이라의 계승자를 만나게 되어 영광입니다."

나긋나긋한 몸짓으로 그녀는 허리를 굽혔다.

그런 그녀에게 경하 역시 조용히 허리를 굽혔다.

"이렇게 낯선 곳에서 저를 기다려 주신 것에 대해 진심으로 감사를 드립니다."

"에? 아, 뭐… 벼, 별로 그런 것은 아닌데…."

"지금까지는 지나치도록 이동 속도가 빨라 짐작조차 할 수 없었습니다만, 당신의 배려로 이곳에 무사히 도착했습니다. 물론 경황없이 이렇게 저 혼자만 인사드리게 되어 정말 죄송스럽게 생각합니다."

"그게 아니라… 저어."

왠지 경하는 오른쪽 뺨이 따끔따끔거리는 것을 느꼈다.

굳이 돌아보지 않아도 기엘과 로운이, 특히 로운이 도끼눈을 하고 자신을 쳐다보고 있음에 틀림이 없다.

"그 일단은 늦었으니까 안으로 들어가죠? 저기 로렌, 부탁해도 될까요?"

"아아… 아, 물론. 내 성에 온 손님은 내가 직접 맞이해야겠지."

눈앞에서 벌어지는 광경에 넋을 잃고 있었던 로렌은 경하의 말에 문득 정신을 차렸다.

분명 자신의 지각으로는 가늠할 수 없는, 너무나 일반적일 수밖에 없는 그의 감각에는 있을 수 없는 일이 일어난 것이다.

하지만 지금 그의 앞에는 짙푸른 색의 머리카락을 가진 여인이 서 있다.

물기를 머금었으나 전혀 젖지 않은….

"카드미엘에 오신 것을 환영합니다. 제 소개는 차차 하도록 하고, 가실까요? 아름다운 나유의 사신이여."

로렌이 내민 손 위에 새하얗고 우아한 손이 살포시 올라갔다.

"기꺼이, 부탁드리겠습니다."

이슬이 굴러 떨어질 것만 같은 부드러운 목소리가 그 뒤를 이었다.

"미메이라의 계승자께선 외유가 길으시군요. 물론 물의 의지를 이은 자와 함께 계신다는 것도 저로서는 놀라운 일입니다만."

"뭐, 사정이 그렇게 되었습니다."

놀랄 정도로 정중한 라마이드의 말투 덕에 자리에 앉아 있는 사람들 모두, 보통 때와는 전혀 다른 정중한 분위기로 돌변해 있었다.

그것은 어느 누구보다도 로렌에게 놀라움 비슷한 즐거움을 주고 있었다.

처음 경하 일행을 만난 뒤로 지금까지 저 일행이 이렇게까지나 뭔가 공식적인 분위기를 잔뜩 풍기고 앉아 있는 것은 처음 보았기 때문이다.

그들의 묘한 관계 역시 지금은 완벽하게 미메이라의 계승자와 그의 신하들로 비추어지고 있을 정도다.

일단은 제삼자인 로렌은 그런 그들의 모습을 관망하고 있었다.

"그런데, 나유의 계승자이신 분께서 어찌 이리 먼 길을 오셨는지 제가 물어도 실례가 되지 않을까요?"

그나마 일단은 제일 점잖은 분위기를 풍기고 있던 로운이 조심스럽게 라마이드에게 물었다.

그의 물음에 라마이드는 생긋 웃음을 지어 보였다.

우아함이 그녀의 미소에서 풍겨 나온다.

"미메이라의 계승자께서도 정식으로 계승을 받기 위해서는 한두 가지 필요한 사항이 있으시겠죠? 그것과 일맥상통하는 일입니다."

라마이드의 시선이 어느새 저 멀리 떨어져 있는 이리야에게 닿았다.

"나유의 계승자가 되기 위해 계승 후보자는 한 가지 일을 해야 합니다. 그것은 바로…"

꿀꺽, 침을 삼키는 소리가 희미하게 들려왔다.

이리야는 자신을 똑바로 바라보는 라마이드의 시선이 너무나 부담스러웠다.

"저기 계신 분처럼 잃어버린 아이들을 다시 불러 모으는 것입니다."

“잃어버린 아이들?”

로운이 되물었다.

“드문 일입니다만, 이런 시기가 되면 꼭 저분처럼 당연하게 나유에서 태어났어야 할 물의 술사들이 다른 곳에서 태어나고는 하지요. 불가항력적인 일이라고 장로님들께서 말씀하시기는 합니다만……”

모두의 시선이 이리야에게 향했다.

“하하하, 난 아이들이라고 하기엔 나이가 좀 들었는데?”

왠지 자신에게 시선이 향하자 어색해진 이리야가 억지 웃음을 지으며 말했다.

하지만 그 말에 웃는 사람은 아무도 없었다.

“이리야 노운이라고 하셨죠? 당신과 같이 나유로 돌아와야만 하는 분들을 찾아내고, 또한 안내하는 것이 제가 해야 할 일입니다.”

“하지만 그렇게 갑작스럽……”

대답 아닌 대답을 하던 이리야의 머리 속에 문득 스치고 지나가는 것이 있었다.

‘그래서였던 건가?’

분명 이제쯤엔 미메이라로 돌아가겠다고 난리를 피워도 이상하지 않았을 사람이 바로 경하다. 아무리 가이칸의 황제가, 로렌이 붙들었다고는 하나 이유없이 카드미엘에서 빈둥거리는 것이 이해가 가지 않았었다.

투덜거리면서도 내일이라도 당장 도망을 치자고도 하지 않았었다.

“그래서… 였나?”

순간적으로 가라앉은 이리야의 목소리가 경하의 앞으로 싸늘하게 스치고 지나갔다.

“그래서 이곳에서 기다린 건가?”

싸늘해진 이리야의 목소리는 더 더욱 가라앉았다.

비참하다고 말할 수는 없다. 하지만 그렇다고 해서 비참하지 않다고 말할 수도 없었다.

이런 기분은 무엇이라 설명해야 할까?

이리야는 가슴속에서 끓어오르는 감정에 할 말을 잃었다.

“이리야…”

경하는 차갑게 식은 표정의 이리야 앞에서 뭐라고 말을 해야 할지 고민했다.

분명 아무 말 하지 않은 것은 사실이다. 하지만 자신에게 저런 목소리로 말을 할 줄은 몰랐던 것이다.

“저기 나는…”

“더 이상 말하지 마.”

이리야는 경하의 말을 가로막았다.

어떤 말도 듣고 싶지 않았다.

그는 몸을 돌려 자리를 떴다.

따스하다고 느껴왔던 공기가 갑자기 차갑게 이리야의 가슴속으로 파고들었다.

시리도록.

“이리야.”

그의 이름을 불러주는 목소리도 어딘가 다른, 먼 곳에서부터 들려오는 소리 같았다.

멈춤, 그리고 흐름

The Wind of Ashurei

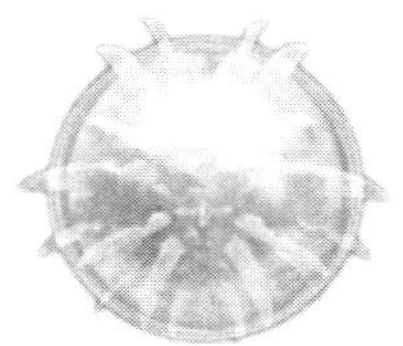

"뭔가 저곳만 시간이 다르게 흐르는 듯하지 않나?"

"……."

멀리 화원을 내려다보며 로렌이 물었지만 특별히 대답을 원하는 것 같지는 않았다.

미타 남작은 로렌의 시선을 따라가 그가 보고 있던 곳을 바라보았다.

하늘보다 더 투명한 은색과 물보다 더 짙은 푸른색이 그의 눈에 들어왔다.

주위의 풍경에 비추어볼 때 너무나 도드라져 보이는 색이다. 그 색은 너무나 자연스러워 오히려 너무나 인공적으로 보일 정도다.

"아무래도 정상적이진 않겠지요."

"카스핀, 말은 그렇게 하는 게 아니야."

“죄송합니다, 폐하. 본의 아니게…”

즉시 물러서는 미타 남작을 보고 로렌은 눈살을 찌푸렸다.

“본의가 아니기는. 자네가 못마땅해하는 정도는 알고 있네. 하지만 무조건 그렇게 부정적으로 보지 말게. 생각을 해봐. 제국의 어떤 역대 황제가 신국과 이렇게 돈독한 관계를 유지할 수 있었나? 안 그런가?”

“그렇게 생각하신다면야.”

로렌은 슬며시 입가를 끌어당겼다.

그런 로렌의 표정을 보고 있는 미타 남작은 왠지 뒷골이 조금 당기는 듯한 느낌을 받았다.

아무래도 그의 군주는 그의 그 특이한 야망을 포기한 것 같지 않은 듯싶다.

“포기하신 것이 아니셨습니까?”

“포기?”

“현실적으로 불가능한 일이지 않습니까? 신국인들이 기본적으로 그런 형편이라면 어떻게…”

항의하려는 미타 남작의 입을 로렌이 박력있는 미소로 막아버렸다.

“발상의 전환이라는 것은 언제나 가능하다고 보네. 그리고 어느 부분에서라도 가능하지. 자네도 보지 않았나, 어제의 그 기적과도 같은 일을.”

“……”

로렌은 어젯밤에 보았던 그 환상적인 광경을 머리 속에 떠올렸다.

하늘로 치솟던 물줄기와 그 물줄기가 한자리에 모여 인간의 형상이 되어가는 광경을 그는 직접 목격했다.

자신의 눈으로 보지 못했다면 절대로 믿지 않았을 그런 일이다.

하지만 그는 직접 보았고, 그래서 믿을 수밖에 없다.

"직접 본 사실인데 어찌 믿지 않을 수가 있겠나. 그녀를 보게. 홀홀 단신으로 아슈레이의 서쪽 끝에서 여기까지 왔네. 물의 계승자라는 그녀가 가능한 일이라면 미메이라의 그 누군가도 그렇게 할 수 있지 않을까?"

"폐하, 그것은…."

"부딪쳐 보기 전에는 모르는 것일세. 나는 아직 포기하지 않았어."

천천히 손가락을 구부렸다가 펴는 동작을 하며 로렌이 말했다. 단순한 동작이지만 그 동작 하나하나에서 자신감이라는 단어가 배어 나온다.

"포기하기에는 상당히 아깝지 않은가."

그의 시선이 다시 짙푸른색과 은색이 조화를 이루고 있는 화원의 한곳으로 향했다.

"포기하기에는 아직 일러."

＊　　　　　＊　　　　　＊

"이곳은 생각보다 아주 소란스럽군요."

라마이드의 목소리는 마치 물이 흐르는 것처럼 경하의 귓속으로 파고들었다.

"뭐, 사람이 많으니까요. 확실히."

그녀의 옆에서 경하는 턱을 괸 채 심드렁하게 대답했다.

눈앞에서 사람들이 바쁘게 뛰어다니는 게 보인다.

사실 마구 두다다 뛰어다니는 것은 아니지만 바쁘게 움직이고 있는 것만큼은 사실이다.

그리고 궁의 시녀들 및 각각의 사용인들이 저렇게 바쁘게 뛰어다니고 있는 이유는 바로 다름 아닌 경하와 그의 옆에 있는 라마이드 때문이다.

공식적이지는 않다고 하나 일단은 4개의 신국 중 둘이나 되는 나라의 계승자가 머물고 있는 것이다.

바쁘지 않다면 절대로 그쪽이 이상할지도 모른다.

"저렇게 격식을 차리지 않아도 되는데…."

혼잣말처럼 경하가 중얼거렸다.

"물론 그렇습니다만, 때로는 필요할 때도 있지 않을까요? 미메이라의 계승자님?"

"그렇게 부르지 말아주세요. 엄연히 경하라는 이름이 있으니까."

"특이한 이름이군요."

말끝에 물의 흐름보다도 자연스러운 미소가 따라붙었다.

왠지 그런 라마이드의 얼굴을 보고 있으려니 경하는 귀 끝이 빨갛게 물들어가는 느낌이 들었다.

'굉장히 특이한 타입이라니까, 이 사람은.'

라마이드는 경하가 만났던 어떤 여자와도 다른 타입이었다.

미모로 말한다면 눈이 부시도록 아름답다라는 단어는 부적합할지도 모르지만 독특한 타입의 미인임에는 틀림없다.

그런 정도라면 그래도 일반이라는 단어의 범주 안에 어떻게든 집어넣을 수 있었겠지만 그녀는 조금 달랐다. 그녀의 존재 자체가 너무나도 자연스러워 오히려 인간 같지 않을 정도였기 때문이다.

살아 숨 쉬는 물이라는 표현이 너무나도 들어맞는 그런 느낌.

'어라, 정수기 선전 같잖아?'

줄줄 연상되는 것을 머리 속에 떠올리고 있던 경하는 그만 혼자서 피식 웃어버렸다.

"……?"

"죄, 죄송합니다. 갑자기 뭔가 생각이 나서."

혼자 키득키득 웃다 말고 경하는 그만 푸하하하— 하고 파안대소를 해버렸다.

따지고 보면 자신이 바람을 만들어내거나 그것을 정화할 수 있듯이 라마이드도 물을 정화하는 능력 정도는 기본으로 가지고 있을 것이라는 것에 생각이 미쳤기 때문이다.

그것이야말로 틀림없는 정수기가 아니고 무엇일까?

"하, 하하하하하하하하—!"

미친 사람처럼 웃어대는 경하를 보며 라마이드는 어쩔 줄 몰라 했다.

적어도 그녀의 앞에서 이렇게 버릇없이(?) 웃어대는 사람은 많지 않았기 때문이다.

"정말 여러모로 특이한 분이시군요. 당신의 기사들의 말이 딱 들어맞는 것 같습니다."

"에, 에헤헤."

눈가에 흘러나온 눈물을 쓱쓱 닦으며 경하는 간신히 웃음을 참았다.

"에또, 특이하다고 한다면 라마이드, 당신도 못지 않아요. 당신 같은 미인은 처음 보니까."

사심없이, 경하는 순수한 마음으로 라마이드의 외모에 대한 말을 입에 담았다.

그런 경하의 생각을 그대로 받아들인 듯 라마이드도 산뜻한 웃음으로 대답했다.

"감사합니다. 경하님도 제 눈에 호화로운 미남이신걸요."

"에엣— 케엑, 쿨럭, 쿨럭, 쿨럭!"

"물론 아직은 조금 더 자라셔야 하겠지만요. 틀림없이 몇 년 뒤가 되면…."

"쿨럭쿨럭."

경하는 손을 내저으면서 기침을 해댔다.

'듣던 중 정말이지 괴로운 소리야.'

"생각한 것보다 훨씬 말을 나누기 편한 분이군요. 아주 마음이 놓입니다."

"그렇게 생각해 주면 고맙죠. 사실은 아주 궁금한 게 하나 있는데 물어도 될까요?"

"네, 제가 대답할 수 있는 것이라면 뭐든지."

"그…."

막 질문을 하려다 말고 경하는 주위를 둘러보았다.

여전히 오른쪽 왼쪽으로 바삐 오가는 사람들투성이다.

물론 아주 가까운 거리는 아니라고 해도 어떻게든 들으려 한다면 경하와 라마이드의 대화를 들을 수도 있는 거리다.

그리고 또 하나, 모습은 보이지 않지만 아주 가까운 곳에 있는 세 사람의 파장을 봐서는 세 사람 역시 자신들의 대화를 들을 수 있는 곳에 있음에 틀림이 없다.

"뭐, 별로 상관없겠지."

일단 결정을 내리자 경하의 표정은 단호해졌다.

"이리야 같은 경우가 많이 있나요?"

"예?"

"그러니까 신국이 아닌 곳에서 태어나는 엘러… 라고 해야 하나? 아무튼 그런 경우가 많이 발생하는지 궁금해서요."

"많이는 아닙니다. 경하님도 느끼실 수 있을 텐데요."

"흐음."

"어제도 잠시 언급했었지만 이런 시기가 되면 신국이 아닌 곳에서 종종 능력자가 태어나곤 합니다."

라마이드의 말에 경하가 고개를 갸우뚱했다.

"잠깐. 그 이런 시기라는 말부터 좀 설명을 해줬으면 좋겠습니다만."

"미메이라에서는 그런 경우가 별로 없는 건가요?"

"그러니까 그런이니 이런이니 하는 애매모호한 단어 말고 정확하게 말씀을 해주셨으면 좋겠는데요. 솔직히 말해서 나는 계승자가 되기에는 좀 뭐랄까, 지식적인 면으로는 많이 부족한 편이니까요."

"흐음, 알겠습니다. 무슨 말씀이신지."

자못 진지한 표정의 경하를 보며 라마이드는 고개를 끄덕였다.

'특이하다' 라는 말에는 여러 가지 의미가 포함될 수도 있는 것이라는 생각마저 들었다. 어렸을 때부터 계승자로서 교육받아 온 그녀와는 달리 그녀의 눈앞에 있는 이 미메이라의 수장 계승자는 어딘가 모르게 다른 점이 많았다.

굳이 지식적인 면을 따져 볼 필요도 없다.

몸으로, 감각으로 느껴지는 경하의 파장은 자신이 아는 어떤 능력자와도 견줄 수 없을 정도인 것이다.

무슨 사정이 있을 것이라는 생각도 없지 않았지만 그녀는 그것을 굳이 입에 담지 않았다.

계승자로서 교육받아 온 그녀는 장소와 상대에 따라 말할 것을 구분지어 가려야 한다는 것을 잘 알고 있었기 때문이다.

"제가 새로운 나유의 수장 계승자이듯, 당신도 미메이라의 수장 계승자이지 않습니까?"

"그렇죠."

"이제 마악 수장의 위를 계승받으셨구요."

"뭐, 정식이라고 하긴 그렇지만 그 말도 맞아요."

"저도 마찬가지입니다. 제가 할 일을 마치고 나유로 돌아가면 정식으로 수장의 위를 계승받게 됩니다."

라마이드는 하나하나 천천히 경하에게 설명을 하기 시작했다.

"아마도 호로스 역시 비슷한 시기에 계승자가 바뀌었거나, 또는 바뀔 겁니다. 바라스도 마찬가지고요."

"헤에, 그러고 보니 호로스는 수장 계승이 완전히 끝나 있기는 했지만…."

"그렇습니까? 대략적으로 짐작은 하고 있었지만 상당히 빨랐군요. 여하튼 이 정도 말씀드리면 대충 짐작 가시는 사실이 하나 있으시겠죠?"

라마이드는 살짝 경하에게 힌트를 주었다.

"호로스가 바뀌었고 미메이라와 나유가 바뀌었습니다. 바라스도 이미 바뀌었을지도 모릅니다."

"비슷한 시기에 수장이 교체가 된다라는 의미인가요?"

"맞습니다."

방긋― 하고 라마이드가 예의 미소를 지어 보였다.

"어느 나라가 먼저라고 할 것도 없이 비슷한 시기에 새로운 계승자가 태어나고 또한 성장하고 바뀌는 것은 예전부터 있어왔던 일입니다. 그 이유를 굳이 들자면 각 계승자가 이어받아야 할 신들의 힘의 균형 때문이겠죠."

"흐음."

일리가 있는 말이다.

4개의 힘이 평형을 이루어 지탱되고 있는 것이 이 아슈레이 대륙이라고 들었다.

그렇다면 하나가 새롭게 바뀌면 나머지도 새롭게 바뀔 수 있다는 의미도 된다. 이상할 것이라고는 전혀 없이 말이다.

"평형을 이루던 것이 어느 한 부분에서부터 바뀌어 나갑니다. 하나씩 하나씩."

라마이드의 하얀 손이 경하의 눈앞에 들어 올려졌다.

"그것이 어떤 방향으로 이루어지듯, 하나가 변하면 그 옆의 것도 영향을 받게 되지요."

그녀의 손은 둥그렇게 원을 그려 보였다.

"수장 교체의 시기가 되면 각국에서는 새로운 수장 계승자가 탄생합니다. 그것은 대대로 수장이나 신관을 배출해 온 집안에서일 수도 있지만 반대의 경우도 심심치 않게 있지요. 그런 과정에서 미묘하지만 균형이 맞지 않은 때가 조금씩 생기게 됩니다."

원을 그려 보였던 손이 한쪽으로 일그러졌다.

"그러면 어긋남을 어떻게든 보완하기 위해 이상한 일이 일어나게 됩니다."

"그게, 신국이 아닌 곳에서 엘러가 태어나는 원인이란 뜻인가요?"

라마이드는 고개를 끄덕였다.

그녀의 제자(?)는 그녀가 하는 말을 정확하게 이해하고 있었다.

"그렇습니다. 꼭이라고는 말할 수 없지만 그럴 것이라고 저희들은 미루어 짐작을 하고 있습니다."

"하지만 대부분의 타 지역 엘러들은 굳이 신국이 아니더라도 무리없이 살 수 있다고 하던데요."

"네. 그들이 태어난 곳이 신국과는 멀리 떨어져 있는 곳이니까요. 하지만 정말 드물게 형편이 좋지 않게 태어나는 특이한 엘러들이 있습니다. 바로 이리야 씨처럼요."

"하지만 이리야는…."

라마이드의 말은 확실히 이해했지만 조금 다른 것이 있다.

이리야는 원래부터 특이한 엘러가 아니라는 점이다.

"그것은 저도 의문입니다. 그전에는 그렇게 크게 그분의 존재가 느껴지지 않았죠. 순간적으로 느껴졌기 때문에 저는 단순하게 어디선가 강한 힘을 가진 물의 술사가 태어났다고 생각했습니다. 도대체 무슨 일이 있었던 건가요?"

"그게 뭐 으음…."

어떻게든 설명을 하려 했지만 왠지 입에 담아서는 안 될 기분이 들었다.

경하는 한참을 우물쭈물거린 후에야 간신히 대답을 했다.

"사람이 살다 보면 죽을 고비를 넘기게 될 때가 있는데 그런 경우라고 해야 할까요? 죽을 고비를 한두 번 넘기더니 그렇게 되었습니다."

"나름대로는 납득이 가는군요."

"사실 이리야는 물의 술사라고 해도 상급 주문 같은 것은 전혀 몰라요. 알고 있는 것은 제국에서 고만고만한 물의 술사들에게 배운 기본적인 주문뿐이죠. 게다가 스스로 계속 억제하면서 살아왔기 때문에 당신이 온다는 것도 제대로 느끼지 못했으니까요."

"그것은 이해가 갑니다. 제국에서 물의 술사로서 살아가긴 쉽지 않다고 들었으니."

"그 말 그대로죠."

이해했다는 표정을 하고 라마이드는 말했다.

"다만, 이리야 씨께서는 경하님과 상당히 친밀한 관계이신 듯해서 걱정이 되는군요. 제가 이렇게 불쑥 나타난 것도 달갑지 않으신 듯하고, 제가 지금까지 만났던 이국의 물의 술사들은 거의 전부 어린아이들이라 이런 경우는 저도 처음입니다."

그 말에 경하의 얼굴이 순식간에 어두워졌다.

"뭐… 지금 당장은 화를 낼지는 모르지만 시간이 지나면 이해해 줄 거라고 생각해요. 이리야도 언제까지나 나를 따라다닐 수는 없는 노릇이니까."

그렇게 생각을 하자 경하는 가슴 한구석이 아려왔다.

라마이드의 존재를 느낀 이후부터 혼자서 주욱 마음의 준비를 해왔다.

언젠가는 그렇게 돼야 할 것이라고 생각해 왔고, 이리야 스스로가 지나가는 말처럼 한번쯤은 나유에 가보고 싶다고 한 말도 가슴 속에 담아두고 있었다.

다만 그 시기가 이렇게 빠를 것이라는 것을 생각지 못했을 뿐이다.

이리야가 느끼는 당혹감은 경하가 느끼는 그것과 비슷하면 비슷했지 결코 다르지 않을 것이다.

"후우—"

경하는 길게 한숨을 내쉬었다.

라마이드가 도착했고, 이리야에 대한 일들은 어떻게든 결말이 날 것이다.

그럼 남은 것은…….

'이제 슬슬 떠나야 할 때가 되었어.'

오늘 밤에는 로렌에게 그 말을 해야겠다고 경하는 결심했다.

"웃기는 소리 하고 있군."

차가운 목소리였다.

이리야는 기둥 뒤에 숨어 라마이드와 경하가 나누는 이야기를 내내 듣고 있었다.

그의 옆에는 이리야와 아주 비슷한 포즈로 기엘과 로운이 앉아 있었다.

숨어서 듣는 것은 절대 취미가 아니지만 어쩌다 보니 그렇게 하고 있다.

"경하님은 나름대로 이리야 씨의 거처에 대해서 많은 생각을 해 오신 듯합니다."

"누가 언제 그런 것을 생각해 달라고 한 적 있어?"

기엘의 말에 이리야가 거칠게 대꾸했다.

기엘은 그런 이리야에게 달래듯이 말했다.

"하지만 생각지 않는 쪽이 이상하지 않겠습니까?"

"시끄러워, 기사 양반."

"이리야 씨."

"그래! 언젠가는 내 스스로도 나유에 한번쯤은 가보고 싶다고 생각해 왔지. 하지만 왜 그게 지금이어야 하지? 저런 정체도 모를 사람 같지도 않은 사람이 갑자기 나타나서 나와 함께 나유로 갑시다

하는데 구조건 따라가라구? 말도 안 돼!!"

이리야는 진심으로 화를 내고 있었다.

어제 어디선가 바람처럼 툭 하고 튀어 들어온 한 여자가 이리야의 신경을 바짝 태우다 못해 툭툭 끊어내고 있다.

고집을 피우거나 하는 것이 아니다.

언제까지 경하의 곁에 있을 수 없다는 것 정도는 알고 있었다.

하지만 지금은 아니다.

아니, 솔직하게 말하자면 조금이라도, 가능한한 경하의 곁에 있고 싶었다.

적어도 경하가 이 아슈레이의 세계에 머물 수 있는 동안만큼은.

두 번이나 목숨을 구원받았다.

경하가 아니었다면 지금쯤 그는 이 세상에서 이렇게 살아 숨 쉬고 있을 수 없다.

그 대가로 자신의 남은 인생을 모두 경하에게 주어도 그것이 오히려 영광이라고 그는 생각하고 있었다.

그렇게 말한다면 경하는 틀림없이 화를 내겠지만 말이다.

"나유의 수장 계승자가 오고 있다는 것을 못 느낀 것은 내 책임일지 몰라도 알고 있으면서도 내게 아무 말도 하지 않은 것은 모조리 그 녀석의 책임이다."

심지어는 배신감마저 느껴질 정도다.

그래도 생사고락을 함께해 왔다고, 그만큼 친밀하고 또한 떨어질 수 없는 그런 관계라고 그는 여기고 있었다.

차마 경하에게 자신을 어떻게 이렇게까지 실망시키고, 배신할 수 있느냐고 따질 수는 없지만 그래도 가슴속에서 치밀어 오르는 이 감정만큼은 어찌할 수가 없다.

"경하님은 아마도 계속 생각을 해오셨을 겁니다, 이리야 씨. 제 발…."

무슨 말을 해도 위로가 되지 않는다는 것을 기엘도 잘 알고 있었지만 그는 어떻게 해서라도 그의 마음을 위로하고 싶었다.

"로운, 무슨 말이라도 좀 해봐."

"아……."

그때까지 아무 말 없이 팔짱을 긴 채 생각에 잠겨 있던 로운은 기엘의 말을 듣고서야 간신히 고개를 들었다.

"그러니까 그것이…."

뭔가 할 말을 찾았지만 할 말이 없는 것은 기엘과 마찬가지다.

결국 그는 두 손을 들어 버렸다.

"당사자끼리 이야기해. 나는 전혀 모르겠으니."

"로운!!"

로운은 생각을 하고 있었다. 끊임없이.

"뭐라고 말해도 이리야 당신의 맘이 당장 풀어질 리는 없을 테고 그렇다고 당사자가 아닌 내가 경하에게 뭐라고 말할 수도 없는 노릇이다. 섭섭한 것이 있으면 가서 직접 이야기해. 왜 그랬는지, 어째서 그랬는지. 어차피 이제 와서 이리야 당신이 경하가 시키는 대로 할 리도 없을 테니까."

"……."

로운은 이리야의 얼굴을 정면으로 바라보았다.

"그리고 무엇을 어떻게 하고 싶은지 정확하게 그 녀석에게 말해."

바람이 그들의 주위를 돌아 불어 나간다.

서늘한 그 바람은 경하가 어느새 만들어낸 순수한 엘이 가득 담겨진 바람이었다.

"…이 바람처럼 사라지기 전에 하고 싶은 말 그대로 모두 그 녀석에게 말하라구."

*　　　　　*　　　　　*

"돌아가겠다고?"

"네. 뭐 많이 신세를 지기도 했고, 슬슬 돌아가야죠."

경하는 쓴웃음을 지으며 말했다.

하지만 상대방은 웃기는커녕 상당히 표정이 심각하다.

"금제를 풀자마자 바로… 라는 건가?"

"꼭 그런 것은 아니고, 기다리던 사람도 만났고 더 이상은 시간을 지체할 필요가 없는걸요."

상대방의 반응이 약간 심상치 않은 것 같자 경하는 조금 더 길게 설명을 했다.

"원래 길게 머물려던 것도 아니고, 당신이 스스로 말하듯 이 궁의 주인은 당신이잖아요? 당신이 이 궁을 오래 비울 수 없듯 저 역시 돌아가야 합니다."

"로렌."

"예?"

"로렌이라고 부르라고 했지. 당신이라니, 그런 딱딱한 호칭 따위 치워 버려."

곧 황제가 될 로렌에게 당신이라고 부르는 것도 상당한 무례인데도 로렌은 고집을 피웠다.

상황은 좀 다르다고 하나 두 사람 모두 한 나라를 책임지고 있다는 생각에 로렌은 다른 사람은 몰라도 경하에게만큼은 조금의 격식도 원하지 않았다.

"하아… 여하튼 그래서 돌아갈 테니까 보내주시죠."

"싫은데."

어린아이처럼 로렌이 대답한다.

"간다니까!! 갈 거야!! 갈 거라구!!"

경하는 울컥하고 치미는 화를 간신히 억누르며 말했다.

말이 안 통하는 상대만큼 피곤한 것도 없다.

"우씨— 왕 짜증이야 정말."

"그건 좋군."

"뭐가—!"

버럭버럭 화를 내도 모자른 판국에 로렌은 빙글빙글 웃어가며 경하를 바라보고 있는 것이 아닌가.

"격의없이 대해주기를 바랬는데 넌 화가 나야만 내게 그런 식으로 말을 해주는 것 같달까?"

"그거야 로렌 당신한테 말을 함부로 하면 그 카스핀인지 뭔지 하는 남자가 도끼눈을 뜨기 때문이잖아!"

"카스핀에겐 내가 주의를 주도록 하지."

빙글빙글을 넘어서 능글맞아 보이는 표정을 하고 있는 남자에게 경하는 결국 항복을 선언하고 말았다.

"어이구, 내 팔자야. 제국 황제한테 반말이나 지껄여야 되다니. 정말이지 내일이라도 암살자들한테 목이나 안 따지면 다행이지."

"걱정 말게. 이 궁의 보안은 장담할 수 있어."

그 말에 경하는 코웃음을 쳤다.

"흥, 보안은 무슨. 나도 멀쩡하게 걸어 들어왔고 라마이드도 아무런 거침 없이 걸어 들어온 궁인데."

"그거야 너와 그녀가 보통 사람이 아니기 때문이지 않나. 암살자들은 보통 사람 이상의 능력을 가지고 있지만 결국은 보통 사람이야."

"모르는 소리 하지 마. 하세카 같은 사람들은 보통 사람이 아니야. 빗물처럼 녹아서 아무 데서나 나타난다구."

"…뭐라고 했나, 지금?"

빙글거리며 농담하듯 경하와 말을 주고받던 로렌의 목소리가 갑자기 심각해졌다.

"뭐라고 하긴. 덕분에 얼마나 고생을 했는데. 젠장, 생각하기도 싫어."

"빗물처럼 녹는다구?"

"그뿐 아니야. 어떤 사람은 그대로 시커먼 덩이가 되어 터지질 않나. 장난이 아니라구. 로운이나 기엘의 말로는 흑마술을 쓴다고 했지만 그게 어느 정도가 한계인지도 모르겠고, 여하튼 어지간하면 하세카랑은 상관도 하고 싶지 않아. 물론…"

말을 하다 보니 경하는 아차 싶었다.

상황이 너무 급박하게 돌아가다 보니 깜빡 잊고 있었던 것이 있었다.

'나 뭔가 잊어버리고 있었어….'

시유를 납치해 갔던 것은 어디까지나 검은 암살단 하세카. 아니, 이제는 암살단이라 부르기에도 한계가 있는 그들이다.

여하튼 그들이 납치해 간 시유는 결국 카드미엘로 옮겨지고 있었다. 그렇다는 것은 결국 그들의 배후에 로렌이 있다는 의미도 되는 것이다.

제길, 걱정했던 문제가 해결되는 바람에 간과하고 있었던 사실.

'저 사람은 친구가 아니야. 불과 얼마 전까지만 해도….'

눈앞의 사람은 기엘이나 로운이나 이리야와 같은 존재가 아니다.

그는 얼마 전까지는 적이나 다름없는 존재였다.

순간 경하의 얼굴이 싸늘하게 식었다.

"로렌."

"……."

"묻고 싶은 게 있는데 정확하게 대답해 줄 수 있어?"

"내가 할 수 있는 것이라면 해주지. 내게 격의없이 대해주는 것에 대한 보답으로."

"검은 암살단 하세카… 그들에게 시유를 납치하라고, 수단 방법을 가리지 않고 시유를 데려오라고 명령한 게 당신이야?"

순간 로렌은 대답을 망설였다.

일이 스무스하게 진행되어 버리는 바람에 잠시 잊고 있었던 일이다.

시간 간격을 조금 두고 로렌은 천천히 말을 골랐다.

"…흐음. 그것에 대해서는 신중하게 대답을 하고 싶군."

"똑바로 말해. 명령했어?"

"명령했다와 의뢰했다는 상당히 어감이 다르지."

"로렌!!"

다음 순간 경하는 로렌의 멱살을 틀어쥐고 있었다.

힘껏 벽에 몰아붙이고 경하는 이를 악문 채 물었다.

"로렌, 당신이었어?"

"분명 내가 원하는 사람들을 데려와 달라고 하긴 했지만 그건 어디까지나 거래였다."

"그게 그 말이잖아!"

"그들이 네게 무슨 짓을 했는지는 모르겠지만 나는 암살 같은 것은 그들에게 의뢰한 적 없어."

로렌은 경하의 꽉 틀어쥔 손을 풀으려고 했지만 분노로 눈앞이 새빨개져 있는 경하의 손은 풀어낼 수가 없었다.

"의뢰한 것은 사실이란 소리잖아!"

"하지만 네게 위해를 가하라고 한 적은 없다!"

"그들은 피도 눈물도 없는 무지막지한 암살단이라구!!"

파앗―!

순간 로렌이 경하의 팔을 떨쳐 내었다.

털썩―

경하의 몸이 푹신한 의자 위에 떨어졌다.

"일단 머리를 식혀. 나는 흥분한 사람과 말하는 취미는 없다."

"로렌, 당신하고 하고 싶은 말은 더 이상 없어."

그 말을 끝내기가 무섭게 경하가 자리에서 벌떡 일어서려고 하는 것을 로렌이 막아섰다.

"머리를 식히라고 했지 도망가라는 말은 한 적이 없어."

"싫다고 했지!"

팽팽하게 서로 단 한 발자국도 물러서지 않는다.

불과 30센티도 떨어지지 않은 좁은 공간을 두고 경하와 로렌의 눈동자가 불꽃을 튀기며 대치했다.

"비켜!!"

"이야기를 끝까지 마칠 때까지는 이곳에서 나갈 수 없다."

"싫다고 했지!!"

"싫어도 안 돼!"

"당신하고는 절대 앞으로도 두 번 다시 말하기 싫어. 얼굴도 보고 싶지 않아!"

"두 번 다시 내 얼굴을 보지 않겠다고 해도 이야기는 끝까지 듣고 나가."

강력하게 말해 오는 로렌의 말투에 경하는 순간 망설였다.

이 사람을 다시 한 번 믿어도 되는 걸까 하는 마음과 절대 이 사람을 믿지 말아야 한다는 마음이 동시에 경하의 머리 속을 어지럽게 했다.

"좋아. 무슨 말이든지 해봐. 하지만 명심해."

"……."

경하는 주먹을 꾸욱 쥐었다.

"어떤 말을 하던 간에, 어떤 이유가 있었던 간에 당신이 의뢰를 했기 때문에 시유가 그런 가혹한 경험을 하고 이리야가 죽을 고비를 넘겼다는 사실은 변하지 않아. 그것만큼은 명심해 주었으면 해."

"기억해 두도록 하지. 그럼 이만 자리에 앉아주게."

털썩 주저앉은 의자는 푹신했지만 조금도 푹신하게 느껴지지 않았다.

마치 얼음 위에 앉아 있는 기분.

화가 한번 났다가 가라앉기 시작하자 머리가 미칠 듯이 차갑게 식어 내린다.

몸에 한기가 들 정도로 기분이 가라앉은 경하는 조용히, 그러나 단호한 표정을 지은 채 로렌을 올려다보았다.

경하의 그런 시선과 눈이 마주친 로렌은 짧게 한숨을 내쉬었다.

그리고 그는 발걸음을 옮겨 한쪽 옆에 늘어져 있는 줄을 당겼다.

얼마 지나지 않아 시녀 하나가 모습을 드러냈다.

"부르셨습니까."

"그래. 카스핀을 불러오게. 그리고… 와인도 한 병."

"술 같은 것은 마시고 싶지 않아."

경하가 한마디 했다.

"자네를 위한 것이 아니라 나를 위한 것이야."

로렌은 경하의 항의를 일축하고 다시 명령을 내렸다.

"대지굴이라 전해. 무엇을 하고 있든지 당장 출두하라고 말이야."

"예, 폐하."

시녀가 허리를 깊숙이 숙이고는 조용히 사라졌다.

"카스핀이 올 때까지는…."

시녀가 나간 것을 확인한 후 로렌은 한쪽 벽면을 가득 채우고 있는 나무로 된 벽장 쪽으로 다가갔다.

한참을 그 앞에서 고개를 갸우뚱거리던 그는 이윽고 오른쪽 제일 밑의 선반에서 두툼한 양피지 더미 하나를 꺼냈다.

털썩―

로렌은 그 양피지 더미를 경하의 앞에 내려놓았다.

"하세카에 대해 내가 가지고 있는 모든 정보다."

"……."

"그것을 일단 읽어. 그리고 나서 이야기하지. 일 대 일로, 가이칸 과 미메이라의 황제며 수장으로서, 그리고…."

"그리고?"

"남자 대 남자로 말이야."

*　　　　*　　　　*

"하아…."

피곤해진 눈을 비비며 경하는 자신의 숙소로 걸어가고 있었다.

하루 종일 카스핀과 로렌의 앞에서 신경을 곤두세우고 있었던 탓인지 피곤함이 온몸을 침식해 오고 있다.

"후우, 죽겠다."

뻑뻑한 어깨를 두들기며 경하가 마악 문에 손을 대려는 순간 안쪽에서부터 문이 벌컥 열렸다.

"경하님 돌아오셨습니까!"

화들짝 놀라기는커녕 경하는 아무렇지도 않게 기엘과 열린 문 사이를 비집고 들어갔다.

"경하님?"

"피곤해. 내일 하자구 내일."

"하지만 저어……."

머리가 빙빙 돌 정도로 피곤해진 경하는 그대로 침대에 가서 쓰러지려고 했다.

"그렇게 피하지만 말고 이젠 적당히 이야기를 해보지."

로운이 침대에 픽 하고 쓰러지려는 경하를 불렀다.

그 순간 경하의 머리에 핏대가 하나 툭하고 불거져 나왔다.

"으윽— 이야기는 질색이야. 제발 오늘은 나 좀 내비 둬죠. 골 아프니까."

"그러니까 그 황제와는 상대하지 말라고 했지 않나."

"미안, 잘못했어. 다 내 탓이야. 이놈의 성에 머무른 것도 결국 내 잘못이구, 그놈의 황제랑 이마 맞대고 싸운 것도 다 내 탓이고, 시유가 납치된 것도 내 탓이고, 그 덕에 이리야가 다친 것도 내 탓이고…."

"그래, 다 네 탓이니 나와 이야기 좀 하자."

“에?”

혼자서 투덜투덜하며 침대만을 오매불망 바라보고 있던 경하는 갑작스럽게 들려온 다른 사람의 목소리에 긴장을 해버렸다.

“눈치 못 채게 살살 피해도 소용없어. 나는 하루 종일 여기서 널 기다렸으니까.”

그 목소리의 주인공은 다름 아닌 이리야.

경하는 끄응— 하고 신음 소리를 낼 수밖에 없었다.

“부탁이니까 내일 이야기하면 안 돼?”

“황제와는 하루 종일 무슨 이야기를 한 거지? 네 파장이 저녁 내내 불규칙했다. 무슨 일이 있었는지 말해 봐.”

이리야와는 또 다른 용건으로 로운이 경하를 다그쳤다.

‘아이고, 죽겠다.’

경하는 그만 손을 들어버렸다.

이번에는 다른 방면으로 말이다.

“케인, 모두를 내보내고 문을 닫아버려.”

보이지 않는 존재에게 경하는 명령을 내렸다.

그 말이 떨어지기 무섭게 깨끗하게 정리되어 있던 내실에 폭풍과도 같은 바람이 휘몰아쳤다.

다음 순간 경하를 제외한 나머지 사람들은 서 있던 그 자세로, 혹은 앉아 있던 의자와 함께 방 밖으로 내몰려져 쾅 소리와 함께 닫혀진 문을 바라보고 서 있었다.

“……!”

“경하님!!”

“이녀석이…!”

세 남자는 너무나 황당해하며 문에 매달렸다.

"야! 너!! 말 좀 하자니까 이게 무슨 짓이야!!"

"도대체 왜 그러십니까, 경하님! 말씀을 해보세요!!"

"이 녀석!! 당장 열지 못해!!"

로운이 쾅쾅— 하고 문을 두들겼지만 이상하게 문에서는 소리가 나지 않았다.

세나케인이 소리를 차단해 버린 듯했다.

화가 난 로운이 있는 힘껏 문을 걷어찼지만 결과는 마찬가지였다.

"하— 이제는 별짓 다하는군."

로운이 혀를 찼다.

"아무래도 황제와 무슨 일이 있었던 것 같은데."

기엘은 걱정스러운 얼굴로 로운에게 말했다.

"그에게 물어보는 쪽이 낫지 않을까?"

"이 시간에? 게다가 그런 개인적인 용건으로 면담을 요청하는 것 따위 달갑지 않아. 차라리 저 녀석을 끌어내서 물어보는 쪽이 훨씬 나아."

"하지만."

기엘은 그렇게 말하다 말고 문득 아무 말 없이 문을 바라보고 있는 이리야에게 시선을 돌렸다.

"이리야 씨."

"아, 아아."

뭔가 할 말은 많지만 아무것도 말하지 못한 이리야는 쓴웃음을 지으며 기엘에게 말했다.

"아무래도 계속 피하고 싶은 모양이야."

"글쎄요."

"하기사 나도 대놓고 뭐라고 말을 해야 할지는 잘 모르겠어서."

멋쩍은 듯 머리에 손을 얹은 그는 어색하게 머리 긁는 시늉을 했다.

"할 수 없지 뭐. 녀석 말대로 하룻밤 자고 내일 이야기하는 수밖에. 내일은 일어나기 전에 와서 진을 치면 되지 않을까?"

이리야의 말에 로운이 고개를 끄덕였다.

"어차피 저런 상태라면 무슨 말을 해도 소용이 없으니 어쩔 수 없겠지. 일단은 쉬고 내일 확실하게 의논을 해보고 결정을 하자, 기엘."

"그래."

기엘도 그에 동감을 표했다.

이야기할 것은 많다. 이렇게 밖에 서서 경하를 불러보았자 고집을 피운 채 문을 닫아버린 경하가 다시 나올 리는 없는 노릇.

결국 세 남자는 조용히 경하의 방문 앞에서 물러날 수밖에 없었다.

"하아…."

"그러니까 쓸데없는 것에 신경을 쓰니까 그런 것이다. 인간들이란."

"말끝마다 그 인간들이란 소리는 좀 빼줄래, 케인?"

"네 녀석이 하는 말을 군소리없이 들어주었으니 내 말투에는 신경 쓰지 말아주었으면 좋겠는데?"

"시끄러워, 케인."

경하는 침대에 엎어진 자세 그대로 세나케인에게 대답했다.

그는 지금 눈에 보이는 형체가 되어 경하의 침대 한쪽 구석에 마치 유령처럼 둥둥 떠 있었다.

"흐음……"

그는 마치 한 삼 일 밤낮으로 고민을 한 사람 같은 얼굴을 하고는 경하를 내려다보고 있었다.

"무엇에 그렇게 화를 내고 있는 것인지 나는 이해할 수 없군."

"이해 안 해도 돼. 나도 잘 모르겠으니까."

경하는 보들보들한 시트 사이에 코를 박은 채 대답했다.

세나케인에게 말한 그대로 경하 스스로도 무엇에 이렇게 화가 나는지 잘 알 수가 없었다.

굳이 따지자면 어쩔 수 없는 상황 때문이라고밖에는 말할 수 없다.

"쳇, 로렌이라는 녀석."

"그가 하는 말에는 일리가 있었지. 게다가 그에게 이제 와서 책임 전가를 할 수도 없지 않나?"

"알고 있어. 그것에 대해 보상해 달라고 하는 것도 웃기다는 것 안다고. 하지만 화가 나는 것은 어쩔 수 없잖아."

경하가 로렌에게 들은 하셰카에 대한 이야기들은 국가 기밀에 속할 정도의 이야기들뿐이었다.

하셰카가 단순한 암살 집단이 아니라는 것쯤은 알고 있었지만, 그들이 어느 정도의 상대인지에 대해서는 그렇게 잘 알고 있는 것은 아니었다.

경하에게 있어 하셰카는 이 미메이라에 온 뒤로 어떤 연유였는지도 모른 채 일방적으로 피해를 입혀온 상대일 뿐이다.

원인은 작은 것이었지만 이미 간과할 수 없을 정도로 말이다.

하지만 그것뿐이라고 생각했다.

가능하다면 그들에게 거창하게 복수라도 해주고 싶었지만 다 부질없는 짓이라고 생각했다.

결과적으로 기엘도, 로운도, 이리야도, 시유도, 그리고 자신도 모두 이렇게 멀쩡하게 살아 있다. 그것으로 족하다고, 더 이상 부딪히지만 않는다면 그것으로 잊을 수 있다고 생각했었다.

그것은 지금도 그다지 변하지 않은 생각.

하세카가 생각보다는 광범위하지만 또한 의외로 소수 집단이라는 것 따위 경하에게는 중요한 일이 아니다.

그들이 사실은 암살자라기보다는 흑마술사들의 모임이라는 것도 경하에게 있어서는 아무런 의미를 가지지 못한다.

경하가 이 아슈레이에 속한 사람이 아니라는 전제에서는 말이다.

하지만…….

"여하튼 지금은 미메이라의 수장 계승자에 바람의 계승자… 라는 건가."

잊으려고 하면 모든 것을 덮어두고 그대로 떠나면 된다.

경하가 해야 할 일들은 모두 끝냈다.

이제 남은 것은 정리뿐.

하지만 무엇인가가, 아주 꺼림칙한 무엇인가가 경하의 마음속에서 떠나지 않았다.

그 꺼림칙한 것을 로렌은 아주 손쉽게 경하의 눈앞에 드러내 보였다.

직접적인 것은 아니었지만 로렌이 알려준 몇 가지의 사실이 지금 경하의 머리 속에서 하나로 모여 실체화되고 있었다.

암살자들과 흑마술사들, 그리고 그중 하나가 경하 일행에게 드러내 보인 노골적인 적의, 그리고 아셀과 하나스와 가이칸, 신국들…….

"으윽, 짜증나."

아슈레이는 변화를 겪는 중이다.

약속이라도 한 듯이 신국의 계승자들이 교체되고 있다.

그리고 가이칸에는 로렌이라는 새로운 황제가 등극하기만을 기다리고 있고 아셀 역시 새로운 황제가 등극했다.

"시계 방향이네."

"무엇이?"

"그러니까 대충 말이야. 중간 지대에서 미메이라, 그 뒤에 호로스와 나유, 내가 느끼기엔 바라스도 새로운 계승자가 나타났거든. 그 다음에는 가이칸에서 아셀. 모르긴 몰라도 다른 나라에도 어떤 변화가 있을지 몰라. 그게 딱 시계 방향이라 이거지. 뭐 더 자세하게 따지면 시계 방향의 소용돌이쯤 될까?"

"균형이라는 것이 원래 그렇지. 하나가 바뀌면 다른 것도 그에 영향을 받을 수밖에 없는 것이다."

"원래 그랬던 거야?"

"꼭이라고는 할 수 없지만… 그래, 그 물의 계승자가 말한 그대로다. 한날 한시에 시작된 일이다. 그러니 그 교체도 비슷한 시기에 일어날 수밖에 없어."

"그런 건가…….."

슬슬 눈이 감겨오기 시작했다.

경하는 눈을 몇 번 감았다 뜨면서 한 가지 궁금했던 것을 마지막으로 케인에게 물었다.

"케인, 그거 나도 할 수 있을까?"

"무엇을 말하는 거냐?"

"라마이드처럼 물을 매개로 이동하는 거 말이야. 내 경우는 그 매개체가 바람이 되겠지만."

"가능하다. 왜 불가능하다고 생각하는 거지?"

가볍게 수긍해 주는 세나케인의 말에 경하는 피식 웃음을 지었다.

"나는 이 세계의 인간이 아니니까 그렇게 말해 봐야 소용없어. 돌아가는 메커니즘을 알지 못하고는 발상의 전환도 할 수가 없는 거라구."

"그렇게 생각하면 아무것도 할 수 없다. 오히려 넌 이 세계의 인간이 아니기 때문에 자연스럽게 해내는 일들이 있지."

"그런 건가?"

"물론 전부는 아니지만 말이야."

"칫, 비행기 태웠다가 테러해서 떨어뜨리지 말아."

눈꺼풀이 무겁게 눈을 덮어왔다.

경하는 그대로 눈을 감고 잠을 청했다. 숫자를 셀 틈도 없이 수마가 몰려들었다.

몰려드는 수마를 그대로 맞으며 경하는 무엇인가를 끊임없이 생각했다.

잠깐잠깐의 잔상이 새카매지는 의식 사이로 나타났다가 사라졌다.

*   *   *

"예? 그게 정말입니까?"

"그렇습니다."

안절부절못하고 있는 시녀의 얼굴이 그녀가 하는 말이 사실이라는 것을 알려주고 있었다.

마주 잡고 있는 손이 덜덜 떨리고 있을 정도다.

거짓말을 하고 있다고 하기엔 그녀가 말한 내용이 너무나 황당하다.

기엘은 기가 막혀서 말도 나오지 않았다.

로운이 재빨리 그녀에게 물었다.

"이 사실을 다른 사람들은 알고 있습니까?"

"폐하께는 이미 알렸습니다."

"늦었군."

로운은 황급히 곁에 있던 겉옷을 들고는 밖으로 뛰어나갔다.

꽤나 이른 시간임에도 불구하고 눈에 띄는 시녀들이 많은 것을 보니 모두 소문을 들을 것 같았다.

머리카락을 휘날리며 뛰어가는 로운의 뒤로 기엘이 미친 듯이 따라갔다.

거대한 기둥을 돌아 아직 해가 뜨는 중인 새벽 하늘 밑으로 뛰어나가는 순간 시리도록 차가운 바람이 두 사람의 몸을 감싸 안았다.

"……!!"

"……!!"

하늘로 올라가는 바람이 두 사람의 시선을 자연스럽게 하늘로 향하게 했다.

그 시선의 끝에는 태자궁에서도 가장 높은 탑, 그리고 그 탑에서도 가장 높은 곳에 아슬아슬하게 서 있는 경하가 있었다.

"미치겠군."

로운이 이마를 손으로 짚었다.

기엘은 뭐라고 말도 하지 못하고 망연자실한 표정으로 경하를 바라볼 수부에 없었다. 도대체 저 높은 곳에 어떻게 올라간 걸까?

물론 바람술을 사용한다면 못할 것도 없지만 도대체 어째서 왜! 저런 곳에 올라가 있는 것인지 이해를 할 수 없었다.

"올라가서 데리고 내려와야겠어."

로운이 막 주문을 외우려고 하는데 기엘이 그의 옷자락을 잡아당겼다.

"소용없어. 자세히 봐. 쉴드가 있다."

뚫어져라 경하를 바라보고 있던 기엘은 자신이 발견한 것을 로운에게 알려주었다.

그 말에 로운이 신경을 집중하고 위를 바라보았다.

보통 사람들의 눈에는 보이지 않을 바람의 쉴드가 그들의 눈앞에 펼쳐져 있었다. 언뜻 봐서는 느끼지 못할 정도로 얇지만 확실한 쉴드였다.

"무슨 생각이지, 저 녀석."

로운은 혀를 찼다.

위험하지 않다는 판단에 마음은 놓였지만 상황은 그렇지가 못하다.

경하가 서 있는 것을 보고 까무라쳐 기절하는 시녀가 있는가 하면 벌써 몇 명이 웅성웅성거리며 멀리서 경하를 지켜보고 있었다.

물론 이른 시간이라 사람이 많지는 않았지만 그래도 궁에서 일하는 시녀들이나 사용인들의 눈을 피할 수는 없는 것이다.

"역시 바람이 잘 불지, 케인?"

로운과 기엘을 비롯 많은 사람들을 놀라 자빠지게 만들고 있는 당사자는 그런 사정을 아는지 모르는지 아직은 어둑한 카드미엘의 성 이곳저곳으로 시선을 던지며 한가한 시간을 보내고 있었다.

"이곳은 일종의 길목과 같은 곳이다. 바람뿐만이 아니지. 신국이 아닌 곳에서 이 정도의 장소는 드물다."

"뭔가 재미있는 곳이야."

불러들인 바람 덕에 펄럭거리고 있는 깃발의 길다랗고 두터운 봉에 팔을 감고 경하는 멀리 성벽의 너머로 고개를 들었다.

햇살이 살며시 지평선의 너머에서 기어오고 있었다.

지평선이 노란 황금색으로 빛나기 시작한다.

"이리야… 화 많이 난 것 같지?"

"화를 내는 특별한 이유는 알 수 없지만 그런 것 같더군."

"뭐 화를 내도 어쩔 수는 없지만 그래도 그 쪽이 좋다고 생각했거든."

"그것은 그도 아는 일이지만 그런 경우라면 네가 아무 말 하지 않았기 때문에 화를 내는 듯싶던데?"

"뭐야, 갑자기 불쑥. 나타나고 싶을 때는 좀 예고를 해. 놀랐잖아."

"인간과 대화할 때는 이쪽이 좀 더 제대로 된 대화를 할 수 있다고 판단했을 뿐이다."

세나케인의 말에 경하는 그를 힐끔 바라보았다.

인간의 형상으로 나타나긴 했지만 공중 부양 상태의 그는 역시나 인간 같지 않다.

피식 하고 경하는 웃어버렸다.

"웃기지 마. 그러고 둥둥 떠 있는 게 어떻게 정상적인 대화가 가능한 상대냐?"

"그러는 너도 만만치 않다는 것을 모르나?"

“상관없어, 나는.”

말은 퉁명스러웠지만 왠지 경하는 세나케인의 그런 마음 씀씀이가 고마웠다.

누군가와 대화를 하고 싶지만 또한 아무도 만나고 싶지 않은 마음이었기 때문이다.

이율배반적인 그런 마음이 경하를 더욱더 답답하게 하고 있었다.

그렇기 때문에 세나케인의 존재가 경하는 너무나 고마웠다.

“바라는 대로만 해결된다면 참 좋을 텐데 말이야.”

“그것은 누구나 하는 말이지.”

“이리야에게 뭐라고 말을 하는 것이 좋을까?”

“……”

“어차피… 돌아갈 날도 멀지 않은걸. 굳이 그를 데리고 미메이라로 돌다가도 아무런 일이 없을 거잖아. 그러느니 라마이드에게 이리야를 데려가라고 하는 쪽이 훨씬 좋을 것 같은데.”

“그것은 그의 일이다. 네가 상관할 것이 아니다.”

“하지만 그래도 신경이 쓰이니까. 기엘이나 로운과는 달리 그는……”

“어차피 아무것이 없어도 살아왔던 사람이다.”

“그렇기는 하지. 그런데 내가 끼어들어 온통 휘저어놓은 것이니까. 아! 그렇다. 로렌에게 부탁해서 이리야를 고향으로 돌려보내 달라고 할까? 그래, 그것도 나쁘지는 않겠다.”

“뭔가 또 잊어버리고 있군.”

줄줄 혼자서 이런저런 소리를 하고 있는 경하에게 세나케인은 아무렇지도 않게 찬물을 끼얹었다.

“아… 아아, 그렇지, 돌아갈 수 없을지도 모르지. 그것도 결국 내 탓이 되는 건가?"

타고난 능력을 상회해 버리도록 재구성되어 버린 이리야의 능력에 대한 소리다.

경하는 바람에 휘날리는 머리카락을 손가락으로 잡아당겼다.

"찝찝해. 모든 게 다 해결되었다고 생각했는데."

"네가 끼어들어야 할 운명이라면 곧 닥치겠지."

"그런 건가? 생각보다 싫은 기분이야. 그런 게 느껴진다는 건."

경하의 머리 속에 오래전에 만났던—아니 사실은 그렇게 오래되지도 않았지만—예언의 현자가 떠올랐다.

"그는 항상 이런 기분을 느끼고 살아가겠지?"

"그렇겠지."

"정확하게 알 수가 없기 때문에 더 더욱… 불안해."

"그래서 더욱더 그를 보내고 싶은 것인가?"

"그래."

"그렇다면 저 아래서 목이 빠져라 너를 지켜보고 있는 두 사람은?"

세나케인이 아래쪽을 가리켰다.

경하는 아래쪽의 두 사람을 이미 눈치 채고 있었기 때문에 굳이 고개를 돌리지는 않았다.

"하하하, 나도 잘 몰라. 왠지 저 두 사람은 내가 뭐라고 하든 간에 죽자 사자 따라올 것만 같거든. 뭐 이리야도 같겠지만 그래도 조금이라도 피하게 해줄 수 있다면 그렇게 해주고 싶어. 한 사람이라도."

"불공평하다고 할 것이다."

"응."

"그러니까 네가 잘못한 거다."

"알고 있어. 내가 잘못했다는 것도, 그리고 어떻게 해야 할지도."

"알고 있다니 다행이군."

경하는 고개를 끄덕였다.

바람이 조금 더 강하게 불어오기 시작했다.

그와 동시에 실처럼 늘어져 있던 아침 해가 천천히 떠오르기 시작했다.

곧이어 눈부신 햇살이 경하의 얼굴을 비추기 시작했다.

"…라마이드?"

실눈을 뜬 채 해를 바라보고 있던 경하는 문득 나유의 계승자의 이름을 입에 올렸다.

자신도 모르게 시선이 아래쪽으로 향했다.

아직은 다 정리되지 않은 태자궁의 화원 한가운데 그녀가 처음 나타났던 작은 연못에 그녀가 있었다.

그녀는 연못 한가운데에 우뚝 서 있었다.

그녀를 중심으로 물결이 사방으로 퍼져 나가고 있었다.

그것은 사람들의 눈에는 보이지 않는 물결로 순수한 물의 엘이 만들어내는 동심원이었다.

"…아름다워."

경하는 조그마한 소리로 말했다.

그에 화답하듯 조용히 서 있던 라마이드의 팔이 위로 들어 올려졌다.

쏴아— 하는 물소리가 그 뒤를 이었다.

작은 연못의 물들이 일제히 그녀의 엘에, 그녀의 힘에 반응하고 있었다.

사방으로 퍼져 나가는 화려한 물방울들은 비쳐 오기 시작한 황금빛의 빛을 받아 황금보다도 더욱 반짝이며 그녀의 파장이 닿는 모든 곳에 비처럼 내리기 시작했다.

"변하는 것은 막을 수 없다."

마치 선고라도 하는 듯한, 세나케인의 낮은 목소리가 경하의 귓가에 들려왔다.

어느새 그는 본래의 모습으로 돌아가 경하의 시야에서 사라져 있었다.

하지만 그의 존재는 경하의 사방에서 느낄 수 있다.

"변하는 것?"

"네 힘은 전대미문의 것, 너의 힘이 다른 계승자에게까지 미치고 있다."

"……."

하늘로 솟아오르는 물방울들에서 그녀의 파장이 경하에게까지 밀려왔다.

그것에 반응한 경하의 엘이 그녀가 흩뿌려 올린 금색으로 반짝이는 물방울들을 온 카드미엘의 하늘로 바람과 함께 날리기 시작했다.

"변하는 것을 막을 수 없다는 건가? 바람도, 물도, 불도, 땅도……."

경하의 목소리는 바람에 실려 멀리 날아갔다.

*　　　*　　　*

이른 새벽 태자궁에서 일어난 소동은 결국 어찌 되었는지 쉬쉬하며 끝나고 말았다.

말이 새어 나가는 것을 꺼려한 미타 남작의 빠른 조치 때문이었
다.

여하튼 그렇게 쉬쉬 하면서 수습은 되었지만 그 일을 일으킨 당
사자는 쉬쉬는커녕 대놓고 혼쭐이 나고 있었다.

"다른 사람들의 눈도 조금쯤은 신경 써주십시오. 어떻게 그렇게
전혀 고려하지 않으실 수가 있습니까?"

"미안."

"놀라서 혼절한 시녀가 한둘이 아니라고 합니다. 그나마 새벽이
니 망정이지 한창 대낮이었으면 어쩔 뻔했습니까!"

"잘못했어, 기엘. 그러니까 그만 화내. 로운도 가만히 있잖아."

"가만히 있고 싶어서 가만히 있는 게 아니다. 기엘이 내 대신 화
를 내고 있으니 참고 있을 뿐이지."

"로운, 너무해."

"경하님!!"

웃으면서 어떻게든 기엘의 화를 피해보려 하지만 그것은 수포로
돌아갔다.

"매사에 조심을 하셔야 합니다. 이곳은 미메이라가 아닙니다."

"응, 조심한다니까."

"말로만 그러시는 것 아닙니까?"

"정말 조심할게. 이제 그만 하고 아침 먹으면 안 될까, 기엘? 나
배고픈데."

"절대로 그런 위험한 일은 하지 않겠다고 맹세하신다면요."

로운은 기엘이 경하를 혼내는 것을 들으며 고개를 끄덕이고 있다
가 마지막의 말을 듣는 순간 삐끗하고 미끌어졌다.

'…참나. 결국은 저 말을 하고 싶었던 거군.'

오랜만에 자신 대신에 잘도 혼낸다고 생각하고 있었던 로운은 그만 쓴웃음을 지을 수밖에 없었다.

"알았어. 약속할게. 그러니까 식사하자구. 오늘은 이런저런 할 일도 많단 말이야."

혼내보았자 매번 말짱 도루묵이 되는 상대라는 것쯤은 로운이 더잘 알고 있다.

"밥벌레에게 밥을 못 먹게 하면 바람 뿜는 괴물이 되어버릴 거다. 기엘, 그만 하지. 이리야는?"

"밥벌레라니, 로운…."

"설마 그 나유의 수장 계승자 분께 가 있는 건가?"

기엘이 하는 말은 거의 한쪽 귀로 흘리면서 로운은 자리에서 일어섰다.

"아, 로운, 식사하고 나서 할 말이 있으니까 이리야 좀 찾아봐줘."

그 말에 로운의 한쪽 눈썹이 위로 휘익— 치켜 올라갔다.

"어제는 세 명을 다 한꺼번에 몰아내 놓고 오늘은 찾아오라고?"

"응, 할 말이 있으니까."

"제멋대로인 녀석."

"헤헤, 미안."

로운이 혼내는 소리를 한쪽으로 들으며 경하는 그에게 부탁을 했다.

"알았다. 찾아내려고만 한다면 얼마든지 찾아낼 수 있으니 그렇게 하지."

"고마워."

“기엘. 그 정도로 해둬. 식사하기도 전에 체하겠어.”

문을 닫기 직전 로운은 기엘에게 한마디 더 하는 것을 잊지 않았다.

“시키는 걸 제대로 할 줄 아는 똑똑한 녀석이었으면 우리가 지금까지 이렇게 고생을 했을 리가 없잖아?”

말을 마치기 무섭게 경하 쪽에서 무엇인가가 휘잉 날라왔다.

로운은 얼른 문을 잡아당겼다.

둔탁한 소리가 건너편에서 들려왔다.

그 소리에 로운은 웃음을 터뜨렸다.

*　　　　*　　　　*

“삼 일 후.”

“삼 일 후요? 어째서 삼 일 후입니까? 마음을 먹으셨다면 지금 당장에라도……”

“다른 사람들 눈을 생각하라고 한 건 기엘이잖아. 어제 가겠다고 황제, 아니, 로렌에게 말했거든.”

“특별한 이유라도 있는 건가?”

로운이 물었다.

“뭐 특별하다기보다는 연회를 열고 싶대. 환송회라든가 하는 명목으로 말이야. 그냥 보내면 자신의 체면이 서지 않는다고.”

“……”

“그 녀석 체면을 세워주고 싶은 마음은 나도 사실 별로 없어. 그 재수없는 자식을 뭐 하러 생각해 줘? 하지만 뭐 일단은 신세도 졌으니까 합의를 봤어. 일주일 뒤에 떠나라고 하는 걸 그렇게까진 할</p>

수 없다고 해서 삼 일 후로 결정을 봤지."

"그렇다면 어쩔 수 없군요."

"연회라고 해도 거창한 거는 아니고, 정식으로 만찬 정도라고 해야 하나. 뭐 그런 거라고 하니까 그렇게 부담 느낄 필요도 없는 것 같고."

경하는 세 남자를 돌아보며 말했다.

"그리고……"

이리야와 시선이 마주친 경하는 살짝 눈을 내리깔았다.

사실은 입을 여는 게 쉽지는 않다.

라마이드가 도착한 이후로 경하는 반쯤은 고의로, 그리고 나머지 반쯤은 우연치 않게 이리야를 피해오고 있었다.

왜 그런 것인지 스스로도 깨닫지 못한 채로 말이다.

하지만 더 이상은 물러날 곳도, 피할 곳도 없다.

"저어, 이리야."

"……"

이리야는 마주친 시선이 부담스러운지 고개를 돌려 버렸다.

침묵이 넓은 테이블 위로 흐른다.

고개를 숙이고 있는 경하와 그 앞에서 고개를 돌린 채 입을 다물고 있는 이리야.

그 사이에서 기엘과 로운은 아무 말도 하지 않고 누군가 입을 열기를 기다렸다.

경하는 입술을 열기 위해 애를 쓰고 있었지만 쉽게 말이 되어 나오지 않는다.

"……"

숨을 한번 들이쉬면서 경하는 두 주먹을 무릎 위에서 꼬옥 쥐었다.

결심은 어제부터 해왔던 일이다. 실행만 하면 된다.

"미안, 아무 말 하지 않아서. 하지만 맹세코 이리야를 무시해서 그런 것은 아니야. 나는 단지……."

남자답게 이야기하자고 생각했지만 왠지 목소리가 기어 들어가는 것은 어쩔 수 없다.

"단지, 나는… 나는 돌아가야 할 사람이고, 결과적으로는 이리야에게 그쪽이 좋다고 생각했어. 단지 그것뿐이야."

"네 생각만이 전부가 아니라는 것쯤은 알고 있었을 텐데?"

"그러니까 미안해."

꾸벅 하고 경하는 고개를 숙였다.

"내 생각이 짧았어."

"……."

"미안."

경하가 말하는 짧은 단어가 고개를 돌리고 있는 이리야에게 흘러간다.

단 한 마디도 말하지 않은 채 묵묵하게 경하의 사과를 받은 이리야는 한참 시간이 흐른 후에야 길게 한숨을 내쉬었다.

"…후우."

"미안해."

"정말이지 할 말 없게 만드는군."

순간 팽팽하게 긴장했던 공기가 풀어진다.

어깨를 굳히고 있던 경하는 이리야의 말에 조금씩 조심스럽게 어깨를 내렸다.

"그대로 그 라마이든지 뭔지 하는 물귀신 같은 여자를 따라가라고 했다면 그대로 쥐어 패려고 했었다."

꿈틀하고 경하가 다시 어깨를 굳히려는 순간이었다.

"그렇게까지 깔끔하게 사과를 해버리면 고민해 왔던 이쪽이 바보가 되잖냐. 젠장. 정말이지 고단수라니까."

"미안, 이리야."

"됐다, 됐어. 어차피 그렇게 말한다고 해서 내가 호락호락 네 말을 들을 것이라고 생각한 건 아니겠지? 널 따라다니고는 있지만 난 기사 양반이나 파계 신관 양반처럼 네 부하 같은 게 아니라고. 알고 있어?"

"응."

경하는 고개를 끄덕였다.

그것은 미묘한 차이었다.

세 사람 모두에게 같은 믿음을 가지고 있지만 이리야에게는 조금은 다른 감정이 섞여 있다. 물론 그렇다고 해서 기엘이나 로운을 쉽게 생각하거나 하는 것은 아니다. 그것은 말로 표현할 수 없는 미묘한 감정.

"네 말대로 너는 언제 돌아가도 이상하지 않을 녀석이고, 네가 돌아갈 때까지는 네 옆에 있겠다. 그 뒤의 행로는 내가 결정하겠어. 무슨 말인지 알지?"

이리야는 하고 싶은 말을 마치고 나니 천 년 묵은 체증이라도 내려간 듯 시원한 얼굴을 하고 자리에서 일어나 경하에게 다가갔다.

"우어~ 쳇, 이렇게 싱겁게 끝날 일을 왜 몇 날 며칠을 고민했는지 정말 바보 같구만. 나중엔 가지 말라고 해도 갈 거야. 알겠어? 이 바보 꼬마 녀석. 네 말대로 내가 목숨 부지라도 하려면 어떻게 해서든 기어서라도 가야 한다구. 그러니까!!"

꿀걱―

경하는 침을 삼켰다.

"앞으로 또다시 이렇게 나오면 재미없을 줄 알아. 알겠어?!"

"으, 으응."

"그래, 착하다."

이리야는 슥슥슥 경하의 은빛 머리카락을 쓰다듬었다.

"에, 헝크러져! 하지 마. 기엘이 빗어준 거란 말이야."

"사내 자식이 머리카락 같은 거로 그 딴 소리 하지 마. 소름 돋아!"

"헝크러져서 나중에 기엘이 다시 빗으면 따갑단 말야! 그게 얼마나 아픈데!!"

"웃기는 소리 하지 마!!"

푸하하하― 하고 웃으며 이리야는 더욱더 경하의 머리카락을 흐트러뜨렸다.

바로 그 순간이었다.

꼭 닫혀 있던 창 두 개가 동시에 벌컥 열리더니 차가운 공기가 순식간에 안으로 불어 들어왔다.

"…우앗!! 뭐야, 이거."

경하가 곁에 있는 한 이런 돌풍 같은 무례한 바람은 일어나지 않는다. 경하 스스로가 불러오지 않는 이상.

"로운, 그쪽을 닫아줘… 우앗!!"

경하를 돌아볼 틈도 없이 붉은색의 기운 같은 것이 기엘을 덥쳤다.

"기엘!!"

로운이 그를 향해 소리쳤다.

하지만 그것은 기엘에게 상처를 주기는커녕 기엘의 몸을 스쳐 지나가 경하에게로 향했다.

"경하님!!"

그 붉은 기운을 따라가던 기엘의 눈이 순간 크게 벌어졌다.

"……!!"

타오르는 듯한 기운이 온통 경하의 몸 둘레를 감싸고 있었다.

그것은 분명 타오르고 있었지만 경하의 머리카락 하나, 손가락 하나 그슬린 자국 같은 것은 없었다.

"저건 도대체 무슨…?!"

아무도 손을 대지 못하고 있는데 불꽃 같은 기운 안에 갇혀 있던 경하가 입을 열었다.

"호로스의 불꽃이… 변하고 있다."

말이 끝나기가 무섭게 그 기운이 순식간에 사그라들기 시작했다.

창가에 있던 기엘이 경하에게 다가오기도 전에 그것은 완전히 사라졌고 경하는 무슨 일을 당했는지 알지도 못할 정도의 멍한 얼굴로 눈만 껌벅였다.

"…괜찮은 거냐?"

로운이 경하의 어깨를 뒤흔들었다.

"경하님? 괜찮으십니까?"

"아. 괘, 괜찮아."

헉헉댈 정도는 아니었지만 경하는 꽤나 숨을 가쁘게 몰아 내쉬고 있었다.

"노… 놀랐다."

숨을 몰아 내쉬며 경하는 다시 한 번 놀란 가슴을 진정시켰다.

가끔 당하는 이상한 경험이지만 역시 몇 번을 당해도 익숙해지지 않는 것은 사실이다.

“도대체 무엇을 보신거죠?”

“…그게 그러니까.”

뭐라고 설명을 해야 할지 모르는 경하가 말을 고르는데 밖에서 시녀의 목소리가 들려왔다.

어느 누가 대답하기도 전에 커다란 문이 벌컥 열렸다.

“뭐, 뭐야!!”

문이 열리기 무섭게 로렌이 뒤에다가 미타 남작을 달고 뛰어 들어왔다.

“무슨 일이십니까?”

“폐하!! 어째서 이들에게!”

“시끄럽다, 카스핀. 내가 결정할 문제다. 왈가불가하지 마!”

“폐하!”

두 사람이 시끄럽게 언쟁하는 것을 네 사람은 어안이 벙벙해서 바라보았다.

도대체 이게 무슨 일일까?

뭔가 이상한 일이 벌어졌나 싶어 심장을 벌렁거리고 있는데 다음 순간 황제가 뛰어 들어왔으니 말이다.

“무슨 일이십니까?”

“아, 식사 중이었나? 식사를 방해해서 미안하군. 하지만…”

타앙— 하고 로렌이 양피지 한 장을 경하의 앞에 내려놓았다.

탁자의 울림 소리에 비어 있는 그릇들이 일제히 달그락거린다.

“뭐, 뭔데, 이건?”

새빨간 글자들이 양피지를 가득 메우고 있는 것이 경하의 눈에 들어왔다.

경하는 이게 도대체 무엇인가 싶어 로렌의 얼굴을 올려다보았다.

로렌은 그런 경하의 얼굴을 보고 한숨을 파악 내쉬더니 차가운 목소리로 말했다.

"호로스와 아셀이 결탁했다. 아니, 세비 통산 연합국에 속한 모든 나라가…."

"뭐?"

로운의 눈동자가 순간 분노로 달아오르는 것이 경하의 눈에 보였다.

파르르르 떨리는 로렌의 손이 그의 감정을 대변해 주고 있었다.

"호로스가, 불꽃의 신국이 아셀과 손을 잡았다."

제3장

검게 타오르는 불꽃

The Wind of Ashurei

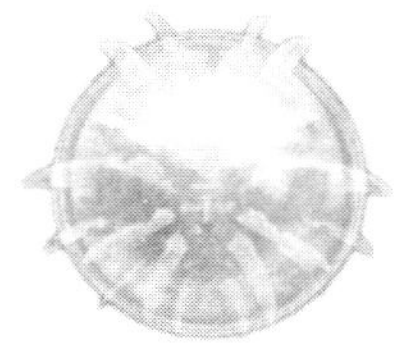

"그러니까 지금 전쟁 준비를 하겠다는 거야?!"

"당연하지. 내 앞마당에 흙 발을 디디겠다는데 그것을 모른 척할 수는 없지 않은가."

"너무 성급하잖아!! 좀 더 알아본 뒤에 해도……."

"불가능해."

"로렌!!"

경하의 목소리가 하늘 높이 올라갔다.

그런 경하를 미타 남작이 뒤에서 시퍼런 눈을 하고 노려보고 있었다.

둘은 머리에 핏대를 올리며 말싸움이라는 것을 하고 있었다.

보기 드물게 유치하게 싸우고 있는 두 사람을 다른 사람들은 말리지도 못한 채 바라만 보고 있었다.

"저쪽에서 쳐들어온다고 이쪽에서도 전쟁 준비를 해버리면 둘이 똑같은 거 아니야!"

"그럼 네네, 감사합니다 하고 당하고 있을까? 차라리 목을 내어놓고 잠을 자버리는 쪽이 좋을지도 모르겠군."

이죽거리는 데는 로렌이 한 수 위다.

"그럼 도대체 뭐 하러 나한테 알리러 온 건데!"

경하가 소리를 지르자 로렌이 기다렸다는 듯이 대답했다.

그는 사실 이 질문을 바랐던 것일지도 모른다.

"호로스가 아셀과 손을 잡았다."

"그래서!!"

"아셀쯤이야 가볍게 받아줄 수 있지만 호로스는 솔직히 말해서 어떻게 될지 몰라. 미메이라에서는 어떻게 할 생각이지?"

순간 경하는 입이 막혔다.

"…그, 그건."

"내 경험상 엘러를 막을 수 있는 것은 엘러뿐이다. 이제 와서 모른다고 하면 곤란해."

"……"

"그 질문에 대한 대답은 언제라도 좋아. 자아, 카스핀. 돌아간다. 지금 당장이라도 움직일 수 있는 병력을 파악해서 보고하고, 아, 그렇지… 최우선 사항으로 최대한 빨리 각 기사단장, 군단장을 모조리! 불러 모을 수 있는 녀석들은 다 불러들여. 마법진을 사용해도 무방하다."

"알겠습니다, 폐하."

"최대한 정보를 끌어 모아! 각지에 보내둔 마법사든 뭐든 상관하지 말고 사용할 수 있는 수단은 모조리 이용해. 최대한 빨리. 시간을 다투는 일이라는 것은 알고 있겠지?"

"물론입니다. 벌써 이오카 쪽에서 보고가 도착해 있습니다."

"알겠네, 카스핀. 그럼 자넨 나중에 보지."

"……"

말을 마치기가 무섭게 경하의 인사 같은 것은 상관 하지도 않고 로렌은 그대로 횡 하고 사라져 버렸다.

＊　　　　＊　　　　＊

"골치 아파, 골치 아파— 골치 아파!!"

세 남자의 앞에서 이리저리 갈 곳을 모르며 헤매던 걸음이 중간에 우뚝 멈추어 서더니 다음 순간 어딘가 모르게 인간답지 않은 비명으로 이어진다.

"아아아아, 정말 미치고 환장하고 팔짝 뛰겠네."

머리를 쥐어뜯으며 극적인 장면을 연출하는 것은 물론이다.

"정말이지 그 자식은 왜 그 난리인 거야? 진짜 미치겠잖아."

세 남자는 벌써 한 시간 내내 반쯤은 미치광이 상태가 되어 있는 경하를 지켜보고 있었다.

로렌의 전해준 그 청천병력 같은 소식을 들은 직후부터 바로 저런 상태가 되어버린 경하는 아무리 말려도 발악을 그만두지 않았다.

"젠장할, 다 그놈들 탓이야. 그놈들 탓이라구!!"

"그러니까 도대체 그놈들이라는 게 누구를 말하는 건데?"

"아아아아악 !!"

다시 머리를 쥐어뜯으며 주저앉는 경하.

그것을 보며 로운은 한숨을 내쉬었다. 아무리 물어도 경하는 같은 동작을 되풀이할 뿐이다.

"피곤하군."

로운은 발광 중인 경하에게 상관하지 않는 쪽이 낫겠다고 생각하고 이미 한참 전에 포기한 이리야에게 걸어갔다.

그는 예의 널따란 탁자 위에 아슈레이 지도 하나를 펼쳐 놓고 유심히 바라보고 있었다.

"무엇을 그렇게 유심히 보는 거지?"

"아, 뭐 잘 알지는 못하겠지만… 가만히 있는 것도 불안해서."

그는 들고 있던 펜을 내려놓으며 말했다.

로운이 지도를 들여다보았다. 호로스와 아셀 제국에 검은색의 동그라미가 그려져 있었다.

"그건 내가 그린 거야. 사실 내가 그런 쪽으로는 문외한이라고 해도 말이야. 호로스와 아셀이라면 별로 궁합이 좋지 못하다고 본다구. 그럼 가운데에 끼어 있는 하나스도 어떻게 될지 아무도 모르는 일 아니야?"

"하나스는 일단 미메이라 측에 지원을 하겠다는 약속을 한 상태이긴 하지만…."

"약속이라고 하지만 문서화된 적도 없는 개인 대 개인의 약속인 이상, 하나스가 전적으로 주위의 다른 연합국들을 무시하고 무조건적으로 미메이라를 지원한다고는 생각할 수 없어."

마지막까지 경하 옆에 있던 기엘도 어느새 이리야와 로운 가까이에 다가와 있었다.

"셰비 통산 연합국은 말이 연합국이지 사실은 별개의 나라나 다름없어. 하지만 상대가 가이칸이라면 말이 달라지지. 아주 오래전부터 그래 왔으니까. 어쩔 수 없는 영토 분쟁의 문제가 되어버리면 누구도 말릴 수 없다. 게다가 가이칸은 요 근래 계속 군비 확장을 해 온 것이 사실이니까."

"참나, 그렇지 않아도 넓은데 여기서 뭘 어떻게 더하겠다는 거야?"

이리야가 툭툭툭 지도 위의 가이칸을 두드리며 투덜거렸다.

"같은 가이칸 인이라도 생각은 다르다는 건가?"

로운의 말에 이리야가 심드렁한 목소리로 대답했다.

"가이칸 인이면 다 똑같다고 생각하지 말아줘. 나는 원래 그런 쪽으로는 별로 감각이 없는 사람이니까."

"문제는 하나스로군."

로운과 이리야가 쓸데없이 신경전을 벌이고 있는 동안 기엘은 진지한 얼굴을 한 채 예의 지도를 보고 있었던 모양이다.

"하나스가 왜 문제가 되는데? 괜찮아. 거긴 룬도 있고, 하나스의 국왕은 먹을 걸 좀 밝히기는 해도 약속을 어기거나 할 사람이 아니라구."

모두들 목소리가 나는 쪽으로 고개를 돌렸다.

한참을 발광하고 있던 경하가 어느샌가 제정신(?)으로 돌아와 있었다.

"하지만 경하님, 하나스의 국왕이 비록 경하님과의 약속을 지키고 싶은 마음이 있다 해도 외부적인 상황은 그를 그대로 내버려 두진 않을 겁니다."

그러면서 그는 지도 위에서 하나스의 옆에 있는 나라들을 가리켜 보였다.

"아셀과 호로스만으로도 하나스는 중간에 끼어 있는 셈이 됩니다. 그 옆의 케리타는 기본적으로 가이칸과 하나스 모두에게 적대

적이긴 합니다만 이런 경우 당연히 하나스를 끌어들이려고 할 겁니
다. 하나스는 그 크기로는 케리타에 뒤지지만 군사력은 뒤지지 않
습니다. 아셀과 거의 맞먹을 정도라고 하니까요. 아셀과 1:1의 문제
라면 어떻게든 희망이 있겠습니다만 케리타와 아셀이 손을 잡고 하
나스와 세비에서 이루어졌던 조약을 들고 강요한다면 하나스로서는
그에 따를 수밖에 없습니다. 세비 연합국은 모두 비교할 수 없을 정
도로 미묘한 세력 관계 속에서 그 균형을 유지하며 지탱해 온 나라
들입니다. 아셀이 뛰어든 이상 하나스 역시 본의든 본의가 아니든
가이칸에 대항할 수밖에 없습니다. 설사 미메이라가 가이칸 제국의
편에 선다 해도 말입니다."

"……."

경하는 이를 악물었다.

정치니 외교니 국가 간의 알력이니 하는 것은 잘 알지 못하지만
기엘이 하는 말에 코웃음을 칠 수 있을 정도로 바보는 아니다.

간단한 역학 관계쯤 굳이 설명을 듣지 않아도 알 수 있다.

"그리고 신국은 지금까지 대륙의 전쟁에는 어떤 이유에서든 간에
관여한 적이 없었습니다."

"그래, 지금까지는."

기엘의 설명에 로운이 한 번 더 확인을 해준다.

"그런데 이번에는 다르다 이건가?"

호로스에 그려놓은 검은색 동그라미가 더 더욱 도드라져 보인다.

경하는 얼굴을 찡그리며 그 검은 동그마리 안에 펜으로 콕콕―
새까만 점을 늘려 나갔다.

"후우……."

쿠욱― 하고 무의식 중에 펜으로 점을 그리는데 펜대에 묻어 있

던 커다란 잉크 방울 하나가 아래로 주루룩 미끌어져 떨어졌다.

"…아차."

"이런. 경하님, 조심하시지…."

새카만 잉크가 하필이면 호로스가 그려져 있는 자리에 떨어지는 바람에 지도의 호로스는 반 이상 시커먼 색으로 물들어가기 시작했다.

"……."

천천히 붉은 땅을 잠식해 들어가는 검은 잉크.

순간 경하의 눈동자가 호로스에서 아셀로 급격히 선회했다.

"…아셀. 황제가 암살당했었지. 그리고……."

주욱— 손가락으로 호로스와 아셀 사이에 선을 그었다.

미처 마르지 않은 잉크가 그대로 검은 줄이 되어 두 나라를 연결했다.

"호로스의 수장은…."

만났을 때의 그 꺼림칙한 감각은 지금도 생생하다.

뭐라고 설명할 수는 없었지만 분명 경하의 감은 호로스의 수장 로이드린이 뭔가를 가슴속에 품고 있다는 것을 눈치 채고 있었다.

다만 자신과는 상관이 없으려니 하고 모른 척하고 있었을 뿐이다.

그것 때문만은 아니었다.

경하가 호로스의 수장 로이드린에게 호감을 가지지 못했던 결정적 이유는 아마도 그가 환상 속에서 보았던 전 수장 레나텐과 그의 모습 때문이었을 것이다.

"케인."

"영향을 받을 수 있는 것이냐고 묻는다면 상황과 때에 따라서라고 해두지."

제대로 질문을 한 것도 아닌데 세나케인은 알아서 대답을 했다.

"역시 하세카가 뒤에 있는 걸까?"

자신의 탓은 아니라고 생각해 왔지만 이럴 때면 왠지 역시나 자신이 이곳에 왔기 때문이 아닐까 하는 생각이 든다.

"경하님, 혹시 무슨…?"

경하가 혼자서 계속 인상을 찌푸리고 있자 기엘이 의문을 가지고 물었다.

일단은 일이 이렇게 된 이상 제일 우선시되는 것은 미메이라로 돌아가는 일일 것이다. 그런데 경하는 돌아가기는커녕 지도를 보면서 뭔가 계속 중얼거리기만 하는 것이다.

"호로스… 호로스의 수장은 안심할 수 없어. 틀림없이 미메이라 쪽으로 올 거야. 아니, 내가 이곳에 있다면 분명 일직선으로 내가 있는 곳을 향해 올 거야."

"너를 향해서?"

"왜냐고는 묻지 마. 나도 모르니까. 젠장. 도대체 어디까지 뭘 어떻게 했는지 알 수가 있나. 로렌에게 더 물어봐야 하나?"

"그쪽은 미메이라가 호로스에 대항할 비밀 병기가 되어준다는 약속을 하지 않는 이상은 더 이상 한마디도 뻥긋하지 않을 거다."

로운은 팔짱을 끼고 있다가 경하에게 낮은 목소리로 말했다.

"그가 그 정보를 듣고 바로 이쪽으로 온 것은 그런 연유라고밖에는 해석이 되지 않아. 누구보다 엘러들의 힘에 대해 잘 알고 있는 황제다. 자신이 아무리 해봐야 호로스의 화염술사들에게 대항할 수 없다는 정도도 잘 알고 있을 것이다."

"그것은 그렇지만…"

"마음에는 들지 않지만 그가 원하는 대로 들어줄 수밖에 없는 것도 사실이지. 네 말대로라면 미메이라도 무사하지는 못할 거다. 물론 네가 돌아간다는 전제 하에서지만."

"돌아가지 않으면 되잖아."

"돌아가지 않는다면 무고한 가이칸 인이 너로 인해 죽을 수 있지."

순간 경하가 한 대 맞은 듯한 표정을 지어 보였다.

"로운! 그만 해!!"

무감동한 어조로 계속 말을 하고 있는 로운에게 기엘이 한소리 했다.

가뜩이나 기운이 빠져 있는 경하에게 그런 소리를 하는 것은 하등의 도움이 되지 않는다는 생각이 들어서였다.

"굳이 그렇게 설명할 필요는 없어, 로운."

"하지만 사실이야. 게다가 사실 그 예비 황제는 희열에 들떠 어쩔 줄 몰라 하고 있지. 아마도 조금은 이를지 몰라도 절호의 기회라고 있는 병력 없는 병력 모조리 긁어 모아서 그대로 뛰쳐나갈지도 몰라."

"그는 그럴 사람이…."

왠지 로렌의 변호를 해야 할 것 같아서 입을 열었지만 구구절절 로운의 말이 맞다고 생각한 경하는 말을 하다 말고 그대로 입을 다물어 버렸다.

호전적인 사람이라는 것 정도는 단순한 대화 속에서도 느낄 수 있었다.

무엇보다 제국 내에 자자한 그의 평판이 그것을 뒷받침해 준다.

조금 전에 병력을 점검해 보라는 명령을 내릴 때의 그는 지금까지 봤던 어느 때의 그보다도 생기발랄했었다.

"아으윽— 골 아파. 젠장, 왜 갑자기 도매급으로 한꺼번에 넘어가야 하는 거지."

"어쩔 수 없는 노릇이지. 앞으로는 시간을 다투는 일이 될 것 같다. 이미 아버님이나 대신관께서도 알고 계실지 몰라."

"하아…"

경하는 그대로 자리에 앉아 눈을 감았다.

차례차례 머리 속에서 생각의 단편들이 떠올랐다가 다시 사라진다.

하나하나 이어지는 기억의 단편들.

그리고 맞물려 돌아가며 얼기설키 얽혀 하나의 그림으로 짜맞추어진다.

"설마 이걸 예상하고 로렌이 내게 하세카의 정보를 모두 보여준 건가…"

경하가 혼잣말처럼 하는 말에 세 남자가 일시에 경직돼 버렸다.

"하세카…"

"설마."

"설마랄 것도 없군. 아셀에서 눈치를 챘어야 했어."

로운이 혀를 차며 단정 짓듯이 말했다.

"정말로 휘말려 들어가게 생겼군."

머리 속이 복잡해지기 시작한 로운은 씁쓸하게 기엘을 돌아보았다.

"기엘, 너와 나 둘 중에 하나는 대지급으로 미메이라에 돌아가야 할 것 같다."

경하가 로운의 말에 놀라 고개를 번쩍 들었다.

"호로스의 화염술사를 제국의 기사들이 당해낼 리 없어."

호로스의 기사들은 모조리 화염술사일 수밖에 없다. 미메이라의 기사들이 모두 최고의 바람술사이듯."

무엇보다 화염술사는 가장 살상력이 높은 주문을 가지고 있다.

"그 누구의 말처럼 앉아서 당할 수는 없으니까."

웃는 얼굴인지 화를 내는 얼굴인지 모를 묘한 표정이 로운의 얼굴 위를 스쳐 지나갔다.

＊　　　＊　　　＊

"돌아가지 않으시겠다구요?"

"그렇습니다. 당신이 당신의 의무를 다하듯, 저도 제 의무를 다해야 하니까요."

"하지만…."

경하는 난감한 표정을 지었다. 그의 앞에 앉아 있는 것은 나유의 수장 계승자 라마이드.

나름대로는 자초지종을 잘 설명했다고 생각했건만 그녀는 경하의 말을 이해하는 듯하면서도 고집을 피우고 있었다.

"하지만 이곳은 앞으로도 한동안은 위험할지 몰라요. 물론 로렌은 라마이드님 정도야 알아서 보호하겠다고 큰소리를 치고 있긴 하지만."

"그래도 제가 해야 할 일을 버려두고 갈 수는 없습니다. 이리야 씨는 지금 경하님의 영향 하에 있기 때문에 그다지 영향을 받고 계시지 않습니다만 시간이 흐르면 흐를수록 좋지는 않을 것입니다."

"그것은 당신도 마찬가지잖아요."

걱정스러움이 앞선다.

자신의 결정 때문에 또다시 많은 사람들이 영향을 받고 있다. 결코 좋다고만은 할 수 없는 영향을 말이다.

"이리야는 때가 되면… 나유로 가겠다고 했습니다. 그것은 그의 자유 의지이고, 제가 뭐라고 할 수 있는 부분이 아니에요. 보내고 싶기는 합니다만…"

"경하님."

"네?"

라마이드는 그녀의 짙푸른 머리카락을 살랑거리는 바람을 얼굴 가득히 느끼며 미소를 지었다.

"저도 그때를 기다려 볼까 합니다. 그건 안 될까요?"

"……."

라마이드가 머무는 곳에서는 언제나 청량한 물의 내음이 난다. 지금도 경하는 그 물의 내음을 그대로 맡고 있었다.

"부득이하게 저 혼자 이곳에 있습니다만 당신의 수행원들처럼 제게도 수행원들이 있습니다. 그들 역시 지금 이곳으로 오고 있지요. 그들이 오면 아마도 전 꽤 잔소리를 들을 거예요."

그렇게 말하며 웃어 보인 라마이드는 왠지 조금 전과는 다르게 나이 어린 귀여운 소녀처럼 보였다.

"하지만 정말 깜짝 놀랐기 때문에 하루라도 빨리 이리야 씨를 확인하고 싶었지요. 그 덕에 지금 전 이곳에 홀로 있게 되었습니다."

"에? 그, 그런…"

왠지 자신 못지 않게 라마이드는 그녀의 수행기사들에게 꽤나 골칫거리가 아닐까 하는 착각마저 든다.

"돌아가면 저는 정식으로 나유의 수장이 됩니다. 그러면 한동안 이 넓은 대지의 습기를 느낄 수 없겠지요. 가능하다면 허락되어 있는 시간 동안 제가 원하는 것을 보고, 원하는 사람을 만나고, 원하는 것을 느끼고 싶어요."

경하는 조금은 쓸쓸한 미소를 지어 보이는 라마이드를 보면서 왠지 잘 알지 못하는 한 사람을 떠올리고 있었다.

오랫동안 잊고 있었던 사람이다.

자신이 지금 대신하고 있는 자리에 원래 있었어야 할 시안. 그녀가 만일 원래대로의 길을 걸었다면 라마이드와 비슷한 웃음을 짓고 있지 않았을까?

그렇게 생각하자 경하는 라마이드에게 더 이상 돌아가라는 말을 할 수 없었다.

"호로스의 소식은 들었습니다. 호로스의 수장이 그런 행동을 하는 데에는 모두 이유가 있을 것이라고 생각해요. 그 역시 아직 수장이 된 지 얼마 되지 않았죠."

"네, 제가 키리엔에 들른 직후였으니까."

경하는 고개를 숙였다.

왠지 자신이 호로스의 수장 로이드린을 그때 만났던 것이 후회가 되었기 때문이다.

어째서 그의 이상을 알아차리지 못했나 하는 생각마저 들었다. 물론 그런 생각은 다 부질없는 것이라는 걸 스스로도 알고 있었지만 왠지 요 이틀 간은 무슨 일이 일어나기만 하면 모두 자신의 탓처럼 여겨진다.

괜한 생각이라며 로운과 기엘에게 한소리 듣기도 했지만 생각의 흐름은 원하는 것처럼 자유롭게 멈추거나 사라지지 않았다.

'그래, 사고를 마음대로 변환시킬 수 있다면 그건 인간이 아니겠지.'

왠지 자조적인 생각마저도 든다.

'이렇게 땅을 파고 있는 걸 알면 분명 기엘과 로운이 구박을 해 댈 텐데.'

경하는 자신도 모르게 쓴웃음을 지었다.

그때였다.

"그러고 보니 한 분이 안 계시는군요."

라마이드는 한쪽에서 자신들을 지켜보고 있는 이리야와 기엘을 보고는 로운이 없어진 것을 눈치 챈 모양이다.

"예? 아아, 조금 일이 생겨서……."

왠지 끝말을 맺는 것이 어색했다.

남이 지적을 해주는 것에도 익숙하지 않다. 언제나 곁에 있었기에 더 더욱.

"급한 일이 있으셨나 보군요."

"아참, 서둘러 가게 되는 바람에 인사도 하지 못하고 간다고 실례하게 되었다고 전해달라 했습니다, 로운은."

"그렇군요. 그분이 아니계시는군요."

"아…."

말을 하다 보니 왠지 조금 경하가 말하는 것과 라마이드가 말하는 것이 핀트가 어긋나는 느낌이 들었다.

"저기… 누가 누군지 모르셨나요?"

"그런 것은 아닙니다. 단지 새벽에 갑자기 파장이 사라져 조금 놀랐었을 뿐이죠."

"아아."

그제서야 경하는 고개를 끄덕였다.

파장이 사라졌기 때문에 누군가 하나 어디론가 갔다는 것은 알고 있었지만 그것이 정확하게 로운이라는 것은 몰랐던 것이다.

물론 경하는 굳이 구분하려 하지 않아도 로운이나 기엘, 그리고 이리야 정도는 눈 감고 누가 누군지 파장만으로도 정확하게 짚어낼 수 있다.

"갑자기 파장이 완전히 사라졌기 때문에 많이 놀랐었답니다."

"그야 로렌이 주선해 준 덕에…."

말을 하다 말고 경하는 입을 자신의 손으로 타악 막았다.

황태자궁 안에 마법진이 있다는 소리는 절대로 하지 말아달라고 몇 번이나 주의를 받았기 때문이었다.

"그게 그러니까… 아하하하하."

경하는 웃음으로 얼버무리려고 노력했다. 다행히도 라마이드는 그 일에 대해서는 더 이상 캐묻지 않았다. 그녀 역시 한 나라의 수장이나 다름없기 때문일지도 모른다.

"하시는 일이 잘되었으면 좋겠군요."

"물론, 로운은 언제나 멋지게 해내는걸요."

"믿을 수 있는 분들이 주위에 많다는 것은 좋은 일이지요."

"저도 그렇게 생각합니다."

두 사람은 서로를 마주 보며 미소를 지었다.

하지만 경하의 웃는 얼굴을 조금 떨어진 곳에서 바라보고 있던 기엘은 왠지 마음 한쪽이 쓰라려 왔다.

아침부터 침울하게 있던 것을 지금까지 계속 곁에서 지켜보아 왔기 때문이다.

"저 녀석 무리하게 웃고 있군."

바로 옆에서 똑같이 경하를 지켜보고 있던 이리야 역시 기엘과 같은 마음인 모양이었다.

"애써 저렇게 웃지 않아도 될 텐데 말이야."

“마음이 편하시지는 않을 것이라 봅니다. 역시 제가 갔어야 하는데….”

“아이고, 그런 소리 하지 말라고. 어차피 누가 가나 결과는 마찬가지야. 기사 양반이 갔으면 거기서 제대로 일이나 할 수 있겠어? 저 녀석 걱정에.”

“……”

“물론 로운도 마찬가지긴 하겠지만 기사 양반보다야 그 양반이 조금 더 여유가 있어 보였으니까 어쩔 수 없었던 거야. 괜시리 이상한 생각 하지 말고 로운 몫까지 정신 차리고 있어야 하지 않겠어? 신신당부하고 간 사항들이 하나둘이 아니니 말이야.”

“그건 그렇죠. 역시 저보다 로운이 훨씬 더 훌륭한 자질을 가지고 있다는 생각이 듭니다.”

“그건 또 무슨 소리야?”

기엘은 쓴웃음을 지었다.

자신은 아무리 해도 뭔가 외골수가 되는 경향이 있다는 것을 잘 알고 있다. 하나에 빠져 버리면 그것 때문에 다른 것을 돌아볼 여유를 갖지 못하는 것이다.

그에 비하면 로운은 기엘에 비해 훨씬 여유를 가지고 있다. 그 역시 경하를 걱정하는 마음은 기엘과 같지만 그 이외에 그는 동시에 많은 것들을 생각하고 고민하고 걱정할 줄을 아는 것이다.

“예전부터 그랬습니다. 로운이 신관이 되지 않았다면 제가 수련원을 맡는 대신 로운이 그 자리에 있었을 겁니다. 뭐랄까, 사람들을 부리는 데 상당히 능숙한 친구랄까요? 모의 전투에서도 그의 통솔력을 따라올 기사는 없었습니다. 그러면서도 사소한 것까지 세세하게 신경 쓰는 섬세함이 로운에게는 있습니다. 게다가 필요할 때는 상당히 대범하구요."

"칭찬이란 칭찬은 다 하는구만. 친구라고 더 띄워주는 거 아니야?"

"하하, 아닙니다. 같은 기수의 수련생들은 그런 로운의 재질을 모두 인정했으니까요. 타고난 타입이지요."

"내가 보기엔 기사 양반도 상당히 훌륭한 기사라고. 너무 자기 비하는 하지 마."

"자기 비하는 아닙니다. 단지 재질의 차이 정도는 잘 알고 있다라는 정도입니다."

"그게 그거야. 그러고 보니 그 문제의 파계 신관 양반은 가서 잘하고 있나 모르겠어."

"물론 잘하고 있을 겁니다. 보지 못해도 그 정도는 충분히 알 수 있습니다. 로운이라면 분명 생각한 이상으로 움직이고 있을 테니까요."

"친구 칭찬은 그만 하라니까."

"하하하, 예."

이리야와 이런저런 이야기를 나누고 있는데 라마이드와 담소를 마친 경하가 그들을 불렀다.

"기엘, 이리야."

"예, 경하님."

"라마이드님께서도 우리랑 같이 동행을 하신다고 하시는데 괜찮을까?"

그 말에 기엘이 깜짝 놀라 라마이드 쪽을 돌아보았다.

"하지만 라마이드님, 저희는 아직 어찌할지 결정하지 못한 상태입니다만……."

"물론 앞날의 일은 모르는 것입니다만 일단 지금 현재는 이 궁에
머무르고 계시지 않나요? 일단 이곳에 계시는 동안만이라도 부디
저를 부외자로 만들지는 말아주세요."

"설마 그런 일을 할 리가 없습니다."

"설마라뇨. 이미 한 분이 떠나셨는데 저는 조금 전에야 들었는걸
요."

"죄, 죄송합니다."

이번에는 경하가 다시 당황해할 차례다.

로운의 인사를 전해주긴 했지만 생각해 보면 라마이드는 경하와
는 달리 이 궁에서 변변하게 이야기를 나눌 상대도 없는 외톨이인
것이다.

"이 궁에서 전 혼자입니다. 여러분들에게 따돌림을 당하면 어디
호소할 곳도 없답니다."

"정말정말 죄송해요!!"

경하가 열심히 라마이드에게 사과를 했다.

하지만 라마이드는 그러지 말라면서 미소를 지었다.

"그냥 저도 이곳에 있는 동안 여러분들의 일행이라고 그렇게 생
각해 주세요. 제가 도울 일이 있다면 기꺼이 돕겠습니다. 물론 사정
을 설명해 주셔야겠지만 말이죠."

그렇게 말하며 라마이드는 은근히 자신에게도 자초지종을 설명
해 달라는 눈치를 보였다.

"으음, 기엘… 괜찮겠지?"

"작금의 일이 저희들만의 일은 아니니 설명해 드리는 쪽이 옳다
고 봅니다, 경하님."

"으음, 그렇긴 하지만…"

"이미 호로스와 미메이라가 얽혀 들어갔으니 나유나 바라스까지 영향이 미치지 않으리라고 볼 수도 없는 노릇이잖아? 그냥 말씀드려."

이리야도 나름대로는 생각을 해왔는지 기엘의 의견에 동감을 표했다.

"후우… 그래, 그쪽이 맞는 거겠지. 그럼… 기엘, 이리야, 설명 좀 부탁해."

"에엣!! 이봐, 너 자신의 일을 남에게 밀면 어떻게 해."

"뭐ㄱ?! 내 일이 이리야의 일이고, 내 일이 기엘의 일인걸. 그렇지, 기엘?"

"아, 물론입니다, 경하님."

방글 웃어 보이는 경하의 얼굴에 기엘은 얼른 긍정적인 대답으로 답한다. 그러자 이리야가 입을 한발이나 내밀고 기엘에게 투덜거리기 시작했다.

"이보, 기사 양반!! 당신이 그러니까 저 녀석이 맨날 저렇잖아. 로운이 저 녀석 응석 받아주지 말라고 신신당부하고 간 것 잊었어? 아직 하루도 안 지났다구!"

"자아, 그럼 부탁해. 나는 잠시 볼일이 있어서. 라마이드님, 죄송하지만 기엘과 이리야에게 들어주세요."

경하는 이리야에게 쭈욱 혀를 내밀어 보인 다음 그대로 줄행랑을 쳤다.

"이봐!! 너! 그게 라마이드님 앞에서 할 짓이야!!"

"몰라. 안 들려!"

"어딜 가는 거야!!"

이리야가 부르는 소리가 들려왔지만 경하는 뒤도 돌아보지 않고 그대로 재빨리 문밖으로 뛰어나갔다.

'서둘러야 해.'

한 발 한 발 발을 내딜 때마다 눈앞에 보이는 광경이 달라진다.

분명 흰색의 대리석이어야 할 바닥이 사라지고 광활한 언덕으로 변해간다.

경하는 그저 감각에 의지하여 몸을 움직이고 있었다.

조금 전 로운을 떠올린 순간부터 의식하지 않고 있는 사이에 경하의 감각은 변하고 있었다.

무의식 중으로 원했던 것이 점점 의식적인 바램이 되어버린 것이다.

경하의 발걸음은 멀지 않은 곳에 있는, 태자궁의 중정이 훤히 보이는 발코니에 다다랐다.

'…로운.'

팔을 휘두르는 순간 경하의 앞에는 탁 트인 하늘이 나타났다.

경하의 정신은 어느새 강과 언덕을 넘어 미메이라로 날아가고 있었다.

*   *   *

"가이칸 북부 쪽에 분포 배치되어 있는 병력들이 레카에 집결하는 데까지는 그리 시간이 걸리지 않습니다. 이미 이전에 한차례 경험한 적도 있지 않습니까? 특별한 보급선을 필요로 하지 않기 때문에 더 더욱 그 이동 속도는 빠를 수밖에 없습니다."

검은 깃발이 지도 위에 하나씩 늘어간다.

로운은 조심스럽게 그 위에 하나를 더했다.

"가이칸의 황제는 삼 일 후까지 변방 주둔군을 포함, 부근 영주군까지 4개 사단을 레카 인근까지 집결시키겠다고 했습니다."

"4개 사단이라 하면 제대로 쓸 수 있는 병력이 얼마나 되는 건가? 말이 주둔군이지 어중이떠중이들을 모아 병사랍시고 보내면 어떻게 할 건가?"

신중한 목소리가 주위에 반향을 불러일으킨다.

그도 그럴 것이 미메이라 근방은 제국에서도 한창 변방에 속하며 어떤 영지에는 황제의 이름조차 제대로 알려 있지 않을 정도다.

"황제 역시 지방 영주군들에 대해서는 별반 언급한 것이 없습니다. 하지만 그가 말하는 변방 주둔군이라는 것은 확실히 믿을 수 있다고 말했습니다."

"흐음…."

로운은 하나스와 호로스의 사이에 각기 빨간 깃발과 흰색의 깃발을 꽂았다.

"실제 하나스의 병력과 맞부딪치게 되는 것은 제국군입니다. 우리가 상대해야 할 것은 바로…."

빨갓 깃발에 로운의 지휘봉이 살짝 닿았다.

"호로스에서 파견될 것이라 짐작되는 화염술사들입니다."

"……."

"흐음."

"으음."

둘러앉은 장로들의 반응들은 천차만별로 다르다.

심각하게 고민하는 사람이 있는가 하면 이게 무슨 청천병력이냐며 좀처럼 안정하지 못하는 사람, 말세가 왔다며 미메이라를 부르

짖는 소리마저 들려온다.

그중에서도 신국 방위사를 맡고 있는 기엘의 아버지, 즉 다란 디 하라스다인은 꽤나 진지하게 로운에게 질문을 해왔다.

"반드시 그들이 출전을 해올 것이라 짐작하고 있는 건가?"

"가능성이 높습니다."

"신중을 기해야 하네. 그저 가능성이 높다 하여 무조건적으로 가이 칸과 셰비 연합국들과의 전쟁에 휘말려들을 수는 없어. 호로스가 확실히 그들에게 전면 협조를 하는 경우라면 또 모르지만 직접적으로 미메이라에 위해가 없는 이상 출전을 위한 명분이 확실해야 하네."

"그렇지. 확실한 명분, 또는 호로스가 아셀과 손을 잡았다는 확실한 증거가 없는 한 기사단을 내보낼 수는 없다."

로운과 흡사한 목소리지만 훨씬 더 중후한 목소리가 들려왔다.

로운의 아버지 로크레슈 장로였다.

"증거를 말씀하시는 겁니까?"

"그래, 증거. 그리고 또 하나…"

모든 장로들의 눈이 로크레슈 장로에게로 집중되었다.

"미메이라의 기사단은 병력은 제국에 비교할 바가 못 되지. 그럼에도 불구하고 우리의 기사단을 원하는 이유는…"

"미메이라의 기사 전원이 바람술사이기 때문이겠지요. 제국 내에서 황제 이상으로 '엘러'에 대해 잘 아는 자도 없습니다."

"그렇다면 내가 무엇을 말하는지 잘 알겠구나."

로크레슈 장로의 말투는 어느새 자신의 아들을 서슴없이 대하는 그런 말투가 되어 있다.

"출전에 관해서는 합당한 반대급부를 제공하겠다는 약속을 받았습니다."

"구두 약속 같은 것은 필요없어."

"구두는 아닙니다. 확실히."

"……."

찌릿찌릿하게 긴장된 공기가 넓은 회의실에 가득 들어찬다.

"그리고 호로스 건은…."

로운은 갑자기 말을 멈추었다.

사실 처음부터 자신의 말 정도로 원로원이 호락호락 출병을 허락할 것이라고는 생각하지 않았다.

하물며 같은 신국끼리 싸울 수도 있는 상황이다.

이들을 설득시킬 사람은 자신이 아니다.

그는 조용히 눈을 감고 기다렸다. 웅성웅성하는 소리가 그의 귀에 한가득 들어찬다.

눈을 감고 있으니 주위의 소리는 더욱더 증폭되어 로운의 귀로 흘러 들어왔다. 소소하게 말을 주고 받는 사람들의 목소리와 한숨을 깊이 내쉬는 그의 아버지의 숨소리, 하라스다인 장로의 신음 소리까지….

"로운 디 로크레슈. 바람의 이름 미메이라의 시작에서 끝…."

로운의 낭랑한 목소리가 웅성거리는 장로들의 머리 위로 울려 퍼졌다.

천천히 한마디 한마디 흔들림없이 말해지는 자신의 이름과 미메이라의 이름.

'내가 필요할 때 주문을 외워. 거창한 것은 필요없어. 내가 단박에 로운을 찾아낼 수 있으니까.'

떠나오기 직전 자신의 앞에서 경하가 한 말을 그는 생생하게 기억하고 있다.

바로 오늘 새벽의 일이기에 그런 것만은 아니다.

믿음직스럽지 않게 보일지 몰라도, 경하의 말만큼은 끝까지 전심 전력을 다해 믿겠다고 그는 맹세했었다. 바로 바람의 계승자의 이름을 걸고.

'그리고 나머지는 나한테 맡겨!'

경하의 목소리가 바로 눈앞에서 울려 퍼지는 듯한 느낌을 받는 순간 그의 귀에는 장로들의 웅성거림 대신 바람 소리가 들려오기 시작했다.

쏴아아아아아아—

바람 소리에 섞여 장로들의 외침이 들려왔다.

사방이 막혀 있던 회의실의 모든 창과 문이 순식간에 활짝 열렸다.

귀를 때리는 소음과 함께 그것을 잠식해 들어가는 거센 바람 소리.

그리고 그것을 상회하는 살아 있는 바람의 엘의 소리가 모든 이들의 귓속으로, 눈 속으로, 온몸으로 파고들기 시작했다.

번쩍!

로운은 눈을 떴다.

눈앞에 앉아 있어야 마땅한 장로들의 모습이 하나둘씩 흐려지고 있었다.

아마도 다른 장로들도 비슷한 체험을 하고 있을 것이라고 그는 생각했다.

장로들이 앉아 있는 모습이 사라질 때마다 그곳에는 환영과도 같은 풍경이 나타나고 있었다.

사막과 함께 풍부한 색채를 가진 숲의 모습이 나타나고, 그리고 그 뒤로 붉은색의 기운이 어른거리는 호로스의 수도 나카리안이 보였다.

'……!!'

붉은색의 머리카락을 휘날리고 있는 호로스의 수장 모습이 손에 잡힐 듯 생생하게 그의 앞에 나타났다.

소리는 들리지 않지만 무엇인가를 역설하며 연설하고 있는 로이드린의 표정은 진지하다 못해 무서울 정도.

그의 앞에는 수백 명의 남자들이 일제히 환호성을 지르며 열광하고 있었다.

로운은 자신이 보고 있는 광경이 바로 지금 호로스에서 일어나고 있는 일이라는 것을 자연스럽게 깨달을 수 있었다.

'그냥 맡겨달라고 하더니 방법 한번 과격하군.'

로운의 얼굴에 미소 아닌 미소가 떠올랐다.

자신에게 맡겨달라고 한 경하의 말을 믿지 않은 것은 아니지만 이런 식으로 나타날 줄은 상상도 하지 못했던 것이다.

그는 단지 경하가 모종의 방법을 써 이 자리에 그의 의견을 전할 것이라는 생각을 했을 뿐이다.

그런데 그것이 지금 이렇게 생생한 환영으로 그의 눈앞에 나타난 것이다.

'여전히 무모하군.'

로운은 간단하게 자신의 기분을 두 단어로 나타냈다.

모두의 눈앞에 나타났던 환영은 잠시 후 나타났을 때와는 전혀 다르게 순식간에 사라져 버렸다.

남은 것은 사방에서 불어 들어온 바람뿐.

그 바람으로부터 환영보다 더욱 생생하게 한 사람의 의지가 전해져 왔다.

"지금까지 보신 대로였습니다. 그러니까 로운의 말을 믿어주세요~오, 꽉 막힌 할아버지들."

"푸, 푸하하하하하!"

점잖치 못한 웃음소리가 갑자기 튀어나왔다.

"하하하하하!!"

또 하나의 웃음소리가 그 뒤를 이었다.

모두들 놀란 가슴을 진정시키지 못해서 입도 하나 뻥긋하지 못하고 있는데 과연 누가 저렇게 점잖지 못하게 웃어대는 걸까?

"아하하하하하."

그 웃음의 주인공은 다름 아닌 로운이었다.

조금 전까지는 엄청 엄숙한 얼굴을 한 채 딱딱한 어조로 장로들에게 상황 설명을 하고 있던 바로 그 나이트 로운.

그가 지금 배를 부여잡고 눈꼬리에 눈물까지 달릴 정도로 미친 듯이 웃어대기 시작한 것이다.

그 뒤를 이은 웃음소리는 놀랍게도 그때까지 단 한 마디도 하지 않은 채 앉아 있던 대신관 카류였다.

"하, 하하하하, 믿으라고 하더니. 저 얼토당토않은 뒷말은 도대체."

웃음을 멈추려고 했지만 도저히 멈추어지지 않는다.

로운은 허리를 굽히고 어깨를 떨며 웃음소리를 죽이려고 애썼다.

그런 그의 모습을 로운의 아버지 로크레슈 장로는 눈이 휘둥그레져서 바라보고 있었다.

자신의 아들이 저렇게 극렬하게 자신의 감정을 드러내는 것을 그는 거의 보지 못했다.

"하, 하하, 큭큭큭."

간신히 웃음을 참고 로운이 몸을 일으키는데 그때까지도 호탕하게 웃고 있던 카류가 그에게 한마디를 했다.

"대단한 수장을 만들었나 보군, 나이트 로운."

"하, 예. 그렇습니다. 하지만 만든 것은 아닙니다."

"그래, 타고난 것이겠지. 하하하하."

웃음을 교환하는 두 사람을 보면서 다른 장로들은 웃어야 할지 웃지 말라고 호통을 쳐야 할지 난감해졌다.

하지만 분명한 것은 그들에게 그런 환영을 보여줄 정도로 경하가 확실하게 수장 계승자로서의 능력을 가지고 있다는 점이었다.

더도 말도 덜도 말고, 굳이 경하의 마지막 말을 듣지 않아도 모두의 마음은 이미 한쪽으로 기울어져 있었다.

"잠시 실례했습니다."

쿨럭쿨럭 기침을 하며 감정을 가라앉힌 로운은 어느새 엄숙한 얼굴로 돌아와 있었다.

"보신 바와 같은 이유로 궁정기사단과 나이트 사아르 2개단 출정을 허락하여 주시기 바랍니다."

그리고 나서 로운은 잠시 시간을 두었다가 다음과 같은 말을 덧붙였다.

"또한 가이칸 제국군과 합류할 원정 기사단장은 미메이라의 새로운 수장인 경하님의 명을 받은 사르트 루하 로운 디 로크레슈, 제가 맡겠습니다."

*　　　　　*　　　　　*

"기엘, 나 물 한 잔만."

경하는 흐물흐물거리며 걸어가서 널따란 침대 위에 픽 하고 쓰러졌다.

"잠깐만 기다리십시오, 경하님."

"어이, 이봐? 저 녀석 얼굴이 왜 저 모양이야?"

이리야는 뭔가 심상치 않은 경하의 얼굴을 보고 기엘에게 물었다.

경하의 뒤를 바로 따라 들어온 기엘은 얼른 손에 들었던 물건들을 이리야에게 넘기고 물 한 잔을 따르러 탁자로 갔다.

"뭔 일이여? 황제 씨가 불렀다면서? 가서 고문이라도 당했어?"

"설마 그럴 리가요. 그저 회의가 좀 길었을 뿐입니다. 그곳에서 내내 아무 말 없이 앉아 계셨거든요."

"에혜."

하지만 그 정도로 경하의 얼굴이 엉망일 리는 없다.

지루한 것을 싫어하기는 하지만 그렇다고 해서 그런 정도로 기분까지 엉망이 될 정도는 아닌 것이다.

"다만 만나기 싫은 사람을 보게 되어 기분이 많이 울적하신 듯싶습니다."

"만나기 싫은 사람? 그게 누군데?"

"일단 첫 번째는 메로스라는 사람입니다. 이전에 만났던 사람인데 그분을 상당히 싫어하시더군요."

"흐음."

"그 사람뿐만이 아니야!!"

침대에 픽 쓰러져 있던 경하가 고개를 벌떡 들고 항의했다.

"그 인간뿐만이라 아니라구. 젠장할, 두 번 다시 그놈의 원탁 회의니 뭐니에 부르기만 해봐라, 로렌. 발로 걷어차 주겠어!"

그 말을 마치고 경하는 다시 침대에 푹 하고 고개를 박았다.

"우씨―"

이리야는 영문을 몰라서 기엘에게 도대체 어떻게 된 거냐고 눈짓으로 물었다. 그러자 기엘은 얼른 침대 가에 물잔을 놓고서 경하에게 말했다.

"잠시 자리를 비워도 될까요, 경하님?"

"맘대로 해. 난 잘 거니까."

"감사합니다. 그럼 이리야 씨."

기엘은 이리야에게 밖으로 나가자는 손짓을 했다.

"뭐라고?"

"회의실에 들어가실 때까지는 괜찮으셨습니다. 문제는 그 다음이었죠."

"그 다음?"

"메로스 씨가 등장했을 때부터 기분이 많이 상해 계셨는데 그 다음으로 줄줄, 아마도 이쪽의 원로원 같은 것이겠습니다만 그중에 한 분이 슈히튼이라는 이름을 가진 분이셨습니다."

"어라? 슈히튼라면…."

"그 기사 분의 이름이 기윤 제나이드 슈히튼이었죠."

"하이고오~ 기분이 팍 상한 정도가 아니라 완전히 땅 파고 드러누워도 이상하지 않겠구만, 저 녀석 성격에.”

“예, 아무래도요.”

기엘의 시선이 닫혀져 있는 작은 문으로 향한다. 그 안에는 상처 입은 소년이 웅크리고 앉아 그의 다친 마음을 추스르고 있다.

곁에 있지 않아도, 의식하려 하지 않아도 경하의 파장에서 그의 감정이 전해져 온다.

“저 닫혀진 문처럼 마음을 닫는 일은 없어야 할 텐데 말입니다.”

고개를 숙이는 동작이 그의 마음을 대변해 준다.

걱정스러움과 안스러움, 그리고 안타까움, 끊임없이 이어지려는 상념에 이리야는 무뚝뚝하게 제동을 걸어버렸다.

“괜찮을 거야.”

“예?”

“괜찮을 거야. 저 녀석은 그렇게 약하지 않아.”

“그렇습니다. 강해지려고 노력하시죠.”

“그런 게 아니야. 그렇게 끔찍하게 저 녀석을 위하면서 왜 그런 소리를 하지? 저 녀석을 보라구. 한번 마음을 닫아서 무슨 일이 일어났었는지 본인이 똑똑히 알고 있어. 그래서 저렇게 노력하고 있는 거야. 만일 정말 그런 일들로 마음을 닫아버릴 정도의 녀석이라면 지금 이런 곳에서 있지는 않을 거야. 대충 정리가 된 이상 이제 떠나 버리면 그만이라고 생각했겠지. 굳이 나를 걱정해서 라마이드 님을 불러들일 필요도 없었어. 그냥 떠나면 더 이상 상처받을 필요도, 고민할 필요도, 다칠 필요도 없지. 하지만 저 녀석은 남았고 지금 자신이 할 수 있는 한 최선을 다하고 있어. 안 그래?”

이리야는 자신이 느끼고 있는 그대로를 솔직하게 기엘에게 털어

놓았다.

"솔직히 말해서 나도 그래. 굳이 이곳에 있을 필요는 없지. 저 녀석이 배려해 준 대로 그냥 나유로 떠나면 그만이야. 가이칸과 미메이라가 전쟁터가 되더라도 나유와는 별로 상관없을 테니까. 하지만 난 저 녀석이 걱정돼."

"이리야 씨."

"저 녀석이 걱정되니까. 적어도 내가 할 수 있는 일이라면 조금이라도 도움을 주고 싶어서 여기에 있는 거다."

씨익 하고 이리야가 웃어 보였다.

"그러니까 좀 믿어주라고, 기사 양반."

"…제가 이리야 씨에게 배울 점이 많은가 봅니다."

"어어. 그렇게 나오지 말라구, 기사 양반."

"그럼 로운이 없으니 이리야 씨가 잔소리를 한다고 해드릴까요?"

어두워졌던 기엘의 얼굴이 어느새 다시 밝아졌다.

이리야의 말대로였다.

기엘 스스로 너무 고민을 하다보니 그만 간과해 버렸던 것, 그것을 이리야는 정확하게 꿰뚫어 보고 있었다.

'…그래, 경하님은 물러서지도 않았다. 도망치지도 않았다.'

"걱정은 그만 하라구, 기사 양반. 저 녀석은 그냥 조금 어리광을 부리는 거야, 어리광."

"경하님이 들으면 화내실 겁니다."

이리야의 우스갯소리에 기엘은 가볍게 동조한다.

"쯧쯧, 저 녀석이 얼마나 어리광이 심한데. 그걸 기사 양반이랑 신관 양반이랑, 아니지, 이젠 파계 신관에 현직 기사 양반인가? 여하튼 둘이 저 경하가 하는 짓 받아주는 걸 보자면 말이야, 얼마나 눈꼴이 신지 말도 못한다니까."

"이리야 씨도 만만치 않게 받아주지 않으셨습니까?"

"에엣, 내가 언제!"

"결국 라마이드님에 관한 건에 대해선 화도 한번 제대로 못 내셨지 않습니까?"

"그, 그거야… 저 녀석이 날 걱정해서 그렇다고…."

"그러니까 결국 같다는 거죠."

카운터 펀치를 날린 기엘은 의기양양하게 이리야를 향해 웃어 보였다.

"이봐, 기사 양반, 그렇게 웃지 말라고."

"뭐, 웃기는 제가 언제요."

"칫, 여하튼 간에 말을 하면 안 된다니까, 말을. 그만 하지, 그만 하자고."

"하하하하."

"그건 그렇고 회인지 뭔지에선 뭔가 다른 말은 없었던 건가?"

기엘의 웃음이 그칠 줄 모르자 이리야는 어떻게 해서든 화제를 돌리려고 노렸했다. 물론 넘어올 것이라고는 기대도 하지 않았지만 웬 걸, 기엘은 이리야의 화제 전환에 쉽게 말려들어 버렸다.

"아, 생각보다는 여러 가지 수확이 있었습니다."

"수확?"

"황제가 무슨 생각을 하고 있는지는 알 수 없지만, 적어도 우리들에게 정보를 제공하는 것에는 인색하지 않더군요. 일단 제국의 서부 지역에 대한 정보는 어렵지 않게 파악할 수 있었습니다."

"에헤?"

"우리에게 알려진 이상 미메이라로도 그 정보가 갈 수 있다는 것쯤은 황제나, 이쪽의 수뇌부에서도 각오하고 있을 것이라 생각합니다. 경하님께서 일어나시면 잠시 의논을 해보고 미메이라로 소식을 띄워볼까 합니다."

"흐음, 그게 도움이 될까?"

"적어도 모르는 것보다는 많이 알고 있는 쪽이 훨씬 유리하니까요. 정보란 것은 중요합니다, 이리야 씨."

"하지만 지금 필요한 것은 제국의 정보보다는 적의 정보가 아닐까 싶은데. 아셀이라든가, 호로스라든가."

"아무리 아셀과 호로스, 그리고 하나스의 병력에 대해 꿰고 있다고 해도 그것에 대항할 이쪽의 준비가 제대로 되어 있다면 말짱 헛고생이 되지 않겠습니까? 이쪽의 현황을 파악할 수 있는 데까지 파악한 후에야 적에 대한 정보가 그 가치를 발휘하게 됩니다."

"으음, 쉽고도 어려운 말이로구만."

"그래서 더 더욱 어렵지요. 일단은 몇 가지 기본적인 것들을 설명해 드리겠습니다. 이리야 씨도 앞으로 운신하시는 데 도움이 되실지도 모르니까요."

"아아. 좋아. 그것은 환영."

기엘은 자리에서 일어나 조금 전 그들이 살그머니 닫고 나온 침실 쪽으로 들어갔다. 그는 소리없이 안에서 두툼한 양피지 뭉치를 들고 나왔다.

물론 조심스럽게 다시 문을 닫는 것도 잊지 않았다.

"이것을 좀 받아주십……."

말을 하다 말고 기엘은 창가 쪽으로 고개를 돌렸다.

"이것은…."

익숙한 파장이, 매일같이 느껴왔던 것이지만 지금은 곁에 없는 파장이 멀리서 다가오고 있었다.

"뭐야?"

"로운입니다. 로운의 오로프가…!"

이리야에게 내밀던 양피지를 거의 던지다시피 하고 기엘은 창가 쪽으로 뛰어갔다.

활짝 열려진 창밖으로 몸을 내민 그는 기쁜 표정을 감추지도 않고 불어오는 연락의 바람을 한껏 맞아들였다.

"기엘 디 하라스다인. 나이트 기엘의 명령이다. 오로프의 새여 그대의 모습을 드러내어 주인의 말을 전하라. 아샨."

오랜만에 들려오는 주문 소리에 이리야는 미소를 지었다.

주문을 외우는 기엘의 얼굴에 화색이 도는 것이 보인다.

'하기사… 저 둘은 떨어져 있었던 적이 거의 없기는 했었지.'

창밖에서 거두어들인 두 손 안에 바람의 새의 형체가 날개를 파닥이며 안겨 있었다.

주문과 함께 주인의 말을 전해오는 새를 보며 두 사람은 지금은 멀리 있는 로운의 얼굴을 떠올렸다.

"이동 명령인지 출전 명령인지 구분이 가지 않는군. 이 일사불란함은 하루 이틀의 훈련으로 이루어진 것이 아니야."

"말로는 몇 년 후라고 하지만 기본적인 준비는 끝나 있었다는 것이겠죠."

로운은 옆에 서 있는 선배 기사에게 자신의 의견을 전했다.

그는 부대의 참모로서 기본적으로는 로운의 지휘 하에 있지만 개인적으로 로운의 몇 년차 선배인 탓에 사석에서는 말을 놓고 있었다.

"지난번의 그 부대 이동이 그저 시위만이라고는 생각할 수 없겠어."

"시위라뇨."

로운이 피식— 하고 웃어버렸다.

"그 황제가 하는 일에 시위 같은 것은 없습니다. 직접 만나보게 되시면 아마 금세 느끼실 수 있을걸요?"

"하하하, 로운. 가이칸의 새 황제가 네 맘에 드는 모양이구나."

"예에?"

갑작스런 말에 로운이 화들짝 놀랐다.

마음이 들다니, 절대 그럴 일은 없다.

"설마요. 단지 그의 역량이나, 나이에 걸맞지 않을 정도의 통솔력이 대단하다고 느낄 뿐입니다.

로운의 7년차 선배인 그는 나름대로 로운에 대해서 알 만큼은 아는 사람이었다.

굳이 친척지간이기 때문만은 아니다.

오랜 시간 알고 지내오면서 자연스럽게 로운의 행동 패턴이나 사고의 패턴을 알게 된 경우다.

"부정적이든 긍정적이든 네게서 그 정도의 평가를 들었다는 것 자체가 중요한 거지."

"카시아 형님…."

"어어. 반칙. 어디까지나 여기선 내가 네 부하다."

손가락을 살래살래 흔들어 보이는 나이트 카시아를 보며 이번에는 로운이 실소를 터뜨렸다.

"반칙을 먼저 하신 것은 형님입니다. 일단 참모가 부대의 대장에게 그렇게 말을 하진 않는다구요."

“하, 하하하하하. 정말이지 계승로가 너를 많이 바꾸어놓았구나.”

“형님!!”

“이전의 너라면 누구에 대해서 긍정적이든 부정적이든 아예 언급을 하지 않았지. 주변에 네 행동과 사고의 원 안에 들어 있지 않은 사람들은 아예 눈밖이었다.”

“……”

“다행이야. 시안님과 같이 간다고 해서 걱정이 앞섰었는데. 너를 보니 시안님을 뵐 날이 기대되는구나.”

“그러… 신가요?”

“당연하지! 너라면 궁금하지 않겠어? 기다려지지 않겠냐구.”

보통의 경우라면 당연 기다려지지 않을 수 없다.

이미 오랫동안 나라를 비운 수장인 것이다. 더군다나 그 수장의 능력이 남다르게 각별할 것이라는 걸 예상할 수 있다면 그를 만나는 것을 기대하게 되는 것은 당연지사.

“여하튼 놀랄 일뿐이다, 로운. 자아, 이제 사설은 그만 하고 일로 돌아가지.”

“언제나 전환이 빠르시군요.”

실컷 자신이 하고 싶은 이야기를 해버린 카시아는 재빨리 눈앞에 늘어놓았던 기밀 서류들을 자신의 쪽으로 끌어당긴다.

“전환? 그게 뭔데? 자아, 단장님. 일단은 우리 기사단에 대한 논의부터 합시다. 시간이 없습니다.”

“……”

뭐라고 말을 한마디 더 하려던 로운은 허리에 손은 얹은 채 망연자실하게 그의 참모를 바라볼 수밖에 없었다.

“어이, 단장님. 시간이 갑니다.”

"…알겠습니다."

로운은 잠시 고개를 숙였다가 번쩍— 눈을 들었다. 어차피 자신이 이 연상의 선배를 이길 수 있을 리가 없다. 어릴 때부터 남다르게 로운의 비위를 맞추며 슬슬 자신이 원하는 방향으로 끌어가는 데 선수였던 사람이다.

단장을 자신으로 하는 대신 나이트 카시아를 참모로 인선한 그의 아버지와 궁정 기사단장 크로운의 저의가 훤히 들여다보였다.

'걱정이 많으신 분들이군.'

로운은 카시아가 내미는 양피지를 집어 들었다.

'그래, 지금은 다른 데 신경을 쓸 겨를이 없어. 일단은 눈앞에 닥친 일이 훨씬 더 심각하고 촉박하다.'

정신을 차리고 그는 다시 일에 몰두했다.

출전할 나이트 사아르를 인선하는 데도 벌써 삼 일이 걸렸다.

그들의 적은 이미 인선 따위는 오래전에 마쳤을 것이다.

이미 국경선 가까이에 포진해 있을지도 모른다.

경하가 그에게 전해준 대로라면 호로스의 기사들은 이미 출전 준비를 마친 셈이 된다.

"지금까지 보신 대로였습니다. 그러니까 로운 말을 믿어주세요~오, 꽉 갉힌 할아버지들."

문득 경하가 전해온 말이 로운의 머리 속에 생각났다.

그 덕에 로운은 자신도 모르게 피식 웃어버렸다.

'여하튼 간에 무슨 짓을 할지 짐작이 가지 않는 녀석이라니까.'

새삼스레 생각해도 웃음이 나오는 것은 어쩔 수 없었다.

이른 새벽, 카드미엘의 태자궁 지하에 설치된 마법진으로 레카로 떠나던 때 느닷없이 로운을 배웅하던 경하의 그 진지한 얼굴이 동시에 떠오른다.

막 마법진에 오르려던 그에게 달려들어 라이트를 빼 들고는 어디서 배웠는지 로운을 무릎 꿇게 해놓고 새로운 사르트 루하로 임명한다느니 하는 소리를 했던 것이다.

너무나 당황스러워서 일단은 대답을 했지만 지금 생각하면 자신이 뭐라 뒷말을 하지 못할 때를 기다렸던 것이 틀림없었다.

그전이었다면 형식이 어쨌느니, 이럴 때가 아니라느니 하는 잔소리를 틀림없이 했을 상황이다.

'그렇게 생각했던 것인데 막상 사르트 루하라는 이름이 도움이 될 줄은 정말 몰랐어.'

원로원 앞에서 그가 마지막으로 입에 담은 사르트 루하의 이름은 상당한 위력을 발휘했다.

경하가 보여준 환영 탓도 있겠지만 사르트 루하의 이름을 입에 올린 순간 일은 일사천리로 진행되었다.

결국 로운은 그 바로 다음날 옆에 서 있는 카시아와 함께 원정기사단 단장으로서 이렇게 서게 된 것이다.

"로운, 이대로라면 인원이 채 이백 명도 안 돼. 이 정도로는 부족할 텐데."

생각에 잠겼던 로운을 카시아가 다시 현실로 불러들인다.

"아… 하지만 그 이상의 인원을 차출해 낼 수는 없습니다. 키리엔에 어느 정도 잔존하는 기사들이 있어야 합니다. 키리엔을 비워둘 수는 없어요."

"어차피 수장도 없는 빈 성이야. 굳이 그 빈 성을 방어할 병력을 확보한다는 것도 우습잖아."

"인원이 많다고 유리하지는 않을 겁니다. 모자르는 인원은 기사 개개인의 능력으로 보완할 겁니다. 철저하게 능력 위주로 선발해야 합니다. 그리고 나머지는 모두 로열 나이트로 구성할 겁니다."

"흐음."

미메이라에는 가이칸 같은 일반 보병이 거의 전무하다시피 하다. 그 이유는 오랫동안 전쟁이 없는 지역이기도 했기 때문이다. 가이칸 식의 일반 보병이라면 그저 각지의 성에서 개별적으로 선발한 수비대 형식이 고작.

그들을 원정대에 포함시킨다는 것은 현실적으로 불가능하다.

방법은 키리엔에 주둔하고 있는 일반 기사들, 즉 나이트 사아르와 각지에 흩어져 자신의 임무를 다하고 있는 다수의 로열 나이트 뿐이다.

우습지만 미메이라는 어느 나라보다 로열 나이트의 숫자가 많다.

'그것이 이런 식으로 도움이 될 줄은 몰랐어.'

로운은 리스트에 주욱 기재되어 있는 로열 나이트의 이름을 천천히 하나하나 눈여겨보았다.

적어도 로열 나이트 정도가 되면 일을 진행하는 데 차질은 없다.

"동원할 수 있는 로열 나이트는 최대한 소환해야 합니다. 한 사람이라도 로열 나이트가 많은 쪽이 유리하니까요."

"일단은 궁정기사단의 삼 분지 이는 참가시키게 되겠군."

"사 분지 삼까지입니다."

"흐음."

"우리가 상대해야 하는 적은 가이칸이나 하나스의 병력이 아닙니다. 가이칸의 황제 역시 우리에게 그런 것을 원하시는 않습니다. 우리가 상대할 적은 모두 호로스의 화염술사들입니다."

카시아는 진지한 표정의 로운을 보며 고개를 끄덕였다.

"로열 나이트는 최대한 차출을 해보지. 그리고 나이트 사아르 중에서는 단 몇 가지라도 물의 술에 능한 사람들을 골라내 보겠어. 기왕이면 그쪽이 더 도움이 될 테니까."

"예, 그렇게 해주십시오. 일단 저는 지금까지의 전황을 가이칸에 알려야겠습니다."

"그래, 일단 기본 작업은 나와 로엔이 하도록 하지. 나이트 사아르 쪽이라면 나이트 로엔이 잘 알고 있는 듯하니까."

"네, 기엘의 말에 의하면 로엔은 꽤나 오랫동안 수련원의 보좌관으로 있었으니까요."

"그럼."

"부탁드립니다."

정자세를 하고, 로운은 나이트 카시아에게 예를 표했다.

기본적으로 자신이 상관이라고 해도 선배 기사에게 예를 표하지 말라는 법은 없다.

"시간이 촉박합니다."

"맡겨두라구."

그런 그의 마음을 아는지 카시아는 믿음직스럽게 자신의 가슴을 두들겨 보였다.

*　　　　*　　　　*

"단지 삼 일이 지났을 뿐인데 역시 가이칸이로군요. 대부분의 병력이 이미 준비를 마치고 이동 중이라고 합니다."

"흐음."

기엘은 로운으로부터 전해 받은 정보를 모두 경하에게 보고했다.

"키리엔에서 일단 인선을 마치면 바로 레카에서 멀지 않은 곳에 로열 나이트 이하 나이트 사아르까지 집결시키겠다고 합니다. 최대한 필요한 시간은 앞으로 삼 일. 그동안 아무 일이 없어야 할 텐데요."

"삼 일이라… 생각보다 시간이 걸리네."

"하지간 그것도 최대한 서두른 일자입니다. 이런 말씀은 죄송합니다만 미메이라의 병력 대부분이 기사급이라고 해도 기본적으로 그들에게는 실전 경험이라던가, 이런 대규모의 전투라고 해야 할까요? 이런 것에는 참여해 본 경험이 전무합니다. 그것이 걱정되는군요."

"그건 기엘이나 로운도 마찬가지였어."

"그렇긴 합니다만."

"기엘과 로운이 할 수 있었다면 키리엔과 신전에 있던 그 수많은 기사들 역시 할 수 있을 것 아니야?"

"……."

"열심히 노력해서 로열 나이트가 되고 나이트 사아르가 된 사람들이잖아. 기엘과 로운이 특별하다는 것도 잘 알고 있지만 일단은 계승로를 위해 선발되기도 했으니까. 기엘과 로운보다 선배인 기사들도 있을 테고, 그중에는 실전 경험은 많지 않다고 해도 훨씬 오랫동안 기사를 해온 경험 많은 기사들도 있을 거야. 믿을 수밖에 없어. 그리고 믿어야 하고, 나는 믿어."

가볍게 말하는 경하를 보며 기엘은 조금은 반성을 할 수밖에 없었다.

자신은 불안해하는데 경하는 그렇지 않다.

"기엘과 로운이 해냈는데 그들이 못해낼 리 없잖아. 닥치면 인간은 뭐든지 자신이 할 수 있는 최선을 하게 되어 있으니까. 믿어보자. 로운도 투덜대긴 했지만 잘하고 있는 것 같은걸."

"그에겐 원래 타고난 통솔력과 지휘관으로서의 매력이 있으니까요."

"그건 카리스마라고 하는 거야."

씨익— 하고 경하가 웃었다.

"기엘에게 기엘 나름대로의 카리스마가 있는 것처럼 로운에게는 로운 나름대로의 카리스마가 있어. 뭐, 로렌도 생각보다는 상당히 괜찮은 황제인 듯싶은걸."

경하는 여유로운 웃음을 지어 보였다.

"우리는 여기서 우리가 할 수 있는 일을 하자구."

경하는 타악— 하고 눈앞에 펼쳐져 있는 지도를 쳤다.

그 위에는 오늘 아침 회의에서 있었던 내용들이 기재되어 있다.

"과연 뭘 할 수 있을지는 나도 좀 고민이 되지만 말이야. 헤헤헤헤."

히죽히죽 웃어 보이던 경하는 순간 표정을 굳혔다.

"으음, 이거…"

"왜 그러십니까?"

갑자기 표정이 변한 경하를 보고 기엘은 무슨 일인가 싶어 신경을 긴장시켰다.

“타이밍이 엄청 좋아.”

말을 마치기 무섭게 경하는 눈을 감았다.

사방에서 경하의 주위로 바람이 몰려들었다.

이럴 때면 경하는 무슨 말을 해도 듣지 못한다.

바람은 경하의 주위로 몰려들어 신비한 그의 엘에 반응하며 희미하게 빛나기 시작했다.

기엘과 이리야는 몇 번이나 이런 광경을 목격했었다는 사실을 기억해 냈다.

“뭔가 보고 있는 거야?”

이리야가 신비로운 광경을 바라보며 한마디 했다. 이럴 때는 그저 조용히 기다리는 것이 상책이라는 것을 그들은 경험상 잘 알고 있었다.

희미하게 경하의 주위를 둘러싼 빛은 얼마 지나 사라지기 시작했다.

두 사람은 경하가 어떤 환영을 보았을지, 어떤 미래를 보았을지 궁금했다.

본인은 예지 능력은 아니라고 말을 하고 있다. 단지 그저 아주 조금 보인다라고 말할 뿐이다.

그러나 그 속에 보이지 않는 예지의 능력이 섞여 있다는 것을 그들은 알고 있었다.

“경하님.”

꿈을 꾸는 듯한 표정의 경하가 눈을 뜨자 기엘이 가까이 다가갔다.

“괜찮으십니까?”

“으응.”

두 손을 들어 올리고 있던 경하의 몸에는 아직 희미한 바람의 엘이 그대로 남아 빛을 내고 있다.

"로렌에게 가야겠어."

"예?"

경하는 황급히 자신의 앞에 펼쳐져 있는 지도에 달려들었다.

그의 손이 일단 레카에 머무른다.

"한쪽은 레카."

그리고 손가락은 아래로 주욱 페이요트 산맥을 따라 움직였다.

"여긴… 뭐가 있지?"

경하는 자신이 손가락으로 짚은 곳을 기엘에게 물었다.

기엘은 잠시 그곳을 들여다보다가 다른 지도 하나를 찾아내서 경하에게 내밀었다.

"갈리아 계곡입니다. 회의에서도 한두 번 언급되었던 곳이죠. 페이요트 산맥에 있는 계곡들 중에서도 상당히 험준한 곳입니다. 설마 그런 곳으로…?"

"그 설마가 맞아. 로렌에게 알려야 해."

"곧 알현을 청하도록 하겠습니다."

"시간이 없어. 삼 일이면 늦을지도 몰라. 아셀은 이미 이동을 시작했으니까."

그 말을 마치기 무섭게 경하는 뒤도 돌아보지 않고 문을 박차며 뛰어나갔다.

그 뒤를 기엘과 이리야도 빠른 걸음으로 따라갔다.

제4장
갈리아 계곡의 바람

The Wind of Ashurei

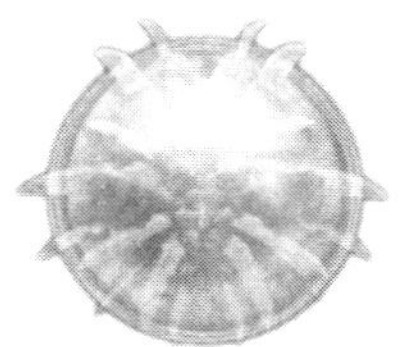

"사르트 루하. 로운 디 로크레슈입니다. 만나뵙게 되어 영광입니다."

"가이칸 제15기사단장 스토우 린첼입니다."

짙은 갈색의 머리카락이 은색의 갑옷 위에 흐트러져 있었다.

"만나뵙게 되어 영광입니다, 나이트 로크레슈."

린첼은 두터운 가죽 장갑을 벗은 손을 로운에게 내밀었다.

그것이 제국식의 친밀한 인사 표현이라는 것을 잘 알고 있는 로운은 가볍게 그의 손을 맞잡았다.

"이른 시간에 실례를 하게 되었습니다."

"아닙니다. 어젯밤 이곳으로 오신다는 전갈을 받고 기다렸던 참입니다. 오시는 길에 다른 애로 사항은 없으셨습니까?"

"무사히 도착했습니다. 심려해 주셔서 감사합니다."

딱딱한 의례의 말들이 그들의 사이에서 몇 차례 오간 후 린첼은 로운에게 자리를 권했다.

"오시기 직전에 카드미엘에서 전갈이 도착했습니다."

"명령서겠죠. 저희 역시 조금 전 전갈을 전해 받았습니다. 레카와 갈리아로 나뉘는 듯하더군요."

로운의 말에 린첼의 얼굴이 순식간에 굳어버렸다.

자신이 조금 전에 받은 기밀 명령서의 내용을 정확히 말하고 있었기 때문이다. 하지만 그는 그것을 내색하는 대신 가볍게 받아쳤다.

"다행히도 하나스의 병력은 대단치 않을 듯합니다. 문제는 호로스의 화염술사들이 될 것이라고 하더군요."

"하나스의 병력을 맡아주신다면 이쪽에서는 화염술사를 맡겠습니다. 기본적으로 저희들이 이곳에 온 까닭이 그것이니까요."

"감사합니다. 다만 문제시되는 것이 있는데…."

가이칸의 제15기사단장인 스토우 린첼은 레카에 집결된 모든 가이칸 제국 병력에 대한 책임을 지고 있었다. 물론 파견된 기사단은 15기사단 이외에 3개 기사단이 더 있었지만 총대장의 임무는 그에게 맡겨져 있었다.

그는 자신이 받은 명령서를 로운의 앞에 내민 후 자신의 참모 및 부관들을 호출했다.

그가 받은 명령서에 의하면 그들은 곧 하나스와 호로스의 연합부대와 마주치게 된다.

이제부터 이루어지는 것은 어디까지나 작전 회의.

"긴 하루가 될 듯하군요."

"부디 끝나지 않을 듯이 끔찍한 하루가 되지 않기를 바랄 뿐입니다."

린첼의 말에 로운 역시 가볍게 응수했다.

두 사람은 서로의 눈을 바라보았다. 어느 누구도 먼저 시선을 피하지 않는다.

직감적으로 로운은 이 남자라면 믿을 수 있을 것이라고 판단했다.

'제국의 황제는 역시 사람을 고르는 능력이 있어.'

레카에 집결되어 있는 병력의 배치, 하나스 군과 호로스의 부대의 이동 경로와 그에 대한 대응책 등등, 논의할 일들은 수없이 많다.

"그럼 시작할까요?"

로운은 작전 지도가 펼쳐진 탁자 위에 가볍게 손을 내려놓았다.

*　　　　*　　　　*

"히에~ 엄청난 시골이잖아, 여기."

"어쩔 수 없습니다. 기본적으로 페이요트 산맥은 가이칸의 변방 중에서도 변방이니까요. 하나스와 아셀과의 국경선이라고 해도 국경 수비대가 필요없을 정도로 페이요트 산맥은 험난합니다."

"하지만 그래도…."

"그나마 몇 개의 통행로가 사람이나 물자가 통과하기 쉬운 지점들을 골라 위치하고 있긴 합니다만 이곳 갈리아 계곡은 계곡이라고 해도 그런 곳과는 조금 거리가 멉니다."

"흐음."

경하는 로렌이 머물고 있는 막사의 한쪽 끝에서 험난한 페이요트 산맥을 바라보고 있었다.

　기기묘묘하게 생긴 산등성이들이 몇 개씩이나 겹쳐 장관을 이루고 있었다.

　안개가 피어 오르는 계곡과 구름이 걸려 있는 것이 아닐까 생각되는 높은 산.

　분명 산과 계곡이 있다는 점에서는 경하가 존재하던 현실과 다를 것이 없다.

　하지만 그 익숙한 개념들이 너무나 낯설게 다가온다.

　"분명 이전에 저 위쪽으로 폐이요트 산맥을 지나온 적이 있었는데 그곳과 별다를 게 없을 거라고 생각했거든요. 같은 산맥이니까. 그런데 생각보다 풍경이 상당히 다르군요."

　"아슈레이 대륙의 남쪽 지대를 둘로 나누는 거대하고 긴 산맥입니다. 위도에 따라서 그 풍경이 다른 것은 당연한 일입니다."

　"하지만 비슷한 고도의 산이라면 기본적으로 비슷할 텐데 뭐가 다르다는 거지? 일단 멋있기는 하지만."

　연신 감탄사를 지어내고 있는 경하에게 꼬박꼬박 대꾸를 하고 있는 것은 기엘도, 이리야도 아닌 가이칸의 로열 나이트 중 한 명으로 로렌이 경하의 신변 보호를 위해 붙여둔 사람이었다.

　"아무리 봐도 달라. 확실하게."

　문득 아버지의 말이 떠오른다. 같은 산과 물과 바다라도 보는 곳이 달라지면 다른 산과 물과 바다가 된다는 말이 말이다.

　"가까운 중국에만 가도 말이다, 같은 산인데도 느낌이 어쩌면 그리 다르던지 놀랄 수밖에 없더구나. 그뿐이냐? 바로 옆 나라인 일본만 해도 전혀 다르지."

아버지의 흥분한 모습이 눈앞에 떠올랐다.

'하기사 중국이니 일본이니 하는 곳과는 천지차이로 먼 곳이니까 이 정도로 달라 보일 수도 있겠구나.'

경하는 한가로운 마음으로 턱을 괸 채 하염없이 막사 너머로 보이는 풍경을 바라보았다.

그 풍경 속에는 원래는 이 자리에 없었을 것들이 하나둘씩 생겨나고 있었다. 경하의 거처로 준비된 막사만큼은 아니지만 빠른 속도로 늘어나는 게 눈에 보였다.

이틀 전, 경하의 예지로 아셀이 가이칸으로 침입할 경로가 이곳 갈리아 계곡이라는 것을 알게 된 로렌은 자신이 할 수 있는 최대한의 빠르기로 병력을 모아 이곳 갈리아로 달려왔다.

의외로 병력이 많이 필요하지 않을 것이라는 경하의 충고는 한 귀로 흘린 채 말이다.

덕택에 현재 주변에는 수백 개가 넘는 막사들이 마치 중간급의 도시 크기 정도로 여기저기 구획을 지어 세워져 있는 상태다.

"휴우. 나만 한가한 것 같군."

경하는 뭐라 말할 수 없는 표정으로 그렇게 서 있었다.

"정말 그분의 말씀을 이렇게 완벽히 믿어도 되는 걸까요?"

"……"

새하얀 시녀의 손 대신에 조금은 투박한 남자의 손이 차를 따른다.

"고맙네."

"폐하."

"그럼 믿지 않으면?"

향기로운 차를 한 모금 마시며 로렌은 여유롭게 대답했다.

"믿지 않으면 또 어쩌겠나, 카스핀. 어차피 이곳도 우리의 예상 지점 중 하나였어. 좀 빠르게 움직였다 정도로 생각하게나."

"하지만 그분의 말씀에 일언반구도 없이 이런 곳으로 폐하께서 몸소 발걸음을 옮기신 것은 아무래도 성급한 판단인 듯싶습니다."

뒤처리를 하느라 조금 전에 도착한 카스핀은 보고를 들을 틈도 없이 제일 먼저 로렌의 막사에 들른 참이다.

너무나 서두른 까닭에 누락된 것이 한둘이 아니다. 빈틈없이 로렌이 준비해 왔던 덕에 병력의 이동은 빨랐지만 그 이외의 것은 아직 해결되려면 시간이 더 필요했다.

덕택에 머리털이 빠질 지경이 된 것은 미타 남작 이하, 로렌 휘하의 젊은 귀족들과 기사들이었다.

그들이 차마 로렌에겐 하지 못한 하소연을 줄줄이 미타 남작에게 해왔기 때문에 그는 더 더욱 신경이 날카로워져 있었다.

아무리 경하와 그의 일행이 보통 인간이 가지지 못한 기이한 힘을 가졌다고는 하나 '그들은 갈리아 계곡을 넘어 올 거예요'라고 하는 경하의 말 한마디에 이곳까지 수많은 병력을 움직였다는 것 자체가 미타 남작은 불만일 수밖에 없었다.

"병사들의 사기도 생각해 주셔야 합니다. 그들은 자신들이 어째서 이런 곳까지 오게 되었는지 그 영문도 모릅니다."

"모르면 어떤가?"

"폐하!!"

"너무 걱정 말게."

로렌은 반쯤 차가 남은 찻잔을 내려놓았다. 옆에 있던 시종 하나가 그것을 공손히 받아 들고는 밖으로 사라졌다.

"나도 잘은 모르겠지만 말이야, 뭔가 인간의 힘이 아닌 것이 이런 현상을 만들어내고 있다는 생각이 들지 않는가?"

"당연하지요. 그분들은 보통 인간이 아니니까요."

있는 힘껏, 보이지 않는 심술을 담아 카스핀이 중얼거렸다.

그 소리에 로렌이 그만 킥킥 소리를 내며 웃어버렸다.

"그래, 보통 인간이 아니지. 그리고 그 보통 인간이 아닌 소년의 예지로 이곳까지 오지 않았나?"

"분명히 후회하실 겁니다."

"후회하게 되어도 좋아."

로렌은 자리에서 일어났다.

그는 발걸음도 가볍게 미타 남작의 앞을 지나 막사의 입구 쪽으로 걸어갔다.

그 뒤를 미타 남작이 따랐다.

로렌은 사람들이 수도 없이 바쁘게 움직이고 있는 곳으로 시선을 돌렸다가 다시 갈리아 계곡 쪽으로 고개를 돌렸다.

안개가 피어 오르는 모습이 그의 눈에 들어왔다.

"어쩌면 우리는 굉장한 것을 보게 될지도 모르네. 인간이 아닌, 인간을 능가하는 신들의 전쟁을 말이야."

"…여? 폐하, 그게 무슨 말씀이십니까?"

"이번 사건의 뒤에는 인간이 아닌 자들이 있다라는 소리일까? 물론 이런 소리를 그에게 하면 화를 낼 테지만 말이야."

경하의 얼굴을 떠올리며 로렌은 다시 미소를 지었다.

"바람을 다스리는 바람의 신국과 물을 다스리는 물의 신국이 불을 다스리는 불의 신국과 맞붙는 걸세. 어떤 결과가 나오리라 생각하지?"

"그것을 신들의 전쟁이라고 말씀하시면 비약이 큽니다."

단호하게 잘라 말하는 미타 남작의 말에 로렌이 그만 파안대소를 해버린다.

"하하하, 그래, 그럴 수도 있겠지. 하지만 카스핀, 비공식적이라고는 하나 가이칸이 처음으로 신국인 미메이라와 공동 연합 전선을 폈네. 이것만으로도 이번 일은 가치가 있어. 그것이 실패로 끝나든 성공으로 끝나든 말일세. 물론 나는 절대로 실패하지 않을 것이라는 쪽에 내기를 걸 수도 있어."

"폐하."

"무슨 일이 일어날지는 나도 모르네. 하지만 한 가지는 알 수 있어. 지금 내가 이곳에 있지 않으면 죽을 때까지 평생 후회할 굉장한 그 무엇인가가 일어날 것이라는 것을 말이지. 내 머리 속에 있는 그 무엇인가가 그렇게 말하고 있네."

말을 마친 로렌은 그의 뒤를 따르던 시종들에게 가볍게 몇 마디를 했다.

그들 중 하나가 재빨리 그 자리를 떠나 어디론가 뛰어가는 것이 미타 남작의 눈에 들어왔다.

"오래 걸리지는 않을 게야. 자아, 그럼 나는 이만 미메이라와 나유의 수장들과 '작전' 회의를 하러 가겠네."

"폐하, 아직도 그런 말씀을."

"카스핀."

"네, 폐하."

"나는 무조건 농담으로 그런 소리를 하는 게 아니다."

"……"

순간 진지해진 로렌의 목소리에 미타 남작은 남모를 전율 같은 것을 느꼈다.

진지한 목소리는 많이 들어왔지만 이번엔 무엇인가 달랐다.

"지나가는 투정이나 가벼운 항의나 그대가 가질 수 있는 불만 같은 것에는 관대할 수 있어. 하지만…."

로렌은 그의 곁에 서 있는 미타 남작을 머리끝에서부터 발끝까지 천천히 아래부터 위로, 그리고 다시 아래로 훑어보았다.

날카로운 시선에 심장이 찌르르 아파온다. 숨을 쉬는 것에 장애를 느낀다.

"내가 진심으로 옳다고 믿는 일에 함부로 제동을 걸려 한다면 설사 그 대상이 카스핀 자네라고 해도 절대 용서하지 않아. 그 대상이 누가 된다 할지라도."

미타 남작은 자신도 모르게 고개를 숙였다.

순간 그는 한 발, 너무 안쪽으로 디뎠던 것이다.

"명심하겠습니다."

대답하는 목소리가 자신도 모르게 떨려왔다.

그는 그렇게 고개를 숙인 채 로렌을 배웅했다.

천천히 메마른 바위를 위를 걸어가는 그의 발자국 소리가 숙인 머리 위에서부터 점점 멀어져 갔다.

*   *   *

산속에서의 아침은 차가운 공기와 이슬과 함께 시작된다.

햇살이 나뭇가지 사이로 비치기도 전, 밤새 좁은 막사에서 억지로 잠을 청하던 병사 하나가 졸린 눈을 비비며 일어났다.

"뭐야, 벌써?"

"서둘러. 1차 수색 정찰대가 돌아왔다. 이번엔 우리 차례야."

끄응— 하고 그는 몸을 돌렸다.

잘 오지 않는 잠을 억지로 청해 잔 탓인지 머리가 무거웠다.

"눈코 뜰 새도 없이 돌아가는군. 위에선 무슨 생각을 하는지 모르겠단 말이야."

그는 투덜투덜대며 자리에서 일어나 다른 병사 하나가 내미는 접시를 받아 들었다. 아침 식사였다.

"위에서 무슨 생각을 하는지 우리가 알면 뭐 하겠어. 우리는 시키는 대로 움직이면 돼. 그러다 보면 전쟁이란 어느새 끝나는 거라구."

"하이고, 카스. 네 말만 들으면 무슨 역전의 용사쯤은 되는 걸로 보인다."

"역전의 용사는 무슨. 그것이 다 간접 경험이라고 하는 게야."

키득키득 웃어넘기는 동료의 어깨를 발로 한번 걸어찬 그는 우물우물거리며 식사를 마쳤다.

식사를 마친 그는 당번병으로부터 마른 육포를 넘겨받아 허리춤의 주머니에 챙겨 넣었다. 물과 함께 이것은 그의 하루 기본 식량이 된다.

말린 육포는 조금만 먹어도 배가 부른 데다가 체력 보존에도 용이하다. 거기에 보존도 간편, 무게도 별로 나가지 않는다.

"정찰병이라고 그래도 잘 챙겨주는데?"

"밤 늦게나 돌아오게 될 테니 잘 챙겨두세요."

나이 어린 병사가 그에게 가죽으로 된 물주머니를 내주었다. 그리 크지 않기 때문에 이 물이 다 떨어지면 자급 자족을 해야 한다.

그는 물주머니를 몇 번 흔들어보고는 물이 가득 차 있는 것을 확인했다.

"그럼 잘 나갔다 오라구, 네이든."

"알았어. 나 없는 동안 내 자리나 노리지 마."

네이든이라 불린 남자는 히죽히죽 웃으며 자신이 누워 있던 자리를 가리켰다.

"정찰병으로 나가서 재수없게 죽지나 말라구."

"재수없게 그런 소리 하지 마."

정찰 수색대이기에 중장비는 지참하지 않는다. 어디까지나 몸을 가볍게, 최소한의 장비만을 가지고 나가게 된다.

몇 개 안 되는 장비를 다시 한 번 점검한 그는 몸을 돌려 집합 장소로 출발했다.

"자아. 그럼 가볼까?"

기분은 여유로왔다.

갑작스런 마법진에 의한 이동은 전쟁에 대한 긴장감을 불러일으 킨다기보다는 언제나 있었던 기동 훈련 정도의 긴장감밖에 주지 않 았던 탓도 있었다.

광활한 대지 대신, 그리 크지 않은 골짜기에 옹기종기 막사를 치 고 진을 친 탓도 무시할 수는 없다.

1차 정찰 수색대는 무사히 아무런 수확 없이 돌아왔고 그 때문에 2차 정찰 수색대 역시 여유로운 마음으로 임무에 임하고 있었다.

인원은 총 10명.

경험 많은 10인대장의 지휘 하에 그들은 페이요트 산맥의 한 자 락을 조심스럽게 기어오르고 있었다.

툭툭—

앞서 가던 네이든은 뒤에서 따라오던 동료의 손짓에 뒤를 돌아보았다.

대장이 휴식을 취한다는 수신호를 보내고 있었다.

후욱— 하고 숨을 내쉬었다.

'생각보다는 힘이 드는군.'

가이칸 제국의 축복받은 드넓은 대지가 조금은 미워지는 순간이다. 넓고 광활한 평지에 익숙해져 있던 병사들은 고도가 높은 이 폐이요트 산맥에서는 쉽게 지치고 만다.

몇 날 며칠을 자지 않고 강행군을 해온 것도 아닌데 말이다.

해는 벌써 중천.

'얼마나 들어온 걸까.'

자신들의 위치를 아는 것은 현재 그들의 대장뿐이다. 나머지 병사들은 단지 그들이 지금까지 이동해 온 거리와 방향으로 적당히 그들의 위치를 짐작할 수밖에 없다.

'어서 끝이 났으면 좋겠군.'

약한 소리는 잘 하지 않는 그였지만 왠지 오늘의 정찰은 그의 첫 번째 정찰인데도 마음에 들지 않았다.

잠시 쉬며 숨을 돌리는데 대장의 수신호가 다시 보였다.

앞으로 전진.

그는 고개를 끄덕이고 다시 앞으로 조심스럽게 발걸음을 옮기기 시작했다.

*　　　　*　　　　*

"아흐흐흐흑, 찌뿌둥해."

“……”

“우오오오오오옹.”

“……”

기지개를 켜며 이상한 소리를 만들어내는 경하를 기엘과 이리야는 정말 뭐라고 말할 수 없는 묘한 표정으로 바라보았다.

“이봐. 너 기왕 기지개를 켜는 거 좀 점잖게 하면 안 되냐?”

“뭐가?”

“아니… 그러니까 말이야, 그게 소리가 좀….”

“남이 기지개 켜는데 토 달 시간이 있으면 가서 먹을 거나 좀 가져다 줘. 아아, 배고프다.”

“저녁을 드신 지 얼마 되지 않았습니다만.”

기엘이 끼어들었다.

아무래도 머물고 있는 곳이 산속이라 그런지, 어둠은 평지에서보다 훨씬 빨리 내려와 주위는 벌써 새카만 어둠에 휩싸여 있었다.

“오늘은 그냥 일찍 잠자리에 드시는 것이 어떠신지요. 앞으로 어떤 일이 일어날지 모르는데 쉴 수 있을 때 쉬는 편이 좋습니다, 경하님.”

“우움, 나도 그냥 자면 좋겠다고는 생각하는데 몸이 좀 이상해서….”

그렇게 말하며 경하는 상체를 이쪽저쪽으로 돌려보았다.

“이상하단 말이야. 찌뿌둥한 것이.”

“어디가 어떻게 이상하신지요?”

기엘이 걱정스러운 표정을 하고 경하에게 다가갔다.

“그다지 고도가 높은 곳도 아니니 고산병 같은 것일 리는 없는데 몸이 마디마디 저린다고 해야 하나? 회복 주문도 써봤지만 별로 소용이 없어."

"흐음. 경하님, 잠시 실례하겠습니다."

"응."

기엘은 경하에게 다가가 이마에 손을 얹었다.

따스한 온기가 전해져 온다. 하지만 그것은 열을 재려 하는 것이 아니라 경하의 상태를 조금이나마 더 정확하게 알기 위한 행동이다.

평소 강력한 파장을 가지고 있는 탓에 경하의 파장은 오히려 잘 느껴지지 않는 경우가 많다.

그것을 눈에 보이듯 훤히 알기 위해서는 이런 최소한의 접촉이 도움이 될 때가 많다.

"……"

이마에 닿아 있는 손바닥에서부터 경하의 맑고 강력한 파장이 기엘의 신경을 그대로 타고 들어온다.

흔들림이 없어야 할 그 파장 속에서 기엘은 무엇인가 미묘한 빈틈을 발견해 냈다.

아무런 생각 없이 접촉해서는 절대 알아낼 수 없는 그런 것이었다. 하지만 발견을 해냈을 뿐 그 빈틈이 무엇인지 도무지 짐작이 가지 않는다.

"뭔가… 조금……"

"어? 이상한 게 있어?"

"경하님 스스로는 어떤 이상을 느끼시는 것인지 조금이라도 자세하게 설명해 주실 수 있으신지요?"

"모른다니까. 그냥 힘이 좀 빠지는 듯한 느낌이 든달까?"

경하의 말을 들었기 때문일까?

기엘은 그 말에 뒷덜미를 얻어맞은 듯한 기분이 들었다.

‘힘이 빠진다?’

그리고 완벽해야 할 파장에 이유 모를 빈틈이 있다.

"경하님, 주문을 한번 외워보시겠습니까?"

"무슨 주문?"

"어떤 주문도 좋습니다. 경하님의 몸에서 나오는 파장을 눈에 보이게 할 수 있는 것이라면요."

"흐음."

경하는 잠시 고개를 갸우뚱했다. 새삼스럽게 저렇게 지적을 해버리면 어떻게 해야 할지 오히려 생각이 나지 않는 법이다.

"아! 그렇지."

간신히 생각이 난 듯 경하가 살짝 눈을 감았다.

"엘 ─ 루하."

아주 기본적인, 경하로서는 거의 잊어버리고 있던 바람술의 기초적인 주문이 그의 입에서 흘러나왔다.

그것은 바람술의 기초 운용술로 기엘의 경우 매일 아침 자리에서 일어나 제일 먼저 정신 통일을 하며 외우는 그런 주문이었다.

주문이 경하의 입에서 흘러나오는 순간, 경하를 중심으로 사방으로 투명하지만 입체감을 가진 엘의 바람이 수백 수천 개가 일제히 나타났다.

"……"

경하가 처음 만들어 장로들의 앞에서 해 보였던 때와는 비교도 되지 않을 정도로 빽빽하게 경하의 시야 앞에 가득 들어차 있었다.

하지만 그것에 감탄하고 있을 시간은 없었다.

경하가 눈을 껌벅껌벅하면서 기엘의 하는 양을 바라보는 동안 기엘은 온 신경과 감각을 동원하여 그 빈틈을 찾기 시작했다.

'분명 흐트러짐은 없다. 하지만 이 이상한 느낌은….'

이리야나 기엘 자신은 항상 경하의 곁에 있기 때문에 그들 사이에서 오가는 자잘한 흐름 정도는 금방 구분해 낼 수 있었다.

시야를 가득 메우고 있는 투명한, 하지만 분명 그들의 눈에는 보이는 엘의 가닥.

그 하나하나에 자신의 감각을 모두 열어 집중하고 있는 기엘의 감각이 순간 이상한 흐름을 감지했다.

'…흐르고 있다? 아니야. 이건… 어디론가 흘러서 사라지고 있는 거야.'

분명 엘이라는 것은 고정된 것이 아니다. 그것은 언제나 생성되고 흘러가 자연의 엘과 융합된다.

하지만 지금 그가 느끼는 것은 그 살아 있는 엘 중의 아주 미세한 몇 가닥이 어디론가 흘러 사라지고 있다는 것이었다.

하지만 그 흘러가는 것을 따라가려 해도 이상하게 기엘의 감각은 앞으로 나아갈 수가 없었다.

누군가 그것을 억제라도 하고 있는 듯, 아무것도 없는데도 벽 같은 것이 느껴지는 것이다.

"이제 그만 하셔도 됩니다, 경하님."

한참을 경하의 엘 속에 서 있던 기엘이 간신히 눈을 뜨고 말했다.

"아, 으응."

"어이, 기사 양반. 괜찮은 건가?"

"예, 괜찮습니다."

눈에 띄게 식은땀을 흘리고 있는 기엘에게 이리야가 걱정스러운 듯 말을 건넸다.

"정말 괜찮은 거야? 별로 좋아 보이지 않는데."

"생각보다는 힘이 좀 들었을 뿐입니다. 그것보다 중요한 것은….."

이마에서 흘러내리는 땀을 닦을 사이도 없이 기엘은 경하에게 진지한 목소리로 말했다.

"경하님."

"응?"

"이상하다고 생각하지만 마시고 감각을 되살려 보십시오."

"에?"

"경하님의 엘이 어디론가 흘러가 사라지고 있는 것을 발견했습니다."

"에에. 설마. 그런 걸 내가 모를 리가 없을 텐데?"

눈동자를 데굴데굴 굴리며 경하가 대답했다. 그다지 민감한 타입은 아니지만 설마 자신의 몸에서 나가는 힘을 감지 못할 리는 없다고 그는 생각하고 있었다.

"자연스러운 것이 아닙니다. 힘이 빠져나가는 것 같다고 말씀하셨죠? 그건 느낌 같은 것이 아닙니다. 그냥 기분 같은 것이기에 간과하셨을 수도 있습니다. 이것은 경하님께서 직접 찾아내셔야 합니다. 도대체 왜, 어디로, 누가 그것을 불러내어 사라지게 하는 건지."

"……."

"그게 가능한 거야, 기사 양반?"

"뭔가 아주 미묘하게 이상하다고 생각했었는데, 경하님의 말씀을 듣고 감이 왔달까요? 분명 고의적인 것이라고 봅니다. 눈치 채지 못할 정도로 미세하지만 영향력은 있었다는 것이지요."

"무슨 말인지 도통 모르겠다구만. 어이, 넌 알겠어? 경하?"

"나도 잘 모르겠어, 기엘. 분명 좀 이상하긴 하지만 내 스스로가 눈치 채지 못한다는 게 말이나 돼?"

기엘이 설명을 했지만 이리야도 경하도 아무리 머리를 돌려도 이해가 가지 않았다.

도대체 누가 무엇 때문에 고의적으로 경하의 엘을 사라지게 한다는 걸까? 아니, 사라지게 한다는 것 자체가 이해가 가지 않았다.

"정확하게 말한다면 누군가가 경하님의 엘을 억지로 유도해 내 다른 것으로 변형을 시키고 있는 겁니다."

"무엇으로?"

"그 누군가라고밖에 할 수 없는 사람이 그 자신의 엘로 말입니다. 다른 성질의 힘이라면 가능할 수도 있다고 봅니다. 이렇게 신경을 써서 감지해 내지 않는 한 못 느낄 정도로요."

"……."

경하는 순간 고민에 빠졌다.

자신이 눈치를 못 챘다 해도 이런 경우 세나케인이 주의를 줄 만도 한데 그렇지 않았기 때문이다.

'케인, 듣고 있지? 어떻게 된 건지 설명해 봐.'

"이상을 느끼는 것과 그것이 어째서 그런 건지를 아는 것에는 차이가 있지."

마음속으로의 질문에 세나케인의 엉뚱한 대답이 돌아온다.

"뭐야, 케인. 모르는 거면 모른다고 해!! 정말이지."

"나 역시 이상은 느꼈지만 원인은 알 수 없었다. 정확한 것이 아닌 이상 괜스레 네게 고민거리를 안겨줄 필요는 없었으니까."

"세나케인님."

간만에 그의 눈앞에 나타난 세나케인에게 기엘은 다짜고짜 질문부터 했다.

"언제부터인지라도 알 수 있을까요?"

“이곳에 도착한 직후부터.”

기다릴 것도 없이 세나케인이 대답했다.

“경하님께서 몸에 이상을 느낀 것은 오전부터인 듯한데….”

“이상을 느낀다고 해도 실제적인 영향은 거의 없다. 그러니까 특별히 언급을 하지 않았던 것이고.”

왠지 세 명으로부터 원망의 눈초리를 받기 시작하자 세나케인이 얼른 변명을 했다.

“하지만 당사자보다는 다른 인간이 보는 쪽이 나을 수도 있다는 것은 인정해 주지. 네 감각을 통해 느껴보니 확실히 알게 되었으니까. 분명 누군가 있어. 이 녀석의 파장을 어디론가 유도해 내는 존재가.”

세나케인의 진지한 얼굴을 보고 있던 경하는 왠지 자신이 너무나 둔한 게 아닌가 하는 생각이 들었다. 누가 뭐래도 자기 자신의 상태는 스스로가 제일 먼저 알게 되는 법이다.

“후우, 결국 내 실수라는 소리가 되네.”

“경하님.”

“아니야, 조금만 생각해 보면 알 수 있는 건데… 이전에도 이런 경험이 있었잖아. 분명 이상이 있는데 알아채지 못했던 때가.”

경하는 한숨을 푸욱 내쉬었다.

너무 단순하게 생각하고 있었다는 생각이 들었기 때문이다.

사실은 그렇게 단순한 것이 아니다.

아셀의 황제가 암살되고 새로운 황제가 쿠데타를 일으켜 황제가 되었다. 호로스의 수장은 무슨 이유에선지 모르지만 그런 아셀과 손을 잡았고, 아셀과 같은 연합에 소속되어 있는 나라들은 그에 동참하기 시작했다.

그리고 그것에 가이칸 제국과 미메이라가 손을 잡아 대항하고 있는 것이다.

글자 그대로 영화 속에나 생길 만한 일들이 경하의 주위에서 일어나고 있었다. 바로 지금 이 순간에도….

"전면전은 되지 않겠지. 어차피 가이칸이나 아셀이나 하나스나 전쟁을 할 만한 이유는 찾으면 찾는 대로 나오게 되어 있다. 그러나 아직까지는 어느 쪽이나 전면전을 할 수 있을 상황이 아니야. 이건 말하자면 일종의 시위가 되는 거지. 하지만 시위라고 해서 어물어물 넘어가 줄 생각은 없다. 절대로."

로렌의 목소리가 뇌리에 울려 퍼진다.

그는 자신감이 있었다. 그래서 너무 믿어버렸을지도 모른다.

"그때… 비가 너무 많이 내려서, 그래서 느끼지 못했던 것처럼 지금은 주위에 사람이 너무 많아. 그래서 몰랐던 것 같아."

순간 기엘과 이리야는 '아!' 하는 표정을 해 보였다.

상대가 그들, 즉 하세카의 마법사들이라면 가능한 이야기가 된다.

"하지만 꼭 그 탓만은 아니야. 사실 안일하게 생각하고 있었어. 이쪽에서 군대가 나서면 저쪽도 당연히 그럴 거라고 말이야. 로렌이 말했던 것을 간과하지 말았어야 하는데."

"그 황제가 뭐라고 했는데?"

이리야가 너무나 진지해 보이는 경하에게 왠지 거부감 비슷한 것을 느끼며 물었다.

경하가 이렇게 나올 때면 뭔가 꼭 일이 생긴다는 것을 그는 경험적으로 잘 알고 있었다.

“아셀의 뒤에 하세카가 있다는 소리.”

“……”

“이번엔 어떤 전투가 벌어져도 전면전 같은 것이 될 리가 없다는 소리도 했지. 이건 앞으로 일어날 모든 역사의 전초전이라고 했었거든. 너무 거창하고 황당해서 대꾸도 안 했었는데 그게 이런 식이 될 줄은 몰랐어. 자아, 그럼…”

흐트러진 머리카락을 하나로 모아 질끈 묶으며 경하가 말했다.

“케인, 도와줄래? 아직은 늦지 않은 것 같으니까.”

세나케인은 아무 말 없이 고개를 끄덕였다. 그것을 보며 경하는 활짝 웃어 보였다.

“아셀과 저들의 뒤에 하세카가 있다면 미메이라와 가이칸의 뒤에는 내가 있다는 걸 알려줘야 하지 않겠어?”

“……”

순간 세나케인과 마찬가지로 경하의 뒤를 따르던 기엘과 이리야가 삐끗하며 그 자리에서 휘청였다.

“이, 이봐, 그건 좀…”

“……”

“어떤 놈인지 모르지만 이상하게 수작 부리는 놈 정도는 잡아내겠어.”

“마지막 말만 하지 않았다면 100점을 주었을 거다.”

세나케인이 한심하다는 목소리로 말했다.

“헤헤헤.”

긴장되어 가는 감정이 늘어지고 찌뿌둥했던 몸을 다시 잡아당겨 긴장 상태로 만든다.

파라라락— 소리와 함께 길게 늘어져 있는 막사의 자락이 바람에 휘날렸다.

경하는 힘들이지 않고 막사를 빠져나왔다.

하늘을 보자 새카만 하늘에 별들이 반짝이는 광경이 한눈에 들어왔다. 지나치게 날이 맑기 때문일지도 모른다.

"케인!"

밤하늘을 올려다보고 있던 경하는 케인의 이름을 부르며 동시에 눈을 감았다.

바람이…

그 청명한 밤하늘에 불어오기 시작했다.

경하의 몸은 천천히 그 자리에서 떠올라 곁에 우뚝 서 있는 나무 위로 천천히 이동을 했다.

그리 늦은 시간이 아닌 탓에 병사들의 웅성거림이 보초를 서던 병사들에서부터 그의 동료들에게, 막사에서 막사로 펴져 나갔다.

"……"

감고 있는 눈 주위로 묶어놓았던 머리가 풀려 휘날리는 것이 피부를 통해 느껴져 오기 시작했다.

그 바람이 순식간에 경하의 몸 쪽으로 불어와 멈추는 순간, 경하는 눈을 번쩍 떴다.

파아앗—!!

거센 바람이 그들의 머리 위로 불어오기 시작했다.

"우왓!! 웬 바람이 갑자기!!"

"으아앗!! 그거 날아간다! 잡아!!"

쏴아아아— 하며 나뭇잎들과 가지가 흔들리는 소리가 그 뒤를 이었다.

'멀리… 될 수 있는 한 멀리까지.'

소리없는 경하의 목소리가 세나케인에게 전해지고, 경하의 눈 속으로는 결코 한눈에 다 들어오지 못할 정도의 별이 순식간에 아래로 쏟아져 내리기 시작했다.

*　　　*　　　*

달빛이 구부린 등 위로 빛을 비추고 있었다.

고요함은 앞서 걸어가는 사람의 숨소리마저 삼켜 버릴 정도로 짙게 깔려 있다.

숨이 막힐 듯한 적막 속에서 들려오는 것은 바람에 구르는 작은 낙엽과 돌멩이가 만들어내는 소리뿐이다.

'이제 슬슬 돌아갈 때가 되었는데.'

그는 머리 속으로 숫자를 세고 있었다.

이른 새벽부터 늦은 밤까지, 자신이 얼마나 많은 산봉우리를 넘었는지….

'앞으로 몇 개의 언덕을 넘으면 되는 걸까?'

돌아가면 그래도 한숨을 돌리고 편한 잠을 잘 수 있을지도 모른다.

그는 다시 한 발짝, 앞으로 발을 내디뎠다.

"……"

발을 디디던 그의 발 밑에 단단한 바위 대신 물컹한 것이 밟혔다.

"……"

그는 이해할 수 없었다. 분명 그는 바위로 이루어진 조그마한 언덕을 넘고 있었다. 그런데 어째서 발 밑에 느껴지는 것은 이렇게도 물컹한 것일까?

"어이, 네이든. 왜 안 가는 거야?"

작은 목소리가 등 뒤에서 들려왔다.

이것은 현실이라고 그는 생각했다. 자신은 아직 눈을 뜨고 있다고, 아직 그의 귀에 들려오는 것은 살아 있는 사람의 목소리라고.

"…네이든, 너…"

들려오는 목소리가 사방으로 갈라진다.

어둠에 섞인 붉은 기운.

눈앞에 퍼져 나가는 비현실적인 색채.

털썩—

무릎이 꺾였다.

순식간에 낮아진 시야에는 어느새 사라졌던 동료의 믿음직스러운 등이 다시 나타났다.

그는 손을 뻗어 그 동료의 등에 손을 대었다.

순간 그의 손이 무엇으론가 흠뻑 젖어들었다.

날카로운 바람 소리와 함께 동료의 몸은 앞으로 고꾸라져 두 번 다시 움직이지 않았다.

그리고 그것에 손을 대고 있는 그 역시 더 이상 팔을 움직일 수 없었다.

"네이든!!"

분명 귓가에서 부르는 목소리인데 그 소리가 멀리서, 저 멀리서 부르는 소리처럼 아득해져 가기 시작했다.

수십 수백 명의 사람들이 모여 있었다.

작은 점 하나를 중심으로 전후좌우를 향해 걷잡을 수 없을 정도로 시선이 확대해 나간다.

눈으로 지각할 수 있는 범위를 넘어 동심원으로 확대해 가는 초감각.

사람들의 숨소리가, 그들의 웃음소리가, 그들이 만들어내는 살아있다는 신호가 몰려 들어온다.

계곡을 건너 숲의 수많은 작은 동물들이, 작은 시내에 살고 있는 조그마한 물고기들이 발하는 생명의 신호들이 경하의 감각 안으로 쏟아져 들어왔다.

빠른 속도로 그 살아 있는 것들이 내뿜는 생명의 신호들을 지나는 순간 다시 인간이 발하는 숨소리가 들려왔다.

'…사람들이.'

바람을 가르는 소리가 들리고 누군가 쓰러지는 것이 보였다.

동료가 쓰러진 줄도 모르고 앞으로 발을 내미는 또 다른 사람, 그리고 그 위에 다시 쓰러지는 사람.

멀리 확장된 감각의 끝에서부터 사람들의 절규가 살아 있는 화살이 되어 날아오기 시작했다.

"…케인!!"

부릅뜨고 있던 눈에 초점이 돌아왔다.

자연스럽게 내리고 있던 팔을 들어 올리며 경하는 주문을 외웠다.

"로. 조하. 아슈레이…"

더 이상 주문을 외울 필요가 없는데도 경하는 자신도 모르게 주문을 외우고 있었다.

"유우라!!"

머리 위에서 교차되었던 팔이 넓게 퍼지는 순간 강한 바람과도 같은 엘이 경하의 몸과 함께 쏜살같이 날아가기 시작했다.

"적들의 위치가 드러났습니다, 폐하."

"정찰 수색대가 돌아온 건가?"

"아닙니다. 미메이라의 그분께서 찾아내셨다고 합니다."

"……."

미타 남작의 말에 로렌은 눈을 크게 뜨고 그를 바라보았다.

"지금 뭐라고 했나?"

"바로 조금 전에 갑자기 막사에서 뛰어나오더니 이상한 행동을 했다고 합니다. 그러더니 갑자기 나무에서 내려와 위치를 알려왔다고 하더군요."

왠지 내키지 않는 듯한 얼굴을 하고 있는 미타 남작의 얼굴을 보고 로렌은 자신도 모르게 미소를 지어버렸다.

"…그다지 기대하지 않았는데도 불구하고 묘한 곳에도 도움을 주는군. 그래서 준비는?"

"폐하의 명령만을 기다리는 중입니다."

"좋아. 그럼…."

로렌은 막사를 나섰다.

그 앞에는 어느새 기사단장들과 기사들이 병사들과 함께 모여 있었다.

어느 누구나 기대에 가득 찬 눈빛을 하고 있었다.

챙강챙강 하는 병장기 소리마저 로렌이 앞으로 나서자 어느새 잦아들었다.

"우리는 전쟁을 하러 온 것이 아니다."

승리를 위한 북돋음도, 그렇다고 해서 사기를 불러일으키는 말도 아닌 단어가 로렌의 입에서 흘러나왔다.

군더더기없는 그저 일상생활과도 같은 어조.

그럼에도 불구하고 그가 입을 여는 순간 그의 앞에 늘어져 있던 수많은 사람들은 숨소리마저 죽여 버렸다.

"영광의 승리 같은 것을 바라는 것은 더 더욱 아니다."

로렌의 목소리는 마치 바람처럼 깨끗하게 구석구석으로 전해진다.

"단지."

말을 하다 말고 그는 입을 다물었다.

움직임을 멈추고 로렌은 자신의 바로 앞에서부터 저 끝, 눈동자조차 보이지 않은 먼 곳에까지 시선을 일직선으로 움직였다.

"황제의 위가 아주 잠시 비었다며 멋도 모르고 도발을 해오는 버릇없는 그 누군가에게 버릇을 가르쳐 주려는 것뿐이다."

건방지다고 생각하면 상당히 건방진 대사였지만 로렌의 여유로움은 오히려 자신만만함으로 비쳐졌다.

정말로 자신의 앞마당에 불법 침입한 건달이라도 대하는 느낌이었다.

"그들이 두 번 다시 어리석은 생각을 품지 않도록 철저하게 응징하라!"

자신만만한 로렌의 표정 하나가 모든 것을 대변하고 있었다.

일장 연설 따위 로렌은 필요로 하지 않았다.

제국군들에 있어서는 로렌의 존재 자체가, 그리고 곧 황제의 위에 오를 황태자가 이런 곳까지 그들과 함께 발걸음을 옮겨왔다는 사실이 다른 무엇보다도 그들의 사기를 올려주는 것이다.

"그대들과 이 가이칸 제국에 영광이 있으리라!!"

말을 마치기 무섭게 로렌의 팔이 하늘로 곧게 뻗어 올라가는 순간 병사들이 손에 손에 든 병장기를 높이 쳐들며 고함을 질러대기 시작했다.

우렁한 고함 소리들은 점점 하나로 뭉쳐 그들이 주둔하고 있는 계곡을 넘어 밤하늘에 울려 퍼지기 시작했다.

*　　　　　*　　　　　*

이동 주문을 역으로 자신에게 건 경하는 그가 불러온 바람과 함께 밤하늘을 날고 있었다.

자신에게 화살처럼 전해져 온 그 절망에 가까운 감정을 목표로 경하는 뒤도 돌아보지 않고 날아가고 있었다.

'멀지 않아.'

산행을 했다면 몇 시간이 걸릴지 모르지만 경하의 이동 속도는 인간적으로 감당할 수 있는 속도가 아니었다.

얼마 지나지 않아 경하는 자신이 목표로 했던 지점을 찾아내고 하늘에서부터 천천히 아래로 내려가기 시작했다.

그러나 땅에 내려서기 직전 경하는 이상한 광경을 목격했다.

"…뭐지, 저건?"

땅이 춤을 추고 있는 것 같았다.

눈을 비비고 다시 한 번 확인해도 마찬가지.

바위가 마치 살아 있는 것처럼 움직이며 보이지 않는 자들의 발을 옭아매고 있었다.

전신을 새카맣게 감싼 그들은 그 자리에서 옴짝달싹도 하지 못한 채 당황하며 가지고 있는 무기들을 미친 듯이 휘두르기 시작했다.

"우아다아악!!"

"으아다!!"

누구의 것인지 모를 비명 소리가 경하의 귀를 때렸다.

다음 순간 경하의 눈에는 이상하다 못해 소름 끼치는 광경이 생생이 비쳐졌다.

"쿠억!!"

바닥에서부터 몇 개의 돌과 흙덩이가 떠오르더니 그대로 검은 복면을 한 일련의 무리들에게 쏟아져 내리기 시작했다.

"크학!!"

화살처럼 쏟아져 내린 돌멩이들과 흙덩이는 그대로 그들의 몸을 통과하여 새빨간 피를 머금은 채 다시 바닥으로 돌아갔다.

"크아아악!!"

몸을 일으키다 만 복면인들이 땅바닥에 쓰러진 순간 경하의 몸이 그 곁에 내려앉았다.

그 순간 경하는 놀라움에 미처 눈치 채지 못한 사실 하나를 온몸으로 느낄 수 있었다.

"……?!"

경하가 몰고 온 바람이 진동하는 피 냄새를 한 꺼풀 씻어내자 주위에는 고요함만이 맴돌았다.

신음 소리들이 간간이 들려오는 가운데 사람들이 쓰러진 위치에서 조금 떨어진 곳에서 한 사람의 인영이 움직이는 것이 경하의 눈에 들어왔다.

"땅의 술사?"

처음이었지만 마치 오래전부터 알고 있던 것처럼 자연스럽게 한 단어가 경하의 입에서 흘러나왔다.

"…본의 아니게 이런 곳에서 만나게 되었군요."

어둠 속에서 한 젊은 남자가 모습을 드러냈다.

"수장님, 이렇게 갑작스럽게…."

어둠 속에 있던 인영은 한둘이 아니었다.

그가 모습을 드러내기가 무섭게 마치 땅에서부터 떨어져 나온 듯한 느낌을 주며 세 사람이 그의 옆으로 다가왔다.

달빛이 그들의 머리카락을 환하게 비추고 있었다.

그들 중에서 제일 먼저 경하에게 말을 걸었던 남자는 어깨 위에서 흔들리는 금발의 머리카락을 뒤로 넘기며 미소 지었다.

"저희들은 이렇게 부릅니다. 대지의 바라스. 바라스의 축복을 받은 대지의 술사라고 말입니다."

갓 스물을 넘겼을까?

경하의 눈으로 봐서는 아무리 나이가 많게 보아도 스물 정도가 한계였다.

황금의 머리카락은 뒤로 단정하게 묶여 있었지만 오른쪽에 몇 가닥은 자연스럽게 흘러내린 듯 그가 움직일 때마다 앞뒤로 흔들리고 있었다.

그의 곁에 있는 남자들은 그처럼 화려한 금발은 아니었지만 그와 거의 같은 빛깔을 가지고 있었다.

그가 가까이 다가오자 비로소 그의 눈동자가 경하의 시선 안으로 들어왔다.

황금색의 머리카락 때문에 당연히 푸른 눈동자라고 생각했던 경하에게 비친 것은 의외로 심연보다 더 더욱 짙은 검은색, 밤하늘보다도 더욱 짙은 검은색이었다.

그 검은색 눈동자는 그러나 어두움보다는 포근한 깊이를 가지고 있었다.

그 눈을 바라보고 있자니 어딘가 모르게 흔들리고 있던 경하의 감정이 진정되기 시작했다.

경하는 가까스로 감정을 추스르며 그를 맞이했다.

"바라스의 수장이시군요."

"그렇습니다. 바라스의 수장 아야사나 데렌 힐트 바라스입니다."

"미메이라의 수장 계승자입니다. 경하라고 불러주세요."

정식으로 이름을 건넨 아야사나와는 달리 경하는 가볍게 자신의 소개를 끝냈다.

속으로는 다음과 같이 생각하면서 말이다.

'…이름이 여자 같잖아….'

"조금 더 서두르려 했는데 이런 상황에 뵙게 되어 참으로 난처하군요."

"아니요, 도와주신… 것 같은데 감사드려야지요."

"아아, 이들을 말씀하시는 겁니까? 사실은 아무 말 없이 지나가려 했습니다만 너무 일방적으로 당하는 데다가 그들의 수법이 아무래도 좀 걸려서 그만 말려들고 말았습니다."

그는 그렇게 말하며 쓸쓸한 표정을 해 보였다.

아무래도 가이칸 제국군의 정찰병들을 도운 것이 의도적인 것은 아닌 모양이다.

"검은 마법을 쓰는 자들이 관계되어 있다는 것은 눈치 채고 있었지만 이렇게 직접적으로 활동을 하리라고는 생각지 못했었습니다."

그가 그렇게 말하고 있는 동안 그의 부하인 듯한 남자들은 분주히 뛰어다니며 부상자를 찾아냈다. 10명의 정찰대 중 살아남은 사람은 단 세 사람뿐이었다.

"수장님, 치료를 서둘러야 할 것 같습니다."

"아아."

신음 소리를 흘리는 세 사람을 추려내는 동안 경하는 멍하게 아야사나를 바라보고 있었다.

왜 이런 곳에서 이렇게 만나게 되었을지에 대한 물음 따위는 생각조차 나지 않는다.

불이 나타났고 물이 나타났고 혹시나 땅, 그의 말을 빌어 대지의 계승자도 나타날 것이라 어렴풋하게 짐작하고 있었기 때문일지도 모른다.

"심하군."

부상자를 잠시 살펴보던 바라스의 수장은 그의 어깨에 둘러져 있던 망토를 건네 부상자의 몸을 살며시 덮었다.

"살려낼 수 있을지…."

"일단은 제가 머물던 곳으로 가지요. 그곳에는 라마이드님도 계시니까 어렵지 않게 치료를 할 수 있을 겁니다."

경하는 이런저런 것을 생각하는 대신 일단 눈앞에 닥친 일을 처리하자고 생각했다.

더 이상 머리가 복잡해지는 것도 싫었고 눈앞에서 피를 흘리고 있는 사람을 보는 것도 싫었다.

"좋습니다."

가벼운 차림이 된 아야사나는 경하에게 손을 내밀었다.

경하는 얼결에 그처럼 손을 내밀었다.

아야사나는 경하의 손을 맞잡고는 싱긋 웃음을 지었다.

"당신의 곁에 오니 비로소 확실히 알겠습니다."

“예?”

“제가 이곳에 오게 된 이유, 그리고 호로스의 수장이 당신을 바라는 이유.”

“……”

경하는 잡힌 손을 빼려고 했지만 굳게 잡힌 손은 꼼짝도 하지 않았다.

“알고 계십니까? 당신으로 인해서 우리들 계승자 모두가 변해가고 있다는 사실을 말입니다.”

아야사나의 입가는 웃고 있었지만 눈은 웃고 있지 않았다.

“변하… 는 건 자연스러운 거 아닌가요?”

경하는 애써 태연하려 노력했다.

“당신의 곁에 있는 것만으로도 말입니다, 경하님. 당신의 힘으로 인해 제가 가지고 있는 엘의 파장이 달라지는 걸 느낍니다. 전 그것을 확인하러 왔습니다. 당신이 무엇을 얼마나 변화시킬지, 그것을 제 눈으로 보기 위해.”

사람들의 소리가 들려왔다.

황제와 가이칸을 외치는 자들의 소리는 바람에 움직이는 나뭇잎들이 내는 소리를 순식간에 삼켜가고 있었다.

제5장

바람과 불꽃과 물과 대지와…

The Wind of Ashurei

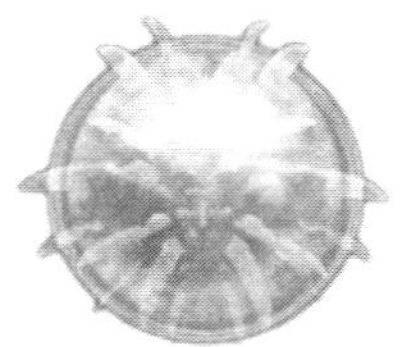

　"역시 그들의 숫자는 많지 않습니다만 저희들보다는 산악전에 훨씬 익숙하다는 것은 부인할 수 없을 듯합니다. 정찰 수색대 중 삼분지 이가 전멸. 간신히 돌아온 사람들도 생사가 불투명할 정도입니다."

　"정상적인 무기를 사용했다고는 볼 수 없습니다. 단순히 화살에 맞은 정도라고 생각하고 간신히 돌아온 병사 하나가 온몸이 부풀어…."

　폭포수처럼 쏟아지는 현황 보고에 로렌은 귀가 다 멍멍할 지경이었다.

　그럼에도 사방으로 내보냈던 정찰 수색대는 정보다운 정보라고는 제대로 건져 온 것이 하나도 없었다. 그나마 도움이 되었다고 해 봐야 그들이 몸으로 직접 다쳐 온 탓에 그들의 적들 중에 경하가 말한 대로 어둠의 마법을 쓰는 자들이 섞여 있다는 것을 알아낸 것이 전부라면 전부.

부대 내에 암울한 소문이 퍼져 나간 통에 정찰 수색대를 내보내는 것이 조금씩 힘겨워져 간다는 보고조차 있다.

아직도 기세는 하늘을 찌를 정도였지만 소리 소문 없이 그들의 위에 어둠의 그림자가 퍼져 나가고 있다는 것을 로렌은 느낄 수 있었다.

'가이칸은 그렇게 약하지 않아.'

속으로 스스로를 위로하는 단어를 나열해 보지만 왠지 그 한구석이 어둡게 변해가는 것은 막을 수 없었다.

"카스핀, 잠시 자리를 비울 터이니 자네가 일단 이곳을 맡도록 하게."

"예, 폐하."

뭔가 말하고 싶은 듯한 얼굴이었긴 했지만 미타 남작은 단정한 자세로 로렌에게 예를 올리는 것으로 대신했다.

'인간의 힘으로 할 수 없는 것은 없다. 하지만…'

그는 조용히 막사를 나와 다시 어슴푸레 날이 밝아오는 언덕배기를 바라보았다.

그 바로 아래, 그가 가려는 목적지가 있었다.

"류 타인 아슈레이. 하라이스."

낭랑한 목소리가 물결처럼 밀려온다.

고통의 신음 소리를 흘리던 환자는 그녀의 목소리에 위로를 받고 그녀의 목소리에 이끌려 잠이 들었다.

"후우."

작게 한숨을 내쉰 라마이드는 이마에 흐르는 땀을 조심스럽게 닦아내었다.

그녀가 머무는 막사는 어느새 부상병 수용소가 되어 있었다.

"조금 쉬시지요."

무뚝뚝한 목소리가 들려와서 라마이드는 고개를 들었다. 이리야가 그녀에게 흰색의 수건을 내밀고 있었다. 라마이드는 그것을 받아 들며 미소를 지었다.

"감사합니다. 하지만 아직은 괜찮아요."

부상자가 발생하기 시작한 것은 어젯밤. 그 뒤로 그녀는 단 한 순간도 쉬지 못하고 있었다.

부상자의 대다수는 수색을 나갔던 병사들이다.

상처가 작은 줄 알고 그냥 붕대를 감고 있다가 새벽에 실려온 병사들부터 시작해서 곧 죽어도 이상하지 않을 정도의 증세를 보이는 사람들마저 있다.

"치유가 안 되는 겁니까?"

작은 상처인데도 좀처럼 라마이드가 완치시키지 못하는 것을 본 이리야가 이상해하며 물었다.

"안 되는 건 아니지만 조금 시간을 두고 보는 겁니다. 어떤 영향을 미칠지 제가 정확하게 파악할 수 있다면 다른 부상자에게 도움이 될 수 있을 듯해서요."

말은 부드럽지만 왠지 이리야는 그녀의 태도가 맘에 들지 않았다.

경하가 들으면 당장에라도 화를 낼 것이라고 그는 생각했다.

"하지만 고통에 계속 잠도 이루지 못하는데…."

"이리야 씨."

"예?"

"단순한 상처가 아니라는 것은 보면 아시겠죠? 단순히 병장기 때문에 만들어진 상처라면 아무리 힘들어도 고쳐 드렸을 겁니다. 하지만 이 상처들은 하나같이 정상이 아니에요. 겉으로 멀쩡해 보일지 모르지만 오늘내일 어떻게 될지 모릅니다. 온몸으로 이미 독이 퍼져 버렸을 수도 있구요."

"그냥 독을 다 정화시켜 버리면 되지 않을까요?"

"이건 그냥 일반적인 독이 아닙니다. 일종의…."

설명을 하고 있는 그녀의 표정에 왠지 여유가 없어 보인다는 것을 이리야는 그제서야 깨달았다.

"일종의 주문과도 같은 것입니다."

"설마…."

라마이드는 고개를 끄덕였다.

"무작정 정화시키려다가 환자에게 더 무리를 가져올지도 모릅니다. 조금 시간을 두고 천천히, 하지만 확실하게 치유할 수 있는 방도를 찾아볼 겁니다."

이리야는 그제서야 이전에 경하가 했던 말이 생각났다. 하셰카의 그 정체 모를 마법사가 쓰는 마법은 엘러들이 쓰는 주문과는 다른 것이라는 사실을 말이다.

같은 엘을 쓴다고는 하지만 어딘지 그 기본이 다른 것이다.

'이거 참 곤란해. 정말 곤란해.'

"이리야, 여기 있어?"

호랑이도 제 말 하면 온다고, 이리야가 막 경하의 일을 떠올리는데 막사 안으로 불쑥 경하가 들어왔다.

"그래. 늦었는데 왜 안 자고 나온 거야?"

막 타박을 하려는데 경하의 뒤를 따르는 남자들이 이리야의 눈에 들어왔다. 이리야는 눈살을 찌푸렸다.

"뭐야, 이 꼭두새벽부터. 좀 더 쉬어야 한다구."

"아아, 조금 볼일이 있어서…."

한밤중, 갑자기 어디론가 쏜살같이 날아가 버렸던 경하는 몇 시간 뒤에 엉뚱한 일행들을 데리고 나타났다.

덕택에 전전긍긍하며 기다리던 기엘과 이리야는 그만 기운이 빠져 버렸었다.

경하가 대동하고 온 일행들은 바로 다름 아닌 땅의 신국, 그들의 말을 빈다면 대지의 신국 바라스의 수장 일행들이었다.

경하와 함께라면 그리 놀랄 일도 아니지만, 일단 이런 곳까지 아무렇지도 않게 찾아온 그들에게 기엘과 이리야는 경악하고 있던 차였다.

"이봐, 기사 양반. 재워야 할 것 아니야. 당신도 따라다니면 어떻게 해?"

"……."

대답없이 곤혹스러운 웃음을 지어 보이는 기엘에게 이리야는 결국 동정의 눈빛을 보낼 수밖에 없었다.

보나마나 저 문젯덩어리 경하가 고집을 피웠을 것이 틀림없었을 테니 말이다.

"사람들 소리가 들려서 신경이 자꾸 쓰이는걸."

"경하님께서 움직이시길래 저도 잠시 일어났습니다. 너무 책망하진 마시기 바랍니다."

바라스의 수장인 아야사나가 경하의 역성을 들어주는 것을 보고 이리야는 그만 기분이 나빠졌다.

‘젠장, 저 기생오라비처럼 생긴 금발 머리 자식은 도대체….’

라마이드가 아직은 수장 계승자의 신분인 탓에 상당히 겸손한 것에 비해 아야사나는 이미 수장의 자리에 올랐기 때문인지 묘하게 태도가 달랐다.

아주 미묘한 차이였지만 그것이 이리야의 신경을 묘하게 긁고 있었다.

‘저 가이칸의 황제보다 덜하다면 덜하겠지만 그래도 역시 뭔가 좀 거슬려.’

그리고 무엇보다 이리야와 기엘의 신경을 거스르는 것은 저 바라스의 수장인 아야사나가 경하의 일거수일투족에 상당한 주의를 기울이고 있다는 점일지도 모른다.

“어째서 치유가 안 되는 거죠?”

경하는 그런 기엘과 이리야의 마음을 아는지 모르는지 신음하고 있는 병사의 옆으로 가 그의 환부에 손을 올렸다.

“마음만 먹는다면 지금이라도 정화를 시켜 치료해 드리고 싶지만 이리야 씨께도 말씀드렸다시피 이것은 단순한 상처가 아닙니다. 일종의 마법이죠. 무리하게 주문을 해제시키면 무리가 갈 수도 있다는 생각이 들어서….”

“…뭐라구요?”

라마이드는 조용한 목소리로 설명했지만 아니나 다를까 경하는 이리야의 짐작대로 미간에 주름을 가득 잡아버렸다.

“그렇다고 아파서 신음하고 있는 사람들을 그대로 방치를 해요?”

‘그러면 그렇지.’

이리야는 후우— 하고 한숨을 내쉬었다. 누구보다 경하는 자신의 눈앞에서 사람들이 다친 채 있는 꼴은 절대 못 보는 성격인 것이다.

이상하게도 안도감 같은 것이 든다.

하지만 그런 이리야의 마음과는 상관없이 경하는 경하답게 진심으로 화를 내고 있었다.

아무리 무리가 간다지만 그렇다고 이렇게 고통에 겨워하고 있는 환자를 그대로 둔다는 것이 이해가 가지 않았다. 한두 명도 아니다.

막사 가득 누워 있는 사람들이 내뿜는 고통의 기운 가운데 서 있는 라마이드가 싫어질 정도였다.

"무리가 되든 말든 무엇이라도 해봐야 하잖아! 당신은 나유의 수장이 될 사람이니까 안심하고 맡겼는데 도대체…!"

경하는 입술을 깨물었다.

하나도 마음에 드는 게 없다.

기껏 그녀의 진심을 받아들여 이곳까지 동행했다.

무엇보다 최고의 물의 술사임에 틀림없을 그녀가 있으면 적어도 부상자의 구제만큼은 확실할 것이라는 계산도 있었다.

'남은 초조해 죽겠는데 무슨….'

경하는 척척 부상자의 옆으로 다가갔다.

검게 부어오른 환부와 새카맣게 변해 언제 죽어도 이상하지 않을 듯한 얼굴색. 그리고 죽음의 경계선상에 있는 인간의 표정.

하나하나가 차례대로 경하의 눈에 들어왔다.

"모른다고 무조건 그러고 있지 말아요!!"

경하는 라마이드의 옆으로 걸어가 그녀의 손목을 거칠게 움켜쥐었다.

"직접 부딪치면 되잖아요. 손을 대지 않고 어떻게 그걸 알게 된다는 거죠?"

"경하님."

기엘은 경하가 흥분했다는 것을 알아채고 재빨리 그 옆으로 뛰어 갔지만 그보다 경하의 행동이 한발 빨랐다.

"주문을 외워요. 정화의 주문이든 치료의 주문이든. 최선을 다해서, 당신의 있는 힘을 다해서!!"

강한 경하의 눈빛에 라마이드는 흠칫 놀랐지만 경하의 손을 뿌리치지는 못했다.

환자의 환부에 닿아 있는 손가락 끝에서 온몸을 얼릴 것 같은 차가운 한기가 타고 올라왔다.

그녀는 자신도 모르게 천천히 치료의 주문을 외우기 시작했다.

"류 타인 아슈레이. 로훼스… 메이크린—!"

물의 흔들림 같은 파장이 그녀의 손끝에서부터 퍼져 나왔다.

그 위에 경하의 주문이 더해진다.

"로 조하 아슈레이. 메 하니다."

경하가 알고 있는 가장 기초적인 정결의 주문은 바람의 형태가 되어 물의 파장에 그대로 더해졌다.

바람에 일렁이는 물의 파문.

"…으읏."

의식이 있는 부상병들 한둘이 눈을 뜨고 무슨 일이 일어난 것인지 알기 위해 몸을 일으키는 순간, 두 사람이 만들어낸 주문의 힘은 지금 그들의 손이 닿아 있는 부상병뿐만 아니라 주위에 누워 있는 환자들에게까지 폭포수처럼, 폭풍처럼 밀어닥치기 시작했다.

"폐하, 아무래도 좀 심상치 않습니다."

"뭔가!"

로렌은 앞서 가선 병사가 뒤로 돌아오자 신경질적인 목소리로 되물었다.

"부상병들이 누워 있는 막사가…."

그 다음은 굳이 보고를 들을 필요도 없었다.

그의 눈에 명백하게 기이한 현상이 포착되었기 때문이다.

길게 늘어져 있는 막사들이 일제히 일렁거리고 있었다.

바람에 일렁거리는 것일까, 아니면 물에 일렁거리는 것일까?

분명 막사는 야트막한 언덕 바로 아래에 있건만 마치 물속 깊은 곳에 가라앉아 있는 것처럼 보인다. 그뿐만이 아니었다.

물결 사이사이에 거칠다면 거친 바람의 흔적이 배어 나오고 있었다.

"저건…."

아직 해가 뜨지 않아 어슴푸레한 진지 한쪽에서부터 푸르름으로 번쩍이는 물결과 은색으로 빛나는 바람이 휘몰아쳐 나오기 시작했다.

"그래, 이런 것이군."

두 사람의 주문이 하나로 모아져 만들어내는 광경을 묵묵히 지켜보고 있던 바라스의 수장 아야사나는 묘한 표정을 지었다.

그는 그 자리에서 단 한 발자국도 움직이지 않은 채 그대로 무엇인가 작은 소리로 주문을 외웠다.

앞으로 내민 손에서 금색의 엘이 빛을 내며 뿜어져 나온다.

기엘은 도대체 무슨 일이 일어나려 하는 것인지 알 수가 없었다.

분명 단순한 치료의 주문이며, 정결의 주문일 것이다.

그런데 이 이해할 수 없는 현상은 어떻게 된 것일까?

그들이 만들어낸 물과 바람의 엘은 부상병 하나하나에게 미쳐 그

들의 몸속에 스며들어 있던 어둠의 기운과 정면으로 마주치고 있었
다.

한 명 한 명의 몸에서 새카만 기운 같은 것이 밀려나오는 게 그
의 눈에 똑똑히 들어왔다.

"…저것은."

그 검은 기운은 다음 순간 황금빛의 엘에 붙들려 그 자리에서 땅
속으로 끌려들 듯이 사라지기 시작했다.

아야사나의 화려한 금발 머리가 하늘로 치솟아오르고 그의 몸에
서 시작된 주문은 경하와 라마이드의 주문에 동화되기 시작했다.

가만히 그 자리에 서 있기 힘들 정도로 강력한 파장이 그들을 둘
러싸고 있었다.

"으읏."

의식이 없는 환자들의 몸에서 검은 기운이 솟아오르기 무섭게 황
금의 엘이 그것들을 끌어당겼다.

기엘은 그것을 그의 두 눈으로 똑똑히 바라보고 있었다.

'세 개의 주문이 하나로 합쳐지고 있는 건가?'

언제나 그는 경하가 기적과도 같은 힘을 사용하는 것을 보아왔
다.

아주 조그마한 주문이라도 경하가 사용하면 그 위력이 다르다.

하물며 경하의 힘에 더해진 주문이 수장급의 주문이라면 어떨까?

순간 기엘의 눈에 이상한 것이 목격되었다.

그가 이전에 보았던 그 미묘한 흔들림.

경하에게서 흘러나온 은빛으로 빛나는 투명한 엘의 가닥이 어디
론가 흘러 사라지던 그 광경에 오버랩되었다.

두세 가닥으로 갈라져 나온 그 흐름은 하나는 라마이드에게 또

하나는 아야사나에게 흘러가 그들의 엘에 동화되어 가고 있었다.

그 순간 기엘은 바라스의 수장이 했던 말이 무슨 의미인지 깨달았다.

'저것은……'

경하에게서 흘러나온 아주 적은 엘의 흐름은 다른 두 사람의 계승자에게 흘러가 그들의 힘에 변화를 일으키고 있었다.

경하의 엘이 이끌어내고 있는 그들의 잠재되어 있던 힘.

곁에 있기에 온몸으로 느낄 수 있는 것이리라.

곤두선 머리카락 한 올 한 올로, 긴장된 솜털 하나하나로, 그리고 드러난 피부로 떨릴 듯한 그들의 강력한 엘의 파장이 느껴졌다.

그것은 기엘뿐만이 아니라 아야사나의 뒤를 따라왔던 수행 기사들도 마찬가지였다.

정확하게는 깨닫지 못했을지도 모른다.

하지만 그들 역시 자신들의 앞에서 이루어지고 있는 세 사람의 주문이 발휘하는 위력을 온몸으로 체감하고 있었다.

'변화하고 있다. 경하님의 엘에 반응해 나머지 두 사람의 힘이…'

*　　　　*　　　　*

"기척을 느낄 수가 없군."

"아무래도 저희들이 가이칸에 가담하고 있다는 정보는 입수했을 터인데 너무 신중합니다."

"흐음."

나이트 카시아는 수려한 이마에 잔뜩 주름을 잡고 있었다.

하나스와 국경선에서 대치한 지 벌써 며칠이 지났다.

갈리아로 이동한 제국군이나 경하에게서는 아직 이렇다 할 소식도 없었다.

그나마 정찰을 나갔던 제국군이 하나스 군과 마주쳐 약간의 분란이 일어났을 뿐.

정작 그들이 상대해야 할 것이라 생각되는 호로스의 화염술사들은 코빼기도 찾아볼 수 없었다.

"그렇다고 해서 우리들이 먼저 우리들의 존재를 드러낼 수도 없는 노릇이고."

"그것은 저쪽도 마찬가지일 겁니다."

로운은 쓴웃음을 지으며 말했다.

"나이트 기엘로부터 다른 연락은 없었나?"

"아… 그러고 보니 이쪽 전황과는 상관이 없겠습니다만, 바라스의 수장이 나타났다고 합니다."

"…바라스?"

"네. 바라스의 수장이 수행원 몇을 대동하고 갈리아 계곡 쪽으로 직접 찾아왔다고 하더군요. 아직 자세한 상황은 알 수 없지만 말입니다."

"그거 참 재미있군."

"예?"

나이트 카시아의 말에 로운이 눈을 동그랗게 떴다.

"미메이라의 수장 계승자에 나유의 수장 계승자, 그리고 거기에 바라스의 수장까지 모여 있는 것이지. 아슈레이의 중심이 갈리아 계곡으로 이동한 것 같지 않나?"

"하지만 호로스의 수장은 이쪽에 있지요."

로운이 씁쓸한 표정을 지으며 말하는데 순간 나이트 카시아의 머리 위로 무엇인가 스치고 지나갔다.

"로운."

"예?"

나이트 카시아의 시선이 벽에 걸린 거대한 지도로 옮겨갔다.

"사실은 뭔가 착각하고 있는 게 아닐까? 아니, 착각이 아니라 속고 있는 것일지도… 몰라."

"……"

"제국의 황제는 갈리아에 있지. 굳이 이곳에 올 필요는 없었고 말이야."

그는 갈리아 계곡에 꽂혀 있는 작은 깃발을 지적했다.

"이번 일의 중심에는 아셀이 있어. 물론 그 뒤를 움직인 것이 하세카라고 해도 그들이 중심으로 내세운 것은 아셀이니 상관없다고 생각해. 하나스는 어쩔 수 없는 외압에 시늉만 좀 하고 있을 뿐이야. 그것은 국경선 너머에서 꼼짝도 하지 않는 하나스 군을 보면 알 수 있지. 그들은 아셀의 움직임을 기다리고 있는 거니까. 주도한 세력이 아닌 이상 눈치를 보고 있을 수밖에 없어. 안 그래?"

"그렇습니다."

"그렇게 생각할 때 호로스의 수장이 중심 세력인 아셀 군이 있는 갈리아를 두고 별 의미도 없는 이곳 레카를 노리고 있을까? 아니, 내 생각은 그렇지 않아."

"설마."

그는 호로스를 의미하는 붉은 깃발을 뽑아 갈리아 쪽으로 가져갔다.

"호로스의 수장과 그의 기사들이 모조리 갈리아로 가 있다면 어떨까?"

"…그런."

"호로스의 화염술사들과 우리들이 붙어보았자 오십 보 백 보. 하지만 그들이 일반 제국군들을 상대하면 상황이 달라져."

순간 로운의 머리 속에 무서운 상상이 떠올랐다.

"물론 그렇게 생각하면 우리 쪽도 마찬가지로 하나스 군을 상대하는 데는 부담이 없겠지만 말이야. 하지만 어차피 하나스는 여간 하면 움직이지 않아. 이쪽은 그저 모양새가 필요할 뿐이야. 눈길을 끌어 병력을 분산시키고…."

나이트 카시아가 말을 끝내기도 전에 로운이 잘라 말했다.

"오로프를 날려 보내야겠습니다."

"그래. 그리고 우린 괜스레 이곳에 똬리 틀고 있을 필요가 없어. 호로스의 화염술사들이 이곳에 있든 없든. 있다면 그들과 싸우면 되고, 없으면 없는 대로 또한 우리들은 효용성이 있다. 차라리 우리가 치고 들어가는 것도 나쁘지 않아. 좋아!"

타악— 하고 그가 자신의 손바닥을 서로 부딪쳤다.

"전 기사들에게 연락해서 티리쉬 주문을 해제하고 전투 태세를 갖추도록 하지."

"네, 그렇게 해주십시오. 저는 기엘에게 연락을 해야겠습니다."

"좋아, 그럼."

그들이 하나의 결론에 도달하고 행동에 옮기려는데 누군가 거친 발걸음으로 그들이 있는 막사로 뛰어 들어왔다.

"무슨 일인가?"

"하나스가…."

"……"

"하나스가 전투를 개시했습니다. 제국군 쪽에서 어서 지휘 본부로 와주십사 하는 전갈을 보내왔습니다."

"…하나스가 먼저?"

어째서? 라는 질문이 두 사람의 머리 속에 동시에 떠올랐다.

"도대체…"

지금까지 이리저리 짜 맞추어보던 시나리오가 갑자기 흐트러진다.

그리고 그 흐트러진 머리 속으로 파고들어 오는 한줄기 이질적인 파장.

순간 초점을 잡을 수 없는 저 멀리로 두 사람의 시선이 날아간다.

"…화염술사다!!"

누구랄 것도 없이 동시에 그들의 입에서는 같은 단어가 튀어나왔다.

＊　　　　　＊　　　　　＊

사람들이 하나둘, 자리에서 일어나기 시작했다.

그들은 부어 올랐던 자신의 얼굴이나 손, 피부 등을 신기한 듯이 어루만지고 있었다.

정신을 잃고 신음하던 자들의 얼굴에서 고통이 사라지고 평온함이 맴돌기 시작한 것을 그 안에 있는 사람들이라면 누구나 느낄 수 있었다.

"이런 것이었군."

기엘은 눈앞에서 일어난 기이한 현상에 대해 간단하게 결론을 지었다.

설명할 것도 없었다. 명백하게 눈앞에 드러난 진실.

조금 전과는 전혀 다른 평온한 기운이 막사 전체에 감돌고 있었다.

"뭐, 뭐야, 이건."

손가락 끝에 감도는 순수한 엘의 기운에 놀란 이리야는 말을 잇지 못하고 있었다.

이전과는 달리 훨씬 상승한 그의 능력 덕에 이리야는 자신의 눈앞에서 일어난 일에 더욱더 놀랄 수밖에 없었다.

"경하님의 힘이 다른 분들에게 영향을 미치고 있는 겁니다. 4신의 힘은 언제나 평형을 이룬다고 하지요. 그 때문일 거라고 생각합니다."

"……."

경하는 조금 떨어진 곳에서 기엘과 이리야가 하는 대화를 듣고 있었다.

'영향이라… 그건 결국 이런 거였나?'

"그 이외에 별다른 의미가 있을 거라고 생각하는 것은 아니겠지?"

'……'

경하는 마음속으로 세나케인과 대화를 나누며 생각에 빠졌다. 영향이라는 것은 물리적인 측면에서만 일어나는 것이 아니다.

그 증거는 지금 자신들에게 일어난 현상에 도취되어 그 자리에 못 박힌 듯 서 있는 라마이드와 아야사나다.

특히 바라스의 수장 아야사나는 이런 일을 처음부터 예측하고 있었던 것이다.

'후우, 정말이지.'

경하 스스로 상상하지 않은 일은 아니다. 케인이 영향을 줄 거라고 했을 때부터, 그리고 스스로가 그 영향을 주는 주체가 되어 있다고 느꼈을 때부터 어떻게든 그것이 가시화되어 나타날 것이라고 생각해 왔다.

하지만 그것은 자신이 생각했던 것보다 훨씬 크고, 그리고 주위에도 경하의 생각보다 훨씬 더 큰 파장을 가져오는 것이었다.

"방법은 역시 재빨리 해치우는 건가…."

"네 생각에 내가 찬성할 거라고 생각하는 건가?"

"무슨 소리야, 케인. 뜬금없이. 내가 무슨 생각을 하고 있다고 그래?"

"시치미 뗄 것 없다. 네가 생각하는 것은 대부분 내가 느낄 수 있으니까. 네가 굳이 차단하지 않는 이상."

"……."

갑자기 혼잣말을 해대는 경하를 기엘과 이리야를 제외한 나머지 사람들이 눈이 휘둥그레져서 바라보았다.

하지만 경하는 그것을 나 몰라라 무시해 버렸다. 이전부터 겪어 왔던 것이기에 이젠 새삼스럽지도 않았다.

"이미 알고 있었다면 나중에 방해하지나 말아줘, 케인. 아무 말 없었다는 것은 내 의견에 따를 수도 있다는 소리잖아?"

"……."

"그렇지, 케인?"

혼잣말을 하는 경하의 목소리가 왠지 잦아들고 있었다.

"그렇다고 해줘."

"…모든 것은 바람의 주인인 네 뜻대로."

함축된 의미의 말이 경하의 흔들리는 마음을 위로하듯이 다가

왔다.

경하는 주먹을 꼬옥 쥐었다.

모든 것은 케인의 말대로다. 경하의 일은 결국 경하의 뜻대로 풀어 나갈 수 없다.

다른 어느 누구도 아닌 자신의 뜻대로….

"서둘러야겠어. 기엘, 이리야!"

경하가 결심한 듯 기엘과 이리야를 부르는 순간, 꼭 닫혀 있던 막사의 입구가 거친 소리를 내며 양쪽으로 갈라졌다.

진지가 갑자기 소란스러워졌다.

출정을 알리는 뿔나팔 소리가 길게 울려 퍼지자 여기저기에서 자신의 갑옷과 무기들을 들고 뛰어나오는 병사들로 복잡해져 가기 시작했다.

"폐하! 여기 계셨군요."

부상병들의 막사 앞에 시종들과 함께 서 있던 로렌은 헐레벌떡 뛰어와 가쁜 숨을 몰아 내쉬는 미타 남작을 발견했다.

"무슨 소란인가? 갑자기 아셀의 녀석들이 우르르 떼거지로 나타나기라도 한 건가?"

피식 웃으며 말하는 로렌에게 미타 남작은 얼굴을 굳힌 채 대답했다.

"그 말씀 그대로입니다."

"……."

"서둘러 주십시오. 폐하께선 조금 더 안전한 곳으로 가주셔야 합니다. 이곳은 언제…."

막 그를 설득하려는 미타 남작의 말을 막았다.

"아니, 됐네. 여기까지 와서 안전 지대에서 똬리나 틀고 앉아서 뒷짐 진 채 전황을 보고받을 생각은 없어. 그럴 생각이라면 카드미엘에서 꼼짝도 하지 않았을 게야."

"하지만 폐하!!"

"카스핀, 저걸 보게."

로렌은 손을 들어 아직도 바람에 흩날리고 있는 부상병 막사를 가리켰다.

"예? 부상병들이 있는 막사가 아닙니까?"

"그것은 맞지. 하지만 지금 저곳에는 부상병 말고도 다른 존재가 있어."

"…무슨?!"

"기왕에 승리의 여신이면 좋겠지만, 그거야 어떻게든 포장하면 그만 아닌가?"

순간 로렌의 얼굴에 떠오른 표정을 미타 남작은 어떻게 받아들여야 할지 몰랐다.

"이곳에서의 '사.소.한 국.경.분.쟁'은 결국 우리 가이칸 제국의 승리로 끝날 거야. 저들의 뒤에 암흑의 신이 도사리고 있다 해도 결국 승리의 신은 우리와 함께할 걸세."

"승리의 신이 함께하긴 뭐가 함께한다는 거야. 젠장…"

털썩

미타 남작은 자신의 막사로 돌아와 허리춤에 차고 있던 검을 아무렇게나 집어 던졌다. 어차피 의례용이나 다름없는 검이다.

그는 물끄러미 자신의 검을 바라보았다.

겉모양은 번드르르 하지만 실제 저 검으로 사람을 베어본 적은 없다.

'지금의 현실과 별다를 것도 없군.'

미타 남작은 혀를 찼다.

아셀도 가이칸도 분명 서로서로의 병력이나 이동 상태를 뻔히 꿰고 있다. 그런데도 전황은 무엇이라 말할 수 없는 교착 상태.

산발적인 접촉은 계속 보고되고 있지만 어느 쪽도 전면에 나서지 않고 있는 중이다. 비록 아셀이 먼저 이 페이요트 산맥으로 진입해 왔다고 해도 먼저 선제공격을 해오지 않는 이상 그것은 아셀의 책임이 되지 않는다.

양측 모두 기다리고 있을 뿐이다.

'절대로 기선 제압을 해야 한다. 앞으로의 가이칸을 위해, 폐하를 위해.'

미타 남작의 수려한 이마에 주름이 늘어갔다.

'저들이 원하는 것 역시 우리와 마찬가지. 하지만 단 한 가지 다른 것이 있다.'

검은 암살단 하셰카가 아셀의 뒤에 있는 것은 거의 틀림이 없다고 판명된 지 오래다.

그들은 시유라는 미메이라 수장의 혈족을 다른 인물로 착각해 카드미엘로 보낸 후 연락이 두절되었다. 실제 연락이 두절되었다고 말하기도 힘들 정도의 관계.

오히려 로렌이 그들과 모종의 계약을 맺었던 것이 후일 악영향을 끼치지 않을까 걱정이 이만저만이 아닌 것이다.

"다른 것이라면 역시 하셰카뿐. 그렇다면 결국 미끼가 필요하다는 소리인가."

미친 듯이 머리를 굴려 고민해 봐야 그의 머리 속에는 언제나 한

가지 결론밖에 나오지 않는다. 하지만 그 말을 어떻게 로렌에게 해야 할지 그는 고민하고 있었다.

그 미끼를 이용하는 데 있어 걸림돌은 그 미끼의 옆에서 언제나 눈을 번득이는 기사 나부랭이나 어디서 굴러먹다 온지 모를 부랑자도 아니다. 최대의 걸림돌은 바로 그의 군주인 로렌.

"과연 폐하께서 내 의견을 들어주실지…."

다른 방법은 없다.

결국 남은 것은 로렌을 설득하는 일뿐이라고 그는 결론지었다.

"분명 화염술사들의 파장을 느낄 수 있었는데 지금은 완전히 사라졌다니. 그게 말이나 되는 소립니까? 도대체 이해할 수가 없군요."

"하지만 분명 사라졌습니다. 그들이 완전히 기색을 감추었던지, 아니면 전선에서 완전히 빠져나갔는지는 알 수 없습니다만."

"……."

스토우 린첼은 뭐라 할 말이 없어 인상을 썼다.

도통 마음에 들지 않는 일들뿐이다.

자신의 눈앞에 있는 사람들은 어떤 수를 써도 도통 그의 말에 따라 움직여 주질 않았다.

"저는 보통 사람입니다. 때문에 호로스의 화염술사들에 대해서는 당신들의 말을 믿을 수밖에 없습니다. 하지만 기본적으로 저는 호로스가 저 하나스의 병력에 합류해 있다는 정보를 입수했습니다. 다른 말이 필요없지 않습니까? 오늘부터 당장 전선에 합류해 주십시오."

린첼의 말에 로운은 난감을 표현했다.

"하지만 그 숫자도 알 수 없을 뿐더러 그들은 아직 직접적으로 전투에 참여하지 않았습니다. 실제 있는지 없는지도 모른다고 말씀드렸지 않습니까? 같은 말을 반복하게 하지는 말아주시죠."

"그러니까 당신들이 나서면 그들을 유인해 낼 수 있을 것이라고 말하는 겁니다!! 없으면 나타나지 않을 테고 있으면 자신들의 존재를 드러낼 게 아닙니까!!"

파앙― 하고 린첼에 탁자를 쳤다.

"서로 충분히 사전에 심사숙고하여 결정한 사항입니다."

린첼이 화를 내려는 순간 막사에서 멀지 않은 곳에 무엇인가 떨어지는 소리가 났다.

콰아아앙!

"무슨 일인가?!"

"상대편에 마법사가 있는 듯합니다!!"

막사 밖에 서 있는 기사의 말이 다 끝나기도 전에 다시 한 번 커다란 굉음이 땅을 뒤흔들었다.

불덩어리가 막사 바로 앞쪽에 떨어진 듯 주위는 온통 불바다로 변해가기 시작했다.

"마법사다 !!"

밖에서 비명에 가까운 목소리들이 들려오기 시작했다.

린첼은 눈에 힘을 주며 로운을 바라보았다.

"마법사들이라고 하는 소리 들으셨겠죠?"

"…하지만 호로스의 기사들은 아닙니다. 그들의 기척을 전혀 느낄 수 없습니다."

"호로스의 기사든 그냥 마법사든 그게 무슨 상관입니까? 그들을 막을 수 있는 사람은 보통 사람들과는 다른 당신들이 아닙니까!!

더 이상의 논의는 필요없습니다!"

"……."

린첼은 이를 악물었다.

"이번에는 당신들의 차례입니다."

그는 로운에게 선고하듯 말했다.

*　　　*　　　*

"뭔가 되게 이상하잖아…."

경하는 로렌에게 이끌리어 올라간 높은 언덕배기에 서서 그리 넓지 않은 계곡을 내려다보았다.

"도대체 여긴 왜 끌고 온 거야?"

순간 뒤에서 이상한 신음 소리 같은 것이 들려온다.

경하가 아무렇지도 않게 로렌을 대하는 소리를 들은 한 병사의 신음 소리였다.

"얼마 지나지 않아 진짜 전투가, 아니, 전쟁이라고 해둘까? 뭐, 어느 쪽이든 상관은 없으니 넘어가지. 그 전투가 시작될 테니까 잘 봐두라고."

"……."

로렌은 팔짱을 끼고 경하를 바라보았다. 그런 그의 표정은 웃는 표정은 아니었지만 왠지 입꼬리가 살며시 위로 올라가 있었다.

"지루하게 시간을 끌어보았자 서로 이득이 있을 리가 없지. 오늘 내로 이 짧고 지겨운 전초전을 완벽하게 끝낼 생각이야."

"어떻게?"

경하는 의아해할 수밖에 없었다.

대뜸 경하를 질질 끌어다가 언덕배기에 턱— 하니 올려놓고는 한다는 말이 오늘 내로 이 상황을 종료한다는 것이다.

"미끼를 던져서."

"……?"

"정예 기사단을 차출해 적진을 흔들어 이곳으로 유인하라고 했다."

"에에?"

너무나 단순한 로렌의 말에 경하는 놀라고 말았다.

지나가던 미타 남작의 말로는 가이칸은 절대로 먼저 선공을 하지 않을 것이라고 했던 것이다.

"우리가 먼저 공격을 한다고 해도 말이야, 결국 역사란 이긴 쪽에서 서술하게 되어 있는 법. 우리가 선제공격을 해서 그들을 끌어낸 후, 전멸을 시켜 버리면 그만이야. 그리고 우리는 단지 그들이 침입을 해와서 제국의 영토를 지켰을 뿐이라고 하면 그것으로 끝이지."

"……!!"

너무나도 오만하고 제멋대로인 로렌의 말에 경하는 대답조차 할 수 없었다.

"두고 보게. 내일이면 카드미엘로 돌아가 두 다리를 쭈욱 뻗고 편히 쉴 수 있을 테니까."

로렌의 말은 왠지 정말 진심으로밖에는 들려오지 않는다.

경하는 그래도 그동안 이 로렌이라는 남자의 성격이나 머리 구조를 조금이나마 파악하고 있었다고 생각해 왔다. 하지만 지금 경하의 앞에 있는 남자는 처음 그를 보았을 때 느꼈던 속을 알 수 없는 기묘한 인상의 남자 그대로 돌아가 있었다.

로렌은 그렇게 말을 하며 자신의 앞에 있는 소년을 바라보았다.

아니, 소년이라고 하기엔 조금 크고 청년이라고 하기엔 아직 어린 경하를… 그리고 그의 은빛 머리카락을.

'그리고 또 하나. 그 미끼들 속에 다른 것을 하나 끼워놓았지.'

바람이 그의 짧은 머리카락 사이로 스며들기 시작했다.

'그 미끼가 지금까지 보이지 않았던 적을… 내 눈앞에 드러내 줄 것이다.'

그는 은빛의 머리카락을 바람에 날리고 있는 경하와 그의 수행원을 바라보았다.

아무리 먼 곳에 있더라도 그들의 머리카락이 반사해 내는 태양빛은 마치 어두운 바다의 등대처럼 눈에 띌 것이다.

'틀림없이 우리 앞에 그들은 존재를 드러낼 것이다. 반드시!!'

"로. 조하 아슈레이. 바람의 이름 미메이라의 시작에서 끝. 가디언 루프 !!"

비처럼 쏟아지는 불덩이들이 가득 메운 하늘을 향해 로운은 있는 힘을 다해 주문을 영창했다.

쏴아아아 하는 바람 소리가 나기 무섭게 쏟아져 내리던 불덩이들이 보이지 않는 장벽에 일제히 내리꽂혔다.

지면을 까맣게 불태우는 파이어 볼의 비는 쉴 새 없이 쏟아져 내려 주위에는 매캐한 연기와 불길이 가득했다.

그 사이사이에 은색의 머리카락들이 휘날리며 지나가고 그들이 만들어낸 바람의 장벽 아래로 손에 손에 무기를 든 흉흉한 얼굴의 병사들이 일제히 앞으로 달려나갔다.

지축을 뒤흔드는 말발굽 소리와 여전히 적의 진지 뒤쪽에서 날아오는 불덩이들이 지면을 가득 메우는 사람들과 어울려 아수라장을 만들어내고 있었다.

내리꽂히는 불덩이들을 막아낼 수는 있지만 그것을 멈추게 할 수는 없었다.

'저들은 절대 화염술사가 아니야.'

마법사라고 말했던 어느 병사의 말이 글자 하나도 틀리지 않고 그대로 들어맞았던 것이다.

로운이 만들어낸 바람의 장벽에 부딪쳐 오는 파이어 볼과 공중에서 산산이 분해되어 사방으로 튀어나가는 파이어 볼의 잔해는 이제 눈을 뜰 수 없을 정도로 변해 불의 비처럼 내리고 있었다.

무엇보다 바람이 가진 속성이 물보다는 불에 가까운 것이기에 더더욱 힘이 들었다.

바람을 맞은 불은 꺼지기보다는 더 더욱 거세게 타오르는 것이 원리.

'곤란해. 정말로…'

뒷전에 앉아 손가락만 움직이며 명령을 하는 것은 로운의 성격에 맞지 않은 탓에 직접 진두지휘를 맡아 뛰쳐나왔지만 어느 것도 그의 생각처럼 움직여 주지는 않았다.

미메이라의 기사 어느 누구도 이렇게 마법사들과 직접적으로 맞닥뜨린 경험을 가지고 있지 않다는 것도 커다란 문제였다.

어떻게든 아군의 피해를 최소한도로 줄이면서 적을 공격할 방법을 찾아야 했지만 그것은 결국 이론적인 고민일 뿐 아무런 해결책도 떠오르지 않았다.

로운은 주위를 둘러보았다.

'이런…'

어느새 그는 전열에서 벗어나 누구보다도 앞쪽으로 삐죽 튀어나와 있었다.

'돌아가야겠어.'

린첼의 명령대로라면 그는 일단은 뒤쪽에서 후방 지원을 해야 할 입장이다.

고개를 돌리는 그의 앞으로 하나스의 병사가 하나 뛰어 들어왔다.

"우아아아아 !!"

높이 바스타드 소드를 들어 올리는 남자의 옆으로 피하며 로운은 자신도 도르게 손에 들고 있던 라이트를 거칠게 휘둘렀다.

앞의 남자가 쓰러지기 무섭게 또 다른 병사가 그를 향해 달려왔다.

아니, 달려왔다는 표현은 맞지 않았다. 이미 사방에는 하나스와 가이칸의 병사들이 뒤섞여 난전을 벌이고 있었다.

로운은 주문을 외우려다 말고 그가 사방으로 내뿜고 있던 엘의 흐름을 다시 끌어당겼다.

엘러가 아닌 자들에게 바람술을 쓸 수는 없었기 때문이다.

경하의 말이 바람처럼 뇌리를 스치고 지나갔다.

"명심해. 절대로 엘러가 아니면 바람술을 쓰지 마. 로운뿐만이 아니라 다른 기사들에게도 꼭 다짐을 시켜야 해. 알겠지?"

"젠장, 꼭 그렇게 힘든 약속만 시킨단 말이야. 그 녀석은."

그는 뽑아 들었던 라이트를 양손에 쥐고 자신을 향해 달려드는 병사의 검을 있는 힘을 다해 막아섰다.

고함 소리 때문에 귀가 멍멍해진 지는 오래다. 앞도 뒤도 구분되지 않았다.

있는 것은 자신과 눈앞의 적들뿐.

로운은 라이트를 쥔 손에 힘을 더했다.

닥치는 대로 그를 향해 달려드는 적을 베어 넘기며 그는 그때마다 검신에서 전해져 오는 떨림에 몸서리를 쳤다.

'제발….'

이 상황을 벗어날 수만 있다면 어느 누구의 손이라도 잡고 싶다는 마음이 로운의 마음을 지배하기 시작했다.

무서워서도, 두려워서도 아니었다.

혼돈이 그의 주위에 두껍게 내려앉아 있었다.

'무엇이라도 좋아. 누구라도 좋아. 어떻게든….'

마악 한 남자를 베어 넘기고 고개를 든 로운의 시야에 한 남자의 등이 나타났다.

몇 사람이나 건너에 있는 사람이었지만 이상하게도 그의 신형은 로운의 시선을 끌고 있었다.

그 남자는 자신의 옆으로 기회를 잡아 달려드는 남자를 거칠게 발로 차버리고는 뒤로 거칠게 돌아섰다.

순간 그와 로운의 시선이 공중에서 마주쳤다.

"……!!"

"……!!"

"크헉—!"

마주쳤던 시선이 순식간에 옆으로 비껴 내리고 피의 분수가 로운의 라이트를 적셨다.

눈이 마주쳤던 사람의 피는 아니었지만 로운의 라이트를 적신 피는 천 근 만 근 로운의 라이트에 무게를 더했다.

"미메이라여……."

모든 미메이라 인들이 입에 담는 그들의 신의 이름이 로운의 입에서 흘러나왔다.

그와 눈이 마주쳤던 남자는 고개를 돌리고 어떻게 해서든 로운의 곁에서 덜어지기 위해 거칠게 몸을 움직이기 시작했다.

그는 얼마 전까지만 해도 시간을 함께 공유했던 남자, 하나스의 기사 룬 디 리첼이었다.

"…미메이라여."

쉴 새 없이 몸을 움직이고 있었지만 로운의 눈은 멀어져 가는 룬의 등에 못 박혀 있었다.

부릅뜬 그의 눈에 물방울 하나가 하늘에서 떨어져 내려왔다.

그것은 한 방울 두 방울 떨어지다가 얼마 지나지 않아 폭우가 되어 쏟아져 내리기 시작했다.

*　　　*　　　*

조그만 분지와 언덕 전체에 널려 있었던 막사들은 어느새 모두 철거되어 사라져 있었다.

여기저기 흩어져 분포되어 있던 나무들이 잘려 나간 탓에 그 자리는 몸을 숨길 은폐물 하나 제대로 없는, 마치 평지 같은 곳이 되어 있었다.

지금 그 평지와도 다름없는 곳에서는 사람들이 만들어내는 갖가지 소리들이 가득 차 사방으로 넘쳐흐르고 있었다.

사람들이 온통 뒤섞여 있었다.

누가 아군인지, 누가 적군인지 구분할 수 있는 사람이 있을까?

로렌의 단순하기 짝이 없는 미끼 작전은 너무나도 훌륭하게 맞아들었다. 아셀은 마치 제국의 선공을 기다렸다는 듯이 미끼들의 뒤를 따라 꼬리를 물고 물밀듯이 밀려왔다.

아무리 대규모의 병력이 아니라고 해도, 경하의 눈에 그것은 충분히 두려울 정도의 숫자로 다가오고 있었다.

선봉에 선 커다란 덩치의 기사가 칼을 높이 쳐들고 진격 명령을 내리는 소리는 병사들의 고함 소리에 묻혀 들려오지 않았지만 그가 뭐라고 말을 하고 있는지 정도는 짐작할 수 있었다.

밀려오는 아셀 군을 맞아들이는 가이칸 역시 마찬가지였다.

비처럼 쏟아지는 화살들의 사이로 쓰러지는 사람들과 그 사람들을 일으킬 겨를도 없이 그들의 사이로, 혹은 그들의 시체를 밟고 앞으로 뛰어나가는 사람들.

경하는 굳은 얼굴을 한 채 그 광경을 지켜보고 있었다.

막을 수 있다면 그리했겠지만 왠지 경하의 눈을 통해 그의 뇌 속을 전부 채워 버리고 있는 광경은 너무나도 생생한 현실이건만 이상하게도 경하는 그것이 현실로 느껴지지 않았다.

오히려 대형 화면을 통해 중세의 영화를 보고 있었던 그때가 더 현실 같았다.

'왜……'

귀를 찢어버릴 듯한 소음이 들려오고 있었지만 어째서 그것이 현실로 느껴지지 않는 것인지 경하는 이해할 수 없었다.

작전이라고는 손톱만큼도 묻어나지 않는 혼전.

그들은 그저 서로를 향해 고함을 지르며 달려들고 있을 뿐이었다. 무슨 의미가 있는 것인지, 서로 싸워야 하는 이유가 무엇인지 그들은 과연 알고 있을까?

“굳이 이렇게까지 할 필요는 없는 거 아니야?”

누구에게랄 것도 없이 경하는 질문을 했다.

“애초에 저렇게 싸워야 할 이유는 없는 건데… 아무것도 알 수가 없어.”

“계기는 무엇이 돼도 상관없다. 원초적인 이야기를 해볼까? 인간은 어떻게든 그들이 가진 파괴 욕구를 발산하고 싶어하지. 나는 그것을 발산하게 해주는 역할을 맡은 인간일 뿐이다. 역할에는 또한 어쩔 수 없는 의무가 수반되는 법.”

“……”

로렌은 멍하니 앉아 아래만을 뚫어지게 바라보고 있는 경하의 뒤에서 팔짱을 낀 채 시니컬하게 말했다. 그런 그에게 경하는 불만에 가득 찬 목소리로 대답했다.

“거짓말하지 마. 이런 핑계를 대고 저런 핑계를 대봤자 결국은 로렌, 당신의 욕망에 충실한 거 아니야? 아슈레이 대륙의 통일이니 뭐니 하는 거.”

“훗, 포장을 하긴 했지만 거짓말은 아니다. 하지만 말이지, 굳이 내가 아니더라도 결국 일어날 일은 일어나게 되어 있어. 언제가 되든. 아니, 아주 가까운 시일 내에 이보다 더한 전쟁이 시작될 거다.”

“전초전이니 하는 소리는 하지도 마!! 이랬든 저랬든 사람이 죽는 것은 똑같잖아!! 저렇게 싸울 필요는 없잖아! 그냥 내가…”

“네가? 뭘? 홀홀 단신으로 아셀로 들어가 아셀의 왕을 죽이기라도 할 건가? 아니면 그들을 뒤에서 움직이는 저 음흉한 하세카의 마법사를 찾아내서 죽일 건가? 그러면 이런 일이 일어나지 않을 것 같다고 생각하는 거야? 아슈레이 대륙의 통일은 분명 내 야망이지. 하지만 그 통일을 위한 전쟁이 잘못됐다고 누가 말할 수 있지? 네가? 이 상태로 평화를 유지하는 게 후일 더 좋다고 누가 말할 수 있을까. 미래의 일은 어떻게 될지 미래가 되어야만 알 수 있다. 거기에 다수의 목숨은 아깝고 소수의 목숨은 아깝지 않다는 소리 따위는 하지 마. 인간의 목숨은 하나이든 둘이든 결국 거기서 거기. 운명을 거스를 순 없어. 어린아이 같은 투정은 더 이상 먹혀들지 않아."

로렌의 시니컬하다 못해 얼음장처럼 차가운 말에 경하는 아무런 대답도 할 수 없었다.

그의 말이 잘못됐다고 말할 수도 옳다고 말할 수도 없다.

"인간이 그 속에서 할 수 있는 거라면 최선을 다해서 자신에게 주어진 일을 하는 거지."

"……"

"뭐, 가끔은 나 같은 인간도 더러 태어나는 게 그 운명선의 선에 약간의 변화를 가져올지도 모르지만…."

로렌은 한 걸음 경하의 앞으로 걸어나왔다.

"그 속에서 네가 할 일은, 정상적인 흐름을 타지 않고 음흉하게 뒤에 틀어앉아서 검은 오라를 풍기며 제멋대로 뒤흔들어 놓고 있는 존재를 찾아내는 거다. 그래서 지금 이 자리에 있는 것 아닌가? 난 널 이곳에 끌고 온 적 없어. 네가 가자고 해서 나는 이곳까지 온 거다."

"……"

"그리고 내게는 누군지 모를 인간 하나의 죽음에 슬퍼할 시간도, 주눅 들 시간도 없다. 슬퍼하는 건 다른 사람들의 몫이다. 나는 내가 할 일을, 그리고 하고 싶은 일을 위해 앞으로 나아갈 뿐이다. 그게 황제라는 이름을 가진 내 권리이자 의무다."

한 걸음 내디딘 로렌의 발 위에 순간 물방울이 하나 떨어졌다.

순간 조용한 수면처럼 가라앉았던 분위기가 화살을 맞은 살얼음처럼 깨져 나갔다.

"비… 인가?"

로렌은 이맛살을 찌푸렸다.

"거세지지 않았으면 좋겠는데. 산악 지형에 익숙하지 않은데 비까지 내리면 곤란해."

"비……."

로렌이 퍼붓는 말에 거의 침몰되다시피 하던 경하는 순간 얼굴을 때리기 시작하는 빗방울을 맞고 정신을 차렸다.

"이건…."

차가운 빗방울이었다.

몇 방울씩 떨어지던 빗방울은 다음 순간 마치 한여름의 소나기처럼 거세게 내리 퍼붓기 시작했다.

그것이 바로 지금 레카에 내리기 시작한 비와 동일한 것임을 어느 누가 알 수 있을까?

"카스핀, 비가 더 퍼붓기 전에 끝을 봐야겠다."

"기엘, 이리야, 비가 오기 시작했어…."

경하의 귀에 로렌의 말은 들려오지 않았다.

"그때와 똑같은 비다."

이리야가 경하의 말에 답을 해왔다.

"경하님, 이곳은 위험합니다. 아무래도…."

기엘이 경하를 부축해 일으켜 세우려는데 순간 경하의 몸에서 파도와 같은 거센 파장이 흘러나오기 시작했다.

"경하님?"

경하는 이를 악물었다.

비를 떠올리면 악몽 같은 광경이 눈앞에 재현된다.

눈앞에서 혼전을 벌이고 있는 사람들도, 자신의 얼굴을 어리둥절하게 쳐다보는 사람들도 하나도 눈에 들어오지 않는다.

빗물로 얼룩진 눈동자에 비치는 것은 잊어버리려 해도 잊어버릴 수 없던 끔찍한 장면들뿐.

젖은 손끝에서부터 한기가 심장으로 파고들어 왔다.

순간 경하는 온몸에서 빗물을 털어내며 있는 힘껏, 눈에 보이지 않는 곳까지 감각을 개방하여 펼쳐 나갔다.

'무섭지 않아. 두렵지 않아!'

자신에게 주문이라도 거는 것처럼 경하는 같은 말을 몇 번이나 반복해서 읊조렸다.

경하가 서 있는 곳에서부터 사방으로 바람과도 같은 엘의 파장이 넓게 퍼져 나갔다.

'절대. 무섭지 않아.'

경하의 의지는 그의 몸에서부터 불어 나가는 바람에 실려 멀리, 경하의 시선이 닿지 않는 곳까지 흘러가기 시작했다.

멀지 않은 곳에 있던 바라스의 수장 아야사나는 급히 후송되어 오는 부상병들을 돌보는 라마이드의 옆에서 그녀를 돕다 말고 문득 고개를 들었다.

손은 이미 피로 얼룩진 지 오래.

정화술과 치료술로 라마이드를 돕고 있었지만 소매가 피에 젖는 것만큼은 그도 막을 수 없었다.

"이 파장은…"

깨끗한 파장이 마치 그의 몸을 훑고 지나가는 듯한 느낌을 받은 아야사나는 씁쓸하게 미소를 지었다.

경하에게서 나왔음에 틀림이 없는 그 파장은 마치 아야사나가 조금의 어두운 마음이라도 가졌으면 용서하지 않겠다는 듯한 느낌을 주었기 때문이다.

그의 옆에서 역시 라마이드를 돕고 있던 아야사나의 수행 기사들 역시 같은 것을 느꼈는지 일손을 멈추고 그들의 수장을 바라보았다.

아야사나는 손을 떼고 자리에서 일어났다.

"몇 번이나 말하지만 역시 놀라워."

그는 누군가가 내미는 새하얀 천에 더러워진 손을 닦으며 한숨을 내쉬었다.

"그렇지 않은가? 내가 바라스의 수장이라는 것이 부끄러워질 정도야."

"수장님."

아야사나는 자신에게 수건을 내민 남자를 바라보았다.

"아니, 그런 얼굴 하지 않아도 좋아. 자기 비하를 하는 것은 아니야. 그저 단지…."

"단지 무엇입니까?"

뒷말을 흐리는 아야사나의 앞으로 흰옷의 여인이 다가왔다. 나유의 수장 계승자 라마이드였다.

아야사나는 그녀와 시선이 마주치자 빙긋 웃었다.

"아니. 아무것도 아닙니다. 부디, 아무 일 없이 이번 일이 끝나길 바랄 뿐입니다."

"동감입니다."

"가실까요? 어떻게 될지는 알 수 없지만 변변치 않은 우리들이라도 그에게 도움이 될지 모르니까요."

"겸손하신 말씀입니다."

아야사나는 깨끗해진 손을 라마이드에게 내밀었다.

"겸손이라니요. 저는 사실을 말했을 뿐입니다."

아야사나는 살짝 고개를 숙였다.

경하가 반쯤은 무아지경에 빠져들어 그의 감각을 온 사방으로 퍼뜨리고 있는 와중, 언덕 아래의 전쟁터에서는 변화가 일어나고 있었다.

비는 여전히 퍼부어 내렸고 언덕 위에 있는 로렌을 비롯 모든 사람들은 그 비를 그대로 맞으며 전황을 지켜보고 있었다. 어느 누구 하나 비를 피하려는 행동조차 하지 않고 있었다.

뚫어져라 아래를 지켜보고 있던 로렌은 순간 무엇인가 자신의 시선을 끌어당기는 존재가 있다는 것을 느끼고 그곳에 시선을 집중했다.

"…저것은?"

그가 그 이상한 차림의 누군가를 발견하고 입을 여는 것과 무아지경에 빠져 있던 경하가 눈을 뜬 것은 거의 동시에 일어난 일이었다.

"이건 불꽃의 엘?"

눈을 번쩍 뜬 경하의 표정은 마치 못 볼 것이라도 본 듯한 얼굴을 하고 있었다.

"아니, 아니야… 이건 불꽃의 엘이긴 하지만 무엇인가…."

경하는 혼란스러웠다.

비가 미친 듯이 내리기 때문에 혹여 잘못 느낀 것이 아닌가 하는
생각마저 들고 있었다.

"어째서 이런 곳에서 그의 파장이 느껴지는 거지?"

"경하님? 왜 그러십니까?"

"기엘, 느껴지지 않아? 이 파장은…."

경하는 자신도 모르게 그의 팔을 붙들고 있는 기엘의 팔을 뿌리
치고 좀 더 전장이 잘 보이는 곳으로 뛰어갔다.

절대로 비 때문이 아니다.

"어째서 이런 곳에 있는 거지? 그는, 그는 레카에 있어야 하잖
아!!"

순간 경하의 얼굴은 새하얀 만년설보다도 더욱더 새하얗게, 아니,
그보다 더하게 새파랗게 변해가기 시작했다.

기엘이 무엇이라 말을 하기도 전에 경하는 몸을 돌려 번개처럼
아래로 달려 내려가기 시작했다.

"경하님!!"

앞서 가는 경하의 뒷모습을 놓칠세라 그 뒤를 기엘과 이리야가
미친 듯이 뒤따라갔다.

*　　　　*　　　　*

보통 때라면 그렇게 가까이 오기 전에 느꼈을 것이다.

숨기려는 노력조차 하지 않은, 있는 그대로의 파장인데도 경하가
그것을 느끼는 데 시간이 걸린 까닭은 역시 머리카락을 흠뻑 적시
고, 옷자락에서 물줄기가 흐를 정도로 내리고 있는 비 때문이었다.

한 방울 한 방울, 보통 사람이 보기엔 그저 단순한 폭풍우 같은

비에 불과했지만 엘러들에게 있어 그 비는 예민한 감각을 온통 뒤흔들어 놓는 방해물이었다.

"헉. 헉헉. 헉헉."

한 발 한 발 달려나갈 때마다 빗방울이 사방으로 튀어 나갔다.

'그가 틀림없어. 하지만 어째서? 어째서 이곳에 있는 거지? 분명 레카에 있었어. 분명히.'

가쁘게 숨을 내쉬기 위해 벌린 입으로 얼음장 같은 빗물이 내리쳐들어왔다.

그것을 뱉을 시간도 없이 경하는 눈에 보이지 않는 목적지를 향해 미친 듯이 뛰어갔다. 그의 뒤에서는 기엘과 이리야가 경하를 놓치지 않기 위해 애를 쓰며 달려오고 있었지만 경하는 그것조차 느끼지 못했다.

경하가 가지고 있는 온몸의 신경과 감각은 지금 단 한 곳에 집중되어 있었다.

어렴풋하게 솟아오르고 있는 붉은 연기와도 같은 엘의 장벽이 경하의 목적지였다. 발에 걸리는 돌부리도, 발목을 감아오는 들풀들도 경하의 발걸음을 멈출 수는 없었다.

맑은 정신이었다면 이런 질척거리는 진창 정도는 바람술로 가볍게 뛰어넘었을 텐데도 그런 단순한 것조차 경하의 머리 속에는 떠오르지 않았다.

얼마를 달린 걸까?

"우앗—!!"

무엇인가 발을 붙드는 바람에 경하는 그 자리에 고꾸라졌다.

"뭐, 뭐야!!"

경하는 아직도 발목에 감겨 있는 그 무엇인가를 확인하기 위해 고개를 숙였다가 흠칫했다. 어느 편의 병사인지 구분도 가지 않는 한 사람이 신음 소리를 내며 경하의 발목을 붙들고 있었다.

"사, 살려줘…."

"……!!"

피에 젖은 병사의 손은, 이미 비에 젖어 차갑게 얼어버릴 것 같은 경하의 피부보다 더욱더 차서 그 닿은 부분에서부터 심장이 얼어붙을 듯한 한기가 스며 올라왔다.

"…마, 마법사가……."

"마법… 사?"

턱이 떨려왔다.

그 순간 머리 위쪽에서 무엇인가가 공기를 찢고 지나가는 듯한 느낌이 들었다.

경하는 주저앉은 그대로 고개를 들어 올렸다.

붉은색의 선이 눈에 보이는 하늘 위로 수십 가닥 지나가고 있었다.

이미 부릅뜬 눈동자의 홍채가 순간 붉게 물들었다.

하늘을 가로지르던 붉은색의 선은 다음 순간 빗줄기를 뚫고 화살처럼 곧장 지상으로 미친 듯이 내리꽂혔다.

"우아아아악—!!"

두 팔로 얼굴을 가리고 고개를 숙이기 무섭게 주위로 정체를 모를 무엇인가가 파바바박— 소리를 내며 떨어졌다.

퍼엉—

귓가에 마치 포탄이 떨어진 듯한 소리가 들려오고 그 소리를 뒤따라 가깝고 먼 곳에서 비슷한 소리들이 줄을 이었다.

귀가 멍멍하도록 이어지는 충격음, 앉아 있는 땅이 그 충격에 떨리는 것이 온몸으로 느껴졌다.

그 충격에 흩날린 흙덩이들이 투두둑 소리를 내며 경하의 몸 위로 떨어졌다.

‘이, 이건 뭐야…’

새파랗게 질린 얼굴을 팔 사이에서 드러낸 경하는 순식간에 초토화가 되어버린 주위를 보고 심장이 멈추는 것 같았다.

조금 전까지 경하의 발목을 잡고 있던 손에서는 힘이 빠져 있었다.

반쯤 흙더미에 파묻혀 있는 사람의 모습을 보고 경하는 숨을 들이켰다.

‘어째서 그가…’

누가 가르쳐 주지도 않았건만 경하는 지금 일어난 일이 누가 저지른 것인지 온몸으로 느끼고 있었다.

머리 속에 그의 이전 모습이 떠오른다.

분명 경하의 마음에는 들지 않는 사람이었지만 이런 일을 할 사람은 아니었다.

심장이 오그라드는 느낌이 들었다.

‘이해할 수 없어.’

현실과는 완전히 격리된 듯한 감각.

숨을 쉬고 있지만 그 숨을 쉬는 공기는 다른 세계에서부터 흘러들어오는 것 같았다.

경하는 천천히 자리에서 일어났다.

자욱하게 일어나려던 흙먼지는 내리는 비 때문에 순식간에 사라져 버렸다. 그대신 경하의 앞에는 굵은 빗줄기에도 아랑곳하지 않고 타오르고 있는 불꽃의 조각들과 쓰러져 있는 사람들과 그들이

흘리는 신음 소리와 붉은 안개처럼 타오르는 불꽃의 엘의 바다가
펼쳐져 있었다.

방사선으로 길게 나 있는 흔적은 한 지점으로 모아지고 있었다.
아니, 실상은 그 한 지점에서부터 뻗어 나온 것이리라.

"…불꽃의 엘……."

경하는 자신도 모르게 그 선을 따라가며 중얼거렸다.

분명히 불꽃의 엘의 파장이 분명하건만 그것에는 생소한 것이 섞
여 들어 있었다.

"…로이드린 에쉬 라히… 호로스. 어째서 당신이… 이곳에 있는
거지?"

마치 마법에라도 걸린 것처럼 불꽃의 엘의 장벽을 향해 걷고 있
었다. 타오르고 있는 불꽃의 엘 때문에 경하의 은회색 눈동자에는
붉은 기가 맴돌고 있었다.

이미 경하의 눈에는 단 한 사람의 인영밖에는 들어오지 않았다.

그 때문이었을까?

단 한 사람밖에는 보지 못하고 있었기 때문에 경하는 자신의 옆
과 뒤에서 어떤 것이 다가오는지 느낄 수 없었다.

"경하님! 위험합니다!!"

멀리서 귀에 익은 목소리가 들려오는 것 같았다.

"위험해!!"

알고 있는 목소리인데도, 분명 가까이에서 들려오는 목소리일 텐
데도 경하에게는 꿈결처럼 저 먼 곳에서 들려오는 소리 같았다.

자신의 이름을 부르는 소리에 경하는 천천히 몸을 돌렸다.

'…누구?'

눈에 비치는 영상은 마치 슬로 모션처럼 경하의 눈에 비추어졌다.

자신을 향해 뛰어오는 사람들, 그중에 젖은 은색의 머리카락이, 젖은 짙푸른빛의 머리카락이 섞여 있었다.

순식간에 모든 사물이 한눈 안으로 뛰어들었다.

경하가 몸을 돌린 오른쪽 어떤 곳에서부터 검은색의 장벽 같은 것이 경하를 향해 날아오고 있었다.

주문을 영창하며 자신을 향해 뛰어오는 기엘의 얼굴에는 다급함과 경악의 표정이 서려 있었고, 팔을 휘둘러 빗방울들을 내치며 뛰어오는 이리야의 얼굴에서는 절망의 기운이 피어 오르고 있었다.

그들의 뒤로 그 검은색의 장벽이 그들이 뛰어오는 속도보다 훨씬 빠르게 경하의 앞으로 덮쳐 들어왔다.

콰아아앙—!

퍼엉—!!

눈으로 폭발음을 느낄 수 있었다면 경하가 지금 이 순간 느끼고 있는 그것이었을 것이다.

경하의 부릅뜬 눈동자 안으로 암흑이 덮쳐 오는 순간, 그 사이로 무엇인가가 뛰어들었다.

"우아아~악!!"

경하는 귀가 찢어져라 비명을 질렀다.

"크흑—"

누군가의 목에서부터 심장을 긁는 듯한 소리가 새어 나왔다.

뒤이어 들려오는 소리는 쿨럭거리며 피를 뱉어내는 소리.

"경하님, 무사… 하십… 쿨럭쿨럭."

경하의 귀에 익숙한 목소리가 들려왔다.

경하는 질끈 감았던 눈을 살며시 떴다. 실낱처럼 벌어진 시야 안으로 한 남자의 모습이 들어왔다.

"…기엘."

비에 젖어 회색이 되어버린 머리카락 사이로 검붉은 피가 주르륵
소리를 내며 흘러내렸다.

"기엘!"

급하게 몸을 움직이려는 순간 경하는 누군가 자신의 몸을 감싸고
있다는 것을 느낄 수 있었다.

"……!"

"괜찮습니다. 충격을 받긴 했지만 치명상은 아니에요."

기엘의 옆에 몸을 숙이고 있던 라마이드는 얼른 경하에게 기엘의
상태를 알려주었다.

경하의 몸을 부축하고 감싸고 있는 것은 바라스의 수장 아야사나
와 이리야.

"…정말, 괜찮은 건가요?"

입술이 떨려왔다.

라마이드는 그런 경하에게 고개를 끄덕여 보였다.

그제서야 경하는 자신이 눈을 감은 그 순간 무슨 일이 일어났는
지 깨달을 수 있었다.

기엘이 두 무릎을 붙이며 고개를 숙이고 있는 바로 뒤편에 흙과
얼음으로 된 장벽 같은 것이 높이 솟아 있었다.

경하의 키를 훨씬 넘긴 그것은 경하 일행을 보호하듯이 경하 쪽
으로 기울어져 있었다.

"기엘님께서 쉴드를 미리 펼쳐 주신 덕에 무사할 수 있었습니다."

주문을 외우기 위해 조금 뒤에 처져 있던 탓에 기엘은 충격을 입
은 것 같았다.

라마이드의 말대로 기엘은 검붉은 피를 토해내긴 했지만 무사한 듯, 고개를 들고 경하를 향해 미소를 지어 보였다. 그의 몸 위로 라마이드는 치료술을 펼치고 있었다.

"우리의 적은 호로스의 수장이 아닌 저 사람인 듯합니다."

경하를 부축해 일으키며 아야사나는 그 장벽의 한쪽에서 음산하게 미소 짓고 있는 한 남자를 손으로 가리켰다.

검은 두건을 반쯤 뒤로 젖힌 채 그들을 바라보고 있던 남자는 다음 순간 그 자리에서 물처럼 녹아 사라졌다.

"……!!"

"기회였는데. 아쉽군요."

어둠 속에서 기어 올라온 듯한 목소리가 뒤쪽에서 들려왔다.

경하는 황급히 몸을 돌렸다.

검은 두건의 남자는 어느새 자리를 옮겨 경하가 바라보고 있던 호로스의 수장 옆에 서 있었다.

"…하셰카……."

"맞습니다. 그것이 저의 이름이지요."

살아 있는 사람 같지 않은 피부 색을 지닌 남자는 경하의 말에 긍정을 표하며 고개를 끄덕였다.

"당신…."

경하의 목소리가 떨리고 있다는 것을 그의 곁에 있는 사람들은 모두 느낄 수 있었다.

"하셰카라는 건 암살단의 이름이 아니었습니까?"

아야사나는 그 검은 두건의 남자에게 물었다.

그는 아야사나의 말에 피식 실소를 하며 대답했다.

"어느 쪽이든 상관이 없을 텐데요. 암살단이든 아니든."

"경하님, 위험합니다."

뒤쪽에 있던 기엘이 경하의 앞으로 다가와 그를 몸으로 감싸며 말했다.

그런 모습을 바라보고 있던 하세카라는 남자는 눈에 띌 정도로 고개를 저으며 말했다.

"이것 참, 분수를 모르는군요."

"저자는 암흑의 마법을 쓰고 있습니다, 경하님. 아무래도…."

기엘의 말을 들은 하세카는 고개를 크게 끄덕였다.

"그렇습니다. 당신들이 4신의 힘을 쓰듯, 전 암흑의 신 아타라세 스님의 힘을 쓰고 있지요."

그는 자신의 검은 로브를 펼쳐 보이며 말했다.

"도대체 무슨 생각이지?"

경하는 기엘의 옆으로 나와 그에게 물었다.

"도대체 무슨 생각이야!! 그리고 로이드린, 당신!! 어째서 당신이 여기에 있는 거지? 그 엘은 뭐야?!"

경하 자신은 느끼지 못하고 있었지만 말 한마디 한마디에 분노가 섞여 나오고 있었다.

"도대체 이유가 뭐냐고!! 무슨 생각으로 이곳에 로이드린을 데려 온 거야! 결국 아셀의 전왕을 죽인 것도 당신 아니야?"

분노어 가득 찬 경하의 질문에 하세카는 가볍게 웃으며 대답했다.

"뭐, 이유라면 여러 가지가 있겠습니다만… 간단히 설명한다면 바로 저 멀리 있는 저 남자와 같은 이유라고 말씀드릴 수 있습니다."

그렇게 말하며 그가 가리켜 보인 사람은 가이칸의 황제가 될 남자, 로렌이었다. 그는 카스핀의 저지로 더 이상 가까이 오지는 못한 채 먼 곳에서 그들을 바라보고 있었다.

"로렌과 같아?"

"그는 아슈레이를 통일해 통일 제국을 세우겠다는 야망을 가지고 있습니다. 그리고 이 남자는."

그는 이번에는 로이드린을 가리키며 말했다.

"이 남자는 자신의 뛰어난 능력을 이용해 4신의 힘을 모두 자신의 의지 하에 두겠다는 생각을 하고 있었지요. 그리고 전…."

하셰카는 그 부분에서 잠깐 시간을 두었다가 입을 열었다.

"저는 4신의 힘을 자신의 손에 넣고 싶어하는 호로스의 수장님을 보좌하고 있을 따름입니다."

"거짓말하지 마!! 로이드린은 지금 제정신이 아니잖아!! 그것도 당신 짓이지!!"

정신을 차린 후부터 경하는 로이드린이 어떤 상태인지 한눈에 깨달을 수 있었다.

그는 자신의 힘에 빠져 평정을 잃고 있었다.

순수해야 할 불꽃의 엘에 어둠의 기운이 스며들어 있었다. 그것이 그의 불꽃의 엘이 검붉은 색을 띠는 이유였다.

"푸흣—"

하셰카는 웃음을 터뜨렸다.

"뭐, 저는 그의 야망에 살짝 도움을 주었을 뿐입니다."

그렇게 말하며 그는 옆에서 미동조차 하지 않고 서 있는 로이드린의 어깨를 두드렸다.

그가 손을 대도 로이드린은 눈썹 하나 까딱하지 않고 경하를 바라보고 있었다.

"역사의 뒤켠에 앉아 아슈레이 전역을 주름잡는 것도 나쁘지는

않지만, 저 역시 인간에게 한 번쯤은 제 자신의 야망을 드러내고 싶
었을 따름입니다."

"……"

"인간은 자신의 야망을 실현할 수 있는 아주 작은 실마리만 있으
면 그대로 움직여 버리죠. 그건 당연한 것 아닙니까?"

"그렇다고 해서 당신한테 사람들의 목숨을 마음대로 뺏을 수 있
는 자유는 없어!!"

"무슨 상관입니까, 다른 사람의 목숨이? 그러고 보니 그쪽은 이미
이 세상 사람이 아닌 줄 알았는데 용케도 살아 있군요."

그렇게 말하며 그는 이리야를 가리켜 보았다.

"제7 손에 인정을 좀 남겨두었나 봅니다."

그는 싸늘하게 미소 지었다. 하지만 다음 순간 그의 얼굴은 원래
의 색보다 더 더욱 회색 빛으로 변했다. 눈에서 검은 오라가 풍겨
나오는 것 같았다.

"네놈 역시 이전에 죽어버려야 했지. 일찍 내가 손을 썼다면 내
아이들이 그렇게 허무하게 네놈의 손에 죽진 않았을 것이다. 네놈
역시 마찬가지다!!"

"……!!"

순간 앞으로 튀어 나가려는 경하를 기엘은 온 힘을 다해 붙들었
다.

"경하님, 안 됩니다! 위험합니다."

"이거 놔, 기엘!!"

푸하하하하— 하는 웃음소리가 들려왔다.

어느새 그는 가면처럼 드리웠던 정중한 태도는 걷어치운 채 노골
적인 악의를 드러내고 있었다.

"호오, 그래서 지금 날 어찌하겠다는 소리지? 그래 보았자 네놈 역시 나와 마찬가지다. 네가 원하는 바를 위해서는 나를 어떻게 해도 좋다고 생각하고 있겠지."

"나는 그런 것을 바라는 게 아니야!"

경하는 이를 악물고 소리쳤다.

"내가 바라는 건 그런 게 아니야! 사람을 가지고 놀지 마! 당신의 말은 모두 틀렸어. 그래! 인간은 약해. 자기가 바라는 것을 위해 다른 사람들을 헌신짝처럼 취급할 수도 있고, 때로는 그 때문에 사람이 죽을 수도 있어. 하지만 당신처럼 악의에 가득 차 고의로 사람을 죽이지는 않아!!"

"글쎄?"

"살다 보면 이런 일들도 일어날 수 있고, 저런 일들도 일어날 수 있어. 하지만 그것을 마음대로 손가락 하나로 조종할 수는 없는 거야! 사람을 가지고 노는 게 그렇게 즐거워? 사람을 죽이는 게 그렇게 재미있어? 자신의 마음대로 역사를 만들기 위해서 이렇게 아무나 마구 죽이라는 법은 없어!!"

경하는 주위를 가리키며 그에게 소리쳤다.

"그래서 지금 네가 무엇을 할 수 있다는 거지? 이 모든 사람들을 자신의 의지로 살리겠다는 소리라도 하고 싶은 건가? 구세주라도 되고 싶은 모양이군. 그것 참 멋진 생각이야."

악의로 가득 찬 그의 말은 경하의 뇌리를 뚫고 들어와 아프게 파고들었다.

"그래서 자아… 어떻게 할 건가? 이 자리에서 내 목에 칼이라도 들이댈 텐가?"

그는 그렇게 말하며 자신의 목을 드러내 보였다.

"나를 죽이면 돼. 그럼 모든 것이 끝난다. 내게서 시작된 어둠이 너와 함께 모든 것을 지배할 것이다. 어서!!"

경하는 그렇게 말하는 하세카라는 사람의 눈에서 깊이를 알 수 없는 어두움을 느꼈다. 그것은 그를 바라보면 바라볼수록 점점 불어나 물밀듯이 경하에게 밀려오고 있었다.

빨려 들어갈 것 같았다.

아무것도 할 수 없으리라는 절망감이 그 눈에서부터 흘러나와 경하를 사로잡기 시작했다.

그의 말대로일지도 모른다. 지금 여기서 그를 죽인다면 결국 경하 자신 역시 자신의 생각을 위해 제멋대로 행동하는 사람이 되어 버리는 걸지도 모른다.

다수의 생명과 소수의 생명을 맞바꾸는, 경하 스스로가 제일 혐오하는 말을 그대로 실행해 버리는 사람이 될 수도 있다.

"아니야……"

"……"

"아니야. 나는 그렇게 생각하는 게 아니야… 내가 바라는 건……"

피어 오르는 어둠의 엘, 그것이 가득한 죽음의 계곡.

그 암울한 계곡 한가운데에서 경하는 마음속으로 스며드는 어두운 생각을 떨쳐 냈다.

"난 아직 어린애에 불과해. 게다가 이곳의 인간도 아니야. 당신의 말이 틀리다고 해도 무엇이 옳은지 대답할 수도 없어. 하지만…"

경하의 뇌리에 문득 로렌이 했던 말이 떠올랐다.

"인간이 그 속에서 할 수 있는 거라면 최선을 다해서 자신에게

"나는 내가 왜 이런 곳으로 불러들여져 이런 상황에 처해야 하는지 몰라. 무엇이 절대 진리인지도 몰라. 하지만 눈앞에서 일어나는 모든 걸 다 운명이라고 생각하고 체념할 생각은 없어. 비록 그 운명이 절대 불변의 진리로 일어나는 것이라고 해도, 난 내가 할 수 있는 최선을 다할 거야. 인간은… 인간은 희망이 있기 때문에 살아 나가는 거니까."

그 말과 동시에 경하의 몸에서 소용돌이 같은 바람이 휘몰아쳐 나오기 시작했다.

"세나케인!"

하늘에서 떨어지는 빗방울이 경하의 바람에 밀려 나가고 그 자리에는 경하가 불러낸 바람의 세나케인이 자리 잡았다.

"그것 때문에 당신을 죽음으로 몰아가야 한다면 차라리 내가…."

경하는 눈을 감았다.

'딱 한 번뿐이야, 세나케인.'

바람은 점점 더 거세게 불어 경하의 몸을 공중으로 띄워 올리기 시작했다.

'딱… 한 번.'

경하의 감은 눈에서 빗물이 아닌 따스한 물줄기가 흘러나왔다.

간절한 바램이, 경하의 간절한 소원이 힘이 되어 바람의 엘로 화한다.

무엇을 어떻게 해야 한다는 자각은 없었다.

머리를 가득 채우고 있는 것은 오로지 하나, 경하의 바램.

바람 소리가 모두의 귀에 들려왔다. 거센 바람의 소용돌이는 모

두의 머리 위로 떨어지는 비를 사방으로 밀어내며 점점 더 넓게 펴
져 나갔다.

경하가 만들어낸 바람은 세나케인의 형체를 점점 더 크게 만들어
나가며 곁에 서 있던 바라스의 수장과 나유의 수장 계승자 나유에
게까지 영향을 끼치기 시작했다.

그들의 몸에서 곧 황금빛의 엘과 푸른색의 엘이 경하 못지 않은
세기로 흘러나왔다.

공중으로 떠오른 경하의 주위에는 은백색으로 빛나는 드래곤의
형상이 떠오르고 그 안에서 경하는 눈물이 흐르는 눈을 떴다.

이제 눈에 보이는 것은 끝없이 깊은 하늘과 길게 늘어서 있는 초
록색과 황색의 땅.

내리던 비는 어느새 라마이드의 힘에 의해 비 대신 물의 장막이
되어 땅에서 솟아오르는 황금빛의 엘의 폭풍과 하나로 겹쳐지고 있
었다.

그 속에서 경하는 검붉게 변한 불꽃의 엘을 피워 올리고 있는 호
로스의 수장 로이드린의 파장을 발견했다.

이전에 보았을 때는 분명 선홍색으로 피어 오르던 파장이었다.

경하는 순간 눈을 부릅떴다.

"미메이라의 힘, 바람의 세나케인!!"

경하의 입에서 바람의 힘 세나케인의 이름이 불리워졌다. 경하는
그 속에서 자신이 가진 모든 힘을 개방했다.

쏴아아아아아—

귀를 울리는 바람의 폭풍.

은백색의 드래곤이 만들어내는 바람이 경하의 머리카락을 높이
말아 올렸다.

아래에서 검은색의 로브를 뒤집어쓴 하세카가 손을 올려 검은 엘을 피워 올리는 것이 눈에 보였다.

경하는 그러나 그를 보는 대신 비를 불러 모아 물의 장벽을 만들어내고 있는 라마이드에게 시선을 돌렸다.

푸른색의 엘이 눈앞을 푸르게 물들인다.

그 안에서 경하는 그가 찾는 존재의 이름을 읽어냈다.

"…나유의 힘."

손을 내밀어 하늘 위로 높이 치켜 올렸다.

"그대의 이름을 부르니 눈을 떠라. 물의 헤메트—"

순간 물의 장벽은 경하의 손짓에 푸른빛을 사방으로 뿌리는 드래곤의 형상이 되어 하늘로 솟아올랐다.

감겨 있던 헤메트의 눈이 경하의 부름에 따라 각성하고 그 눈을 떴다.

강렬한 푸른빛은 황금빛의 엘로 대지를 흔들고 있던 아야사나에게까지 미쳤다.

"바라스의 힘."

낭랑한 경하의 목소리가 그 위에 울려 퍼졌다.

암흑의 주문을 외우고 있는 하세카의 목소리가 그 아래 눌려 암흑의 엘이 멈칫하는 찰나 경하는 대지의 수호신을 불러냈다.

"대지의 하나르."

순간 흔들리던 대지가 하늘로 솟아오르는 듯한 환영이 모두의 앞에 펼쳐졌다.

누워 있던 페이요트 산맥이 일어나는 것이 아닌가 하는 착각.

충격에 쓰러지고 흔들리던 나무들이 다음 순간 제자리를 찾으려는 사이 어느새 황금빛으로 찬란하게 빛나는 드래곤이 그들의 앞에 모습을 드러냈다.

눈에 보이는 것이 무엇인지 모두 아는 사람은 극소수였지만 주위에 흩어져 있던 사람들은 하나둘씩 자리에서 일어나 하늘에 떠 있는 세 개의 형상을 바라보기 시작했다.

바람이 불고, 물결이 일어나고, 땅이 움직이는 환상이 그들의 앞에 펼쳐지고 있었다.

그 순수한 신의 힘에 둘러싸인 세 사람은 이제 마지막 남은 신의 힘을 불러내려 하고 있었다.

'어둠에 물들어 있어선 안 돼.'

경하는 손을 뻗었다.

아직도 바닥에 두 발을 붙인 채 서 있는 남자가 그 손이 가리키는 곳에 있었다.

어둠에 붙들린 불꽃의 엘.

그 안에서 경하는 혼란에 가득 차 있는 불꽃의 이름을 불렀다.

가르쳐 주는 존재도 없다. 단지 그 눈에 보일 뿐이다.

"호로스의 힘."

어둠 속에 잠겨 있는 존재에게 경하의 목소리가 흘러갔다.

경하의 목소리는 혼탁한 검은 엘의 속에서 아직도 살아 있는 선명한 선홍색의 불꽃을 두들겨 깨웠다.

"불꽃의 에사라…."

화르르륵 하는 불꽃의 소리가 들려오기가 무섭게 비명성과 같은 울림이 페이요트 산맥을 뒤흔들었다.

'눈을 떠, 에사라. 불꽃의….'

누구의 기원이랄 것도 없는 기원이 하나에서 둘로 늘어가고 둘에서 셋으로 늘어났다.

기엘은 눈앞에서 기적이라는 것을 목격하고 있었다.

검붉게 변한 엘을 가득 뿜어내고 있던 로이드린의 얼굴이 흙빛으로 변했다.

"크윽—"

선홍색의 피가 그의 입에서 흘러나오는 순간 검붉게 그의 몸을 덥고 있던 엘의 장막 한가운데에서 새빨간 색의 불꽃이 피어 오르기 시작했다.

"크아아악!!"

로이드린의 입에서 비명이 솟아올랐다. 그리고 다음 순간, 그의 몸에서 피어 오르던 한줄기 불꽃의 엘은 드래곤의 형상이 되어 하늘로 날아올랐다.

눈을 뜨고 있는 자는 누구든 목격할 수 있었다.

은색과 금색과 푸른색과 붉은색의 드래곤이 하늘에서 춤을 추고 있었다.

사방을 검게 물들이고 있던 물방울들이 순간 검은 수증기가 되어 땅에서 분리되기 시작했다.

폭풍처럼 휘몰아치는 엘의 바람 속에서 기엘은 하늘을 향해 두 팔을 들어 올렸다.

그의 몸에서 은백색의 흐름이 흘러나와 불어 닥치는 바람에 섞여 들어갔다.

기엘의 곁에 있던 이리야도 마찬가지였다.

바로 그 시간, 가이칸의 서북부 레카에서 하나스의 기사 룬과 그의 검을 마주 대고 있던 로운 역시 비슷한 경험을 하고 있었다.

갑자기 온몸에서 힘이 빠지는 것 같았다.

그것은 주위에 흩어져 있던 모든 미메이라의 기사들도 마찬가지였다.

멀리서 숨을 죽이고 있던 호로스의 기사들도, 먼 땅에 있는 바라스와 나유의 사람들도, 아니, 아슈레이의 대륙에서 살아 숨 쉬는 모든 신의 축복을 받은 존재가 그들의 본질을 불러내는 목소리에 반응하기 시작했다.

아슈레이를 지탱하는 4신의 힘을 모두 불러낸 경하는 그들에게 둘러싸여 하나하나의 이름을 부르고 있었다.

'세나케인, 헤메트, 하나르, 에사라….'

이름이 불리우는 순간 그들의 형상은 더욱더 커져 갈리아 계곡의 하늘에 빼곡하게 들어차기 시작했다.

'그리고….'

경하는 그 순간 무엇인가를 깨달았다.

'그래. 그것이 당신들의 이름이었어.'

경하의 사고는 과거로 돌아가고 있었다. 바로 그가 신들의 땅이라 불리는 아슈레이 중간 지대에서 신들의 남겨진 의지라고 하는 자를 만났던 그때로.

'아슈레이를 만든 신의 의지. 그리고 이 땅에 남겨진 신의 힘. 그것에 남아 있는 신들의 의지의 조각의 이름….'

경하의 눈앞에 그동안 그가 만났던 사람들의 얼굴이 스쳐 지나갔다.

현실의 세계에 남아 있는 가족들과 처음 이곳에 와서 만났던 대신관과 시녀들, 그리고 여행 중에 만났던 모든 사람들과 지금 바로 아래서 자신을 바라보고 있는 기엘과 이리야, 먼 곳에서 경하의 존재를 느끼고 있을 로운까지….

'유린…….'

경하가 그 이름을 부르는 순간 4개로 나뉘어 있던 신들의 힘이 하나로 합쳐지기 시작했다.

빛마저 흡수해 버릴 듯한 거센 소용돌이 속으로 4신의 힘이 몰려 들어갔다.

어느새 경하는 현실도, 환상도 아닌 세계에 들어와 있었다.

'유린, 결국 당신은 살아 있는 아슈레이의 이름이었던 건가?'

대답은 들려오지 않았다.

'살아 있는 모든 아슈레이의 생명과도 같은 존재. 결국 아슈레이 는 살아남기 위해서 나를 부른 거야.'

다른 세계의 존재이기에 가능한 것일지도 모른다.

한 사람의 의지가 가지는 무게는 하나의 세계를 지탱하는 힘이 되고 그 의지, 아슈레이에 살고 있는 한 사람 한 사람의 의지 역시 마찬가지.

'살아갈 수 있는 의지를 전해 받기 위해서, 그리고 그 자신의 의 지로 스스로 살아 나가기 위해서…….'

밑바닥에 깔려 있는 어둠마저도 결국 하나의 존재.

경하는 그 속에서 스스로 숨을 쉬고 있는 살아 있는 아슈레이의 목소리를 듣고 있었다.

실제하는 소리가 아닌 마음에서 마음으로 옮겨지는 의지의 목소 리.

살아 있다는, 숨을 쉬고 있다는 자각이 사방으로 퍼져 나가기 시 작한다.

새롭게 바뀌어 나가는 의지. 그래서 더욱더 모든 사람들에게 전 해지는 새로운 의지.

그 안에서 경하는 크게 심호흡을 했다.

'그래. 나는 살아 있어. 그렇지, 케인?'

하나로 합쳐졌던 존재 속에서 가장 익숙한 이름을 불러내는 순간 그것은 다시 개별적인 존재로 조각조각 나누어지기 시작했다.

'흔들리지 말자. 내가 살아 있는 것은 모두의 의지이자 또한 내 의지. 절망에 물들어선 안 돼.'

세나케인이 만들어내는 바람의 흐름이 귓가를 스치고 지나갔다.

'그것이 희망이야….'

따스한 불꽃의 엘과 포근한 대지의 엘, 시원한 물의 엘이 다시 원래의 흐름으로 돌아가고 있었다.

새로운 의지로 충만하게 채워진 그것은 원래보다도 더욱더 풍부하게, 그리고 깊게 아슈레이 곳곳으로 흘러가고 있었다.

'원래대로 돌아가기 위한, 모두를 위한 희망.'

흔들리던 대지가 멈추고 폭풍처럼 몰아치던 바람과 비가 그쳤다.

그 위에 내리는 것은 포근함을 가득 담은 따사로운 햇살.

눈부시게 빛나는 태양이 경하의 시선에 가득 들어차 있었다.

＊　　　　＊　　　　＊

"이곳에서 그냥 돌아가실 예정이시군요."

"그렇습니다. 제가 원하던 것이 무엇인지 잘 알 수는 없지만 왠지 이미 알게 된 기분입니다. 어차피 그 하셰카란 이름의 사람은 어디론가 사라져 버렸고… 사실 도움이 된 건지도 잘 모르겠군요."

아야스나는 왠지 쑥스러운 듯한 웃음을 지었다.

"아직 호로스의 수장님과 경하님은 눈을 뜨지 못하신 듯한데 깨어나면 인사를 전해주십시오."

"조금 더 기다리실 생각은 없으십니까?"

기엘은 아야사나에게 슬쩍 권하듯 말을 했지만 아야사나는 고개를 흔들었다.

"모든 게 제자리를 찾아가는 듯합니다. 저 역시 오랫동안 바라스를 비울 수는 없으니 어서 돌아가야지요. 나유의 수장 계승자님께서는 이미 떠나신 것으로 아는데요."

"네. 오늘 새벽, 도착한 수행원들과 함께 떠나셨습니다. 호로스의 기사들은 로이드린님께서 깨어나길 기다렸다가 그대로 호로스로 복귀하겠다고 전해왔습니다."

"그렇다면 제가 더 머물 이유도 없지 않습니까?"

"……"

"그분께 전해주십시오. 귀한 경험을 했다고. 그리고 그런 경험을 하게 해주신 것에 이 아야사나가 깊은 감사를 드린다고 말입니다. 사실, 제 눈으로 바라스 수호신의 모습을 보게 될 줄은 몰랐습니다. 하하하."

사방에서 분주하게 움직이는 사람들을 바라보며 아야사나는 기엘에게 작별 인사를 고했다.

모두가 다 바쁘게 움직이고 있었다.

갈리아 계곡은 사실상 거의 폐허가 되다시피 했지만 아야사나와 라마이드의 힘으로 완벽하지는 않지만 거의 원래의 모습으로 돌아올 수 있었다.

사람들은 그것을 가지고 기적이라 칭송했지만 실상 진실된 기적은 그것이 아니라는 것을 아는 사람들은 모두 알 수 있었다.

미타 남작은 로렌의 명령을 받아 병사들을 지휘해 카드메일로 돌아갈 준비를 서두르고 있었다.

그들이 분주하게 움직이는 것을 보며 이리야는 기엘에게 한마디 했다.

"왠지 말이지, 기사 양반."

"예?"

"이전보다 몸이 가뿐해."

"…무슨 말씀이십니까?"

"그러니까 으음… 그 내가 죽었다가 깨어났던 그때부터 뭔가 몸이 멀쩡해지긴 했는데 조금 이상하다는 느낌을 받아왔었거든. 그런데 그 느낌이 지금은 완전히 사라지고 없다 이거야. 기사 양반도 느낄 수 있지 않아?"

이리야의 말에 기엘은 그가 무슨 말을 하고 있는 것인지 그제서야 깨달을 수 있었다.

너무나 자연스러웠기 때문에 느끼지 못하고 있었던 것일지도 모른다.

"그렇군요. 너무 자연스러워서 느끼지 못했나 봅니다."

기엘은 팔을 내밀었다.

다른 사람의 눈에는 보이지 않지만 내민 팔과 손과 손가락 사이로 바람의 엘이 활발하게 움직이고 있는 것이 기엘에게는 똑똑하게 보이고 있었다.

"금제가 풀린 것일지도 모르겠습니다."

"이잉?"

"신국인들도 어쩌면 이전보다 조금 더 자유로워진 것일지도요."

기엘의 말에 이리야는 그것을 어떻게 해석해야 할지 잠시 고민을 하기 시작했다.

경하도 아마 제대로 설명할 수 없을지도 모른다. 경하가 이루어 낸 그 기적은 아슈레이의 살아 있는 모든 생명에게 새롭게 의지를 부여한 것과 마찬가지. 아무도 모르게 곳곳으로 잠식해 들어오던 절망이란 어둠을 몰아낸 것이 어떻게 작용할지는 역시 그것을 직접 해낸 경하라도 모를 수밖에 없는 일이다. 마치 어둠의 존재인 하세카가 어디로 사라진 것인지 모르는 것과 마찬가지로 말이다.

"그리고 이번에야말로 미메이라로 돌아갈 수 있게 되었습니다. 전 그것으로 만족합니다. 아무리 아슈레이가 넓고 풍요롭다고 해도 제겐 미메이라가 가장 좋은 곳으로 여겨지는걸요."

오랜 세월 동안 아슈레이를 지탱하고 있던 신들의 의지가 인간의 의지로, 그리고 생명을 가진 모든 존재로 다시 새롭게 시작하고 있었다.

"그래, 저 녀석이 깨어나면…."

서늘한 산바람이 산기슭을 따라 불어오고 있었다.

"돌아가야지……."

이리야는 먼 눈을 하고 어딘지 모를 곳을 바라보았다.

제6장
되살아나는 미메이라의 미풍

The Wind of Ashurei

“어, 어째서 당신이 여기 있는 거야!!”

경하는 경악에 가득 찬 얼굴로 자신의 눈앞에 있는 남자에게 무례하게도 손가락질을 하고 있었다.

“누, 누가 당신더러 따라오라고 했는데!! 기엘이야? 아니면 이리야야!!”

“경하님, 설마…”

제가 그럴 리가 있겠습니까라고 말을 하려다가 기엘은 불쌍하게도 손가락질을 당하고 있는 남자를 생각해 참기로 했다.

그래도 눈앞에 있는 사람은 진심은 어떨지 몰라도 적어도 경하보다는 겉치레 하나만큼은 완벽한 남자였기 때문이다.

“이곳은 처음이지만 생각보다는 훨씬 마음에 드는군. 안 그런가, 카스핀?”

상당히 거만한 어조의 목소리가 경하의 앞으로 넘실넘실 밀려온
다.

"그러니까!! 로렌, 어째서 따라온 거냐니까!! 자꾸 딴소리할래?!"

"……."

로렌은 버럭버럭 소리를 지르는 경하의 앞으로 다가가 아직은 자
신의 키보다 머리 하나는 작은 경하를 내려다보았다.

"많이 자랐군."

"뭐, 뭐야! 언제 내 키 크는 데 보태준 거라도 있어?"

"물론 있지. 편안한 잠자리 제공에 아침 점심 저녁으로 산해진미
를 해 올리라고 일러두었었지. 그러고도 제대로 크지 않았다면 네
탓이야."

"……."

"게다가 레카까지 오는 데 궁정 수석 마법사까지 동원해 줬는데
뭐가 그리 불만이지?"

"그, 그러니까…."

꽤나 잘 떠드는 경하이건만 도통 로렌의 앞에서는 신통치가 못하
다.

곁에서 그들을 바라보고 있던 사람들은 그들의 앞에 펼쳐지고 있
는 진귀한 광경을 보느라 자리를 떠나지 못하고 있었다.

기엘이나 이리야, 그리고 카스핀은 몇 번이나 봐온 광경이기에
면역력이 생겨 있었지만 다른 사람들은 면역력은커녕 예방 주사도
맞지 않은 탓에 입을 떡 벌린 채 구경(?) 중일 뿐이었다.

"재미있으신가 봅니다."

미타 남작이 피식 웃으며 말했다.

그 말에 기엘과 이리야는 깜짝 놀랄 수밖에 없었다.

그때까지 경하가 로렌에게 존대를 하지 않고 바락바락 대드는 것을 못마땅해해 온 대표적인 남자가 바로 미타 남작이었기 때문이다.

"……."

도대체 무슨 속셈이냐는 듯한 이리야의 얼굴에 미타 남작이 여유 있는 웃음을 지어 보였다.

"물론 대관식마저 미루신 채 이곳으로 오신 것은 찬성할 수 없습니다만, 그래도 일단은…."

미타 남작의 눈이 아직도 옥신각신거리고 있는 두 사람에게 향한다.

"평생을 통해 저렇게 대하실 수 있는 분은 저분 한 분뿐인 듯하니, 이 정도의 여유는 나쁘지 않다는 생각이 들어서 말입니다."

'이제 와서!!'

기엘과 이리야는 남몰래 쓴웃음을 지을 수밖에 없었다.

"게다가……."

미타 남작은 물론 지금도 마음 한구석에는 로렌이 경하를 저렇게 허물없이 대하는 것에 약간 감정이 없지는 않았다. 하지만 그는 인정할 것은 인정하자는 주의의 남자였기에 마지막으로 남아 있는 껄끄러움을 의식적으로 몰아내 버렸다.

황제란 고독한 자리다. 그런 고독한 황제에게 아무리 자신과 같은 신하가 많아진다고 해도 자신과 같은 존재는 어디까지나 신하일 수밖에 없다. 평생 충성을 바친다 해도 그는 로렌의 친구가 될 수는 없다는 것을 잘 알고 있었다.

그렇기에 그는 로렌이 경하를 저렇게 허물없이 대하는 것에 약간은 질투의 감정을 가지고 있었을지도 모른다는 생각을 했다.

　물론 경하를 로렌의 친구로 인정하기 위해서는 상당한 정신 에너지를 소비한다는 게 문제이긴 하지만. 그래도 경하가 로렌의 단 하나뿐인 일생의 친구 같은 존재가 되어준다면 인정하지 못할 것도 없다고 생각하기로 했다.
　"그런 광경을 직접 목격했는데 새삼스럽게 이러니저러니 말하는 것도 좀 우스워져서 말입니다."
　"그런… 광경이오?"
　"제 눈으로 직접 보지 못했다면 아마 믿지 못했을지도 모르지요. 그만큼 그 경험은 평생을 통해 한 번 있을까 말까 한 대단한 것이었습니다."
　지금도 눈을 감으면 그 지옥 같던 광경이 떠오른다. 그 아비규환 같은 장소의 한가운데 있었던 경하 일행은 오히려 전체를 보지 못했기에 행복했을 것이라는 생각이 들 정도인 것이다.
　경하의 순수한 힘으로 인해 사라지던 검은 하세카의 마법사를 그는 지금도 기억하고 있는 것이다.
　'결과적으로는 저 친구로 인해서 가장 껄끄럽던 하세카 문제가 해결된 것이니 그 공로를 인정할 수밖에 없지 않겠어?'
　미타 남작은 나름대로 경하에게 점수를 주고 있었던 것이다.
　"대관식을 마치고 나면 어차피 눈코 뜰 새 없이 바빠질 겁니다. 지금도 뭐 바쁘지 않다면 거짓이겠습니다만."
　미타 남작이 막 말을 마치려는 순간 그때까지도 로렌과 옥신각신하고 있던 경하가 참지 못하고 그를 불렀다.
　"이봐요. 당신. 왜 이 사람을 데리고 카드미엘로 가지 않은 건데!!"
　"카스핀은 날 카드미엘로 데리고 갈 권리는 없는데?"

“로렌, 당신은 입 좀 다물고 있어!! 이봐요, 카스핀. 당장 이 남자 좀 내 앞에서 치워줄래요?”

“제겐 그런 권한이 없습니다.”

미타 남작이 딱 시치미를 뗀다. 그의 말에 경하는 결국 자폭해 버렸다.

“우아아악 왜 이렇게 되는 게 없는 거야! 기엘!! 로운 소식은? 왜 로운이 오지 않는 거야! 로운이 와야 미메이라로 돌아가든 말든 할 거 아니야!! 당장 로운 불러와!!”

하도 소리를 지른 탓에 목이 쉴까 말까 하지만 경하는 아랑곳하지 않고 마구 폭발해 버렸다.

“로운 불러오란 말야!! 기엘!! 이리야!! 당장 가서 로운 좀 찾아와!! 굼벵이처럼 뭘 하느라 꾸물꾸물 안 오는 건데! 다 끝났잖아!! 젠장, 어디 한군데 다쳐서 오기만 해봐라! 가만 안 둘 거다. 그러니까 빨리 불러오란 말이야! 돌아갈 거야! 돌아갈 거라구! 아아아악!! 배고파!!”

경하가 혼자서 마구 폭발하는 것을 정감 어린(?) 눈으로 지켜보던 사람들은 경하의 마지막 대사에 그만 그대로 푸핫— 하고 웃음을 터뜨리고 말았다.

“푸하하하하하!!”

“푸홋!”

“하하하하!”

“큭큭.”

“왜 웃어!! 내가 배고픈 데 보태준 거 있어? 여긴 왜 그렇게 서비스가 나빠? 식사 때가 되었으면 꼬박꼬박 밥을 가져다 줘야 할 거 아니야! 숙박객을 왜 그렇게 괄시하는 건데! 이봐, 다 당신 때문이야. 로렌! 당신이 까다롭게 굴어서 그런 거 아니야? 황제 같은 게 이런 시골까지 오니까 사람들이 다 놀라잖아! 그러니까 배가 고프잖아!! 당장 카드미엘로 돌아가란 말이야!!"

도통 앞뒤가 맞지 않는 말에 사람들은 더 더욱 폭소를 터뜨렸다.

"쿡쿡, 오랜만에 들으니 저것도 상당히 듣기 좋군요."

"어이, 그런 소리 하지 말라고, 기사 양반."

기엘과 경하는 너무나 오랜만에 듣는 이른바 경하의 밥타령에 계속 웃음을 터뜨릴 수밖에 없었다.

그것을 아는지 모르는지 경하는 계속 있는 그대로, 입에서 나오는 대로 떠들며 발광을 하기 시작했다.

로운은 발걸음을 빨리하고 있었다.

옆에서 그를 따라오던 가이칸의 제15기사단장 스토우 린첼 역시 그에게 뒤질세라 발걸음에 피치를 올렸다.

레카에서 얼마 떨어지지 않은 곳에 있었지만 생각보다도 훨씬 뒤처리에는 많은 시간이 걸렸다.

일단 이전처럼 홀몸이 아닌(?) 탓에 나이트 카시아와 함께 뒷마무리를 하는 데도 상당한 시간을 소비할 수밖에 없었다.

경하와 로렌 일행이 레카에 도착했다는 전갈은 이미 기엘에게 받았지만 그 소식에 서둘다가 그만 더 더욱 늦어버린 것이다.

"상당히 소란스럽군."

로렌과 경하 일행이 머물고 있는 레카의 시장 관사에 도착하기가 무섭게 그는 먼저 딱 한 마디 감상을 토로했다.

아직 건물 안으로 발도 디디지 않았는데 3층 부근의 열린 창문에서부터 익히 아는 목소리가 마구 들려오고 있었기 때문이다.

"그렇군요. 이 무슨 소란인지."

어지럽혀진 전장을 정리하고 뒤처리하느라 있는 힘 없는 힘을 다 빼고 있는데 로렌 일행이 레카로 왔다는 소식에 놀라 헐레벌떡 뛰어온 스토우 린첼은 시끄러운 소리에 눈살을 찌푸릴 수밖에 없었다.

"뭐, 이유는 대강 짐작이 가고 있긴 합니다만."

그렇게 말하며 로운이 먼저 안으로 한 발자국 디디려는 순간이었다.

머리 위쪽에서 시끄럽게 들려오던 소리가 갑자기 뚝 멈추었다.

그리고 대신 이번에는 뒤쪽에서 경비병들의 찢어지는 비명 소리가 들려왔다.

"위, 위험해! 우악—!!"

"으아아아악!!"

무슨 난리인가 하며 로운과 린첼이 뒤로 돌아서는 순간 로운의 머리 위에서 무엇인가가 번쩍번쩍 빛을 발하며 떨어져 내리는 것이 보였다.

"위, 위험해!!"

라고 비명을 채 다 지르기도 전에 3층 창문에서 뛰어내리는 그것은 소리 지른 사람들이 모두 민망해져 버릴 정도로 아주 사뿐하게 바닥에 착지했다.

"아싸! 착지! 10점 만점!!"

스스로도 가뿐하게 착지한 것이 만족스러운 듯 뛰어내린 사람은 두 팔을 들어 올리며 산뜻하게 소리쳤다.

"로운—!!"

얼굴 가득 희색을 띤 일명 '3층에서 뛰어내린 그것'이 두다다다

하고 로운 쪽으로 달려왔다.

로운은 화를 내려다 말고 그만 피식 하고 웃어버렸다.

왠지 이런 것이 더 경하답다는 생각이 들었기 때문이다.

두다다— 자신을 향해 달려오는 경하의 얼굴엔 어두움이라고는 한 조각도 찾아볼 수가 없었다. 멀쩡해 보이는 경하를 보니 왠지 로운은 안심이 되었다.

"로운! 가만히 있어봐."

로운의 앞까지 달려온 경하는 타다닥 탁탁 하며 로운의 몸을 여기저기 두들기기 시작했다.

어리둥절해하는 로운의 앞뒤로 돌아가며 두들겨 본 경하는 그가 멀쩡하다는 것을 확인하자 로운에게 환하게 웃어 보였다.

"멀쩡하네. 다행이야."

"그럼요. 다친 곳 하나 없이 말짱합니다."

대뜸 로운이 경어체를 써오자 잠깐 멈칫했던 경하는 그의 곁에 서 있던 린첼의 눈을 의식하고는 고개를 끄덕였다.

"좋아, 좋아, 배는 좀 고프지만 멀쩡하니까 됐어."

역시 앞뒤 안 맞는 말을 해댔지만 로운은 굳이 경하를 밥벌레이니 하는 소리로 구박하지는 않았다.

왠지 경하의 웃는 얼굴을 확인하는 순간 안도감이 온몸에 가득 찼기 때문이다. 밥타령 정도는 앞으로 천년만년 들어줄 수 있을 것 같은 기분이었다.

그는 경하의 앞에 한쪽 무릎을 꿇으며 나직하게 말했다.

"사르트 루하. 로운 디 로크레슈. 경하님의 명을 무사히 수행하고 돌아왔습니다."

＊　　　　＊　　　　＊

"미메이라로 함께 가시겠다구요?"

"그러건 안 될 이유라도 있나?"

"……."

저녁 만찬 시간. 원형의 탁자에 스스럼없이 둘러앉은 남자들은 로렌이 방금 전에 한 말이 도대체 무슨 의도로 나온 것인지 의심할 수밖에 없었다.

대관식을 미루고 레카에 온 것까지는 그럭저럭 이해한다고 쳐도 굳이 경하를 따라 미메이라까지 가겠다는 말만큼은 도무지 이해가 가지 않았다.

로렌의 옆에서 얌전하게 식사를 하고 있던 미타 남작마저 처음 듣는 소리라는 얼굴을 한 채 멍하게 로렌의 얼굴을 바라보고 있었다.

"기왕 이곳까지 왔는데 미메이라까지는 가보고 싶다는 생각이 들었네. 카스핀, 그것 포크에서 떨어질 것 같은데."

로렌의 지적에 미타 남작은 놀라 그만 포크를 떨어뜨리고 말았다.

"아앗! 이런."

살아생전 이런 실수는 처음이라는 듯 미타 남작은 허둥지둥 떨어진 포크를 줍기 위해 허리를 굽혔다.

그것을 왠지 웃는 얼굴로 바라보며 로렌은 여유롭게 말했다.

"바라스나 호로스까지는 몰라도 미메이라는 어느 신국보다 가이칸에 인접해 있는 나라가 아닌가. 양국의 우호적인 관계를 위해서라고 할까."

도대체 뭐가 하는 표정이 모두의 얼굴 위로 떠올랐다.

"기, 기엘. 나 뭔가 되게 이상한 소리를 들은 것 같아. 피곤해서 그런가 봐. 이, 이만 가서 나는 쉴게. 내일 아침 일찍 출발하자구."

"내가 한 말이 그렇게 이상한 소리인가?"

로렌의 질문에 대답하는 사람은 아무도 없었다.

결국 로렌의 선언은 경하가 먹던 맛난 음식을 반도 먹지 않고 물린다는 이례적인 일을 하며 물러간 엄청난 결과를 만들어내고 말았다.

"이렇게 된 이상 새벽쯤에 떠나는 게 좋다는 생각이 드는군요. 이리야 씨는 어떻게 하시겠습니까?"

라마이드가 그의 수행원과 함께 떠나면서 이리야에게 괜찮다면 함께 가자는 말을 했었지만, 그것을 거절하고 레카까지 경하와 동행한 이리야는 기엘의 말을 듣고는 머리를 긁적였다.

"뭐, 괜찮다고 한다면 나도 미메이라까지는 같이하고 싶은데. 그러면 안 될까? 여행하는 데 특별한 문제도 없는 이상 그 정도 돌아가는 것은 괜찮을 것 같은데. 그리고 뭐, 사정이 허락한다면 미메이라도 좀 구경해 보고 싶고, 다른 데로 돌아서 멀리 가느니 중간 지대를 통과해서 나유로 가는 것도 나쁘지 않을 듯싶어서 말이야."

다른 사람과는 달리 중간 지대를 한번 멀쩡히 통과했던 경험이 있는 탓인지 이리야는 가볍게 자신의 계획을 말했다.

"그건 그렇습니다만 로운, 어떨까?"

"특별한 문제는 없겠지. 이제 와서 뭘 어쩌겠어."

"당신들하곤 달리 나는 입장이 좀 뭐하긴 하지만 그래도 저 녀석이 이곳에 있는 동안이라도 같이 있어주고 싶단 말이야."

이리야가 하는 말에 기엘과 로운이 순간 표정을 굳혔다.

결국 기엘은 로운과 시선을 나눈 뒤 이리야에게 고개를 끄덕여 보였다.

"알겠습니다, 이리야 씨."

"그건 그렇고, 여행하는 데 특별한 문제가 없다는 말이 무슨 의미지?"

로운이 조용하게 이리야가 한 말을 되씹다가 기엘에게 물었다.

"글자 그대로의 의미. 설명은 잘 못하겠지만 경하님이 갈리아 계곡에서 하신 일과 연관이 있는 것 같아."

"흐음."

로운이 이미 곯아떨어져 잠들어 있는 경하를 돌아다보았다.

"역시……."

로운도 느끼지 못한 것은 아니었다.

전투가 막 끝나기도 전에 무섭게 내리던 비가 멈추면서 일어난 하늘의 변화를 로운도 똑똑히 목격했다.

물론 이후 기엘의 오로프를 받고 모든 일을 마치 자신의 눈으로 보듯 전해 받은 탓도 있을지 모른다.

"정확한 것은 경하님도 모르는 듯해서 기왕이면 세나케인님께 들었으면 하는데, 그럴 기회도 없이 이곳에 오게 되는 바람에 나도 자세하게는 설명하지 못하겠어."

"흐음, 설명을 들어볼 수 있을지도 몰라."

로운의 시선이 잠들어 있는 경하에게 다시 머문다.

그는 잠시 망설인 다음 입을 열었다.

"세나케인님, 만일 듣고 계신다면 잠시 모습을 나타내 주실 수 없을까요?"

로운은 잠들어 있는 경하를 향해 말했다.

"세나케인님."

꽤나 피곤했는지 나직하게 코까지 골며 자는 경하는 왠지 미동도 하지 않는다.

"세나케인님?"

로운은 다시 한 번 세나케인의 이름을 불렀다.

하지만 경하에게서는 아무런 변화도 일어나지 않는다.

"역시 안 되는 건가?"

로운이 마악 포기를 하며 고개를 돌리는데 경하 주변의 공기가 순간 일렁거렸다.

"…로운."

"응?"

기엘의 목소리에 반쯤 돌렸던 고개가 다시 경하에게 향한다.

"인간들이란 여하튼 중얼중얼 말도 많고 궁금한 것도 많군."

"세나케인님!"

기엘의 목소리에 기쁨이 담긴다.

그들의 눈앞에 희미하긴 하지만 세나케인이 모습을 드러내고 있었다.

"정말 귀찮기 짝이 없어."

"죄송합니다."

"죄송할 것은 없다. 인간들이란 언제나 그러니까."

투덜투덜, 자신이 마치 인간처럼 말하고 있다는 것을 세나케인이 느끼고 있을지는 아무도 모른다.

"다 이 녀석의 탓이니 그렇다고 해두지. 그래, 궁금한 것은 그뿐 인가?"

"뭐, 궁금한 것은 많습니다만."

"간단하게 대답하지."

세나커인은 한숨을 내쉬었다.

"신국인들에게 지워져 있는 축복의 반대급부, 자네들은 그렇게 표현했지? 여하튼 그 반대급부는 한시적이긴 하지만 당분간은 걱정할 정도는 아닐 거다."

"예?"

"말을 못 알아듣는군. 원한다면 너희들이 아슈레이 대륙을 마음껏 지칠 때까지 돌아다녀도 이상이 없을 것이란 소리다."

"그런데 한시적이라고 하심은…."

기엘이 세나케인이 한 말 중 궁금한 것을 물었다.

"이 녀석이 갈리아 계곡에서 한 짓은 결국 우리들, 여러 개로 나뉜 의지이자 또한 하나의 의지인 우리들의 힘을 대륙 전체에 쏟아부은 것이나 마찬가지다. 그랬기 때문에 그 어둠의 마법사가 가진 어둠마저 정화가 되어버린 것이지. 덕택에 나는 이런 꼴이지만 말이야."

"당신이 그렇게 말한다면 저희들은 어찌하라는 소리죠?"

세나커인의 말이 끝나기 무섭게 그의 양쪽에서 또 다른 형체가 모습을 드러냈다.

환상적인 푸른 빛이 갑자기 온 방 안을 채웠다.

"……."

"…이건."

"뭐, 뭐야, 저건."

이리야의 말에 조금 전 나타난 푸른 빛의 여인이 쫘악 하고 이리야를 노려보았다.

“무례하군요.”

그녀는 그렇게 말하며 길게 늘어져 있는 머리카락을 손으로 젖혔다.

차라라락 하는 소리가 나는 것 같았다.

물기를 머금은 머리카락과 푸른 빛을 발하는 피부는 너무나 환상적일 정도로 아름다웠다.

하지만 로운 등을 놀라게 한 것은 그녀뿐만이 아니었다.

세나케인의 곁에는 황금의 고수머리를 반짝이는 남성과 불꽃을 피워 올리는 아름다운 여성의 형체까지 나타났기 때문이다.

“꾸, 꿈이지, 이건?”

이리야는 자신의 뺨을 꾸욱 집어 당겼다가 놓았다. 분명하게 느껴지는 아픔.

분명 자신이 보는 것은 현실이었다.

“이, 이게 어떻게 된 일입니까? 분명 경하님은.”

제일 먼저 반응한 것은 기엘이었다.

“물론 이분은 바람의 주인이십니다만 우리들을 각성시킨 분이기도 하지요. 적어도 이분이 이곳에 계시는 동안 우리들의 주인은 이분이십니다.”

차가운 목소리로 불꽃의 여인이 말했다.

“그렇지. 인간들은 이럴 때 소개라는 것을 하는 법이지. 이쪽은 물의 헤메트, 대지의 하나르, 불꽃의 에사라.”

“……”

세 사람은 말을 잃었다.

“물론 이전만큼의 힘은 없다. 이 녀석이 모조리 아슈레이에 쏟아부어버렸으니까.”

그것이 상당한 불만이라는 듯 세나케인이 중얼거렸다.

"뭐, 특별히 불만이랄 것도 없지 않습니까, 바람의 세나케인? 예전으로 돌아간 것뿐이니까요."

대지의 하나르가 웃으며 말했다.

"물론 우리들의 주인이 단 한 사람이라는 것이 조금 문제긴 하겠습니다만 그것은 시간이 해결하겠지요."

인간들은 제쳐 두고 4신의 화신과도 같은 존재들이 서로 이런저런 대화를 나누고 있었다.

"후우, 그것이 문제라는 소리지. 각성시킨 존재가 하나이다 보니 나타나는 성격마저 비슷하잖아."

"상관없지 않습니까? 우리들은 모두 하나의 존재나 다름없으니까요."

"어차피 우린 엘 그 자체보다도 그 위에 부여된 의지이니까. 소속은 분명히 합시다."

불꽃의 에사라는 투덜거리는 세나케인이 귀엽다는 듯 미소를 지었다.

세나케인은 왠지 진절머리가 난다는 듯이 고개를 흔들었다.

"자아, 질문은 끝났나?"

"예?"

"특별히 더 질문이 없다면 우리들은 다시 이 녀석의 안으로 돌아가겠어. 당분간은 이렇게 나타나는 것도 쉬운 일이 아니니까. 그나마 이 녀석이니까 이 정도도 가능한 거야. 자아, 그럼."

말이 끝나기 무섭게 나타났을 때보다 더욱더 빠르게 4개의 신형이 순식간에 사라져 버렸다.

아주 잠깐의 꿈이라도 꾼 것처럼 세 사람은 할 말을 잃은 채 곤하게 잠들어 있는 경하의 얼굴을 바라보고 있을 수밖에 없었다.

"정말로… 놀랄 일들뿐이군."

"그, 그러게나 말입니다."

"더 이상 놀랄 일은 없었으면 좋겠군."

세 사람은 각기 한마디씩 논평 아닌 논평을 늘어놓으며 자리에서 일어났다.

뜻하지 않게 이런저런 것을 보아버린 탓인지 갑자기 피곤이 몰려오는 듯했기 때문이었다.

"내일 일찍 출발하는 데 문제가 없었으면 좋겠어."

"그래. 부디 무사히."

방 안 천장 아래서 빛나고 있던 라이트를 불러들이며 로운이 말했다.

부디 더 이상 아무 일 없기를 그는 진심으로 바랐다.

"누가 말했어! 당장 불어!!"

"아무도 말한 적 없습니다, 경하님."

"그런데 왜 저 인간이 또 여기 있는 건데!!"

새벽같이 제일 먼저 일어나 세 사람을 두들겨 깨워 출발하자며 난리를 떨던 경하는 짐을 싸들고—사실은 이제 짐이랄 것도 없다—밖으로 나오자마자 앞에 진을 치고 있는 사람들을 보고 그만 화들짝 놀라 버렸다.

로렌은 물론이고 그를 따르는 수행원들까지 전원, 경하의 일행 앞에 완전히 여행 준비를 마친 차림으로 서 있었던 것이다.

"누구냐니까! 로운!!"

"애꿎은 전 부르지 마십시오."

로운이 시치미를 뚝 뗐다. 아니, 사실은 시치미를 뗄 것도 없었다. 실제 그는 정말로 로렌이 이런 방법으로 따라나설 것이라고는 생각도 하지 못했기 때문이다.

"그러니까 적당히 하지 그랬나. 그러지 않았으면 느긋하게 시장이 제공하는 조식을 마친 후 편하게 떠날 수 있었을 텐데 말이야."

여유 잡고 말은 하고 있지만 기엘은 그만 그런 로렌에게서 그 무엇인가를 발견하고 말았다.

말은 느긋하게 하지만 분명 엄청나게 서두른 티가 역력했기 때문이었다.

그의 눈에 띈 것은 애써 얼버무리긴 했지만 아직도 조금은 삐죽― 하고 뻗쳐 있는 로렌의 뒷 머리카락이었다.

"우우우, 씨! 되는 일이 없다니까!"

그 말을 하자마자 경하는 로운의 한쪽 팔을 끌어당겼다.

"…경하님?"

"가자니까. 로렌이 있으면 될 일도 안 된단 말야."

"하지만…."

"하지만은 뭐가 하지만이야. 가자니까."

"겨, 경하님."

무례하게도 황제 일행 앞에서 로운의 팔을 질질 끌고 도망(?)을 하려는 경하에게 로렌이 뚜벅뚜벅 발걸음도 경쾌하게 다가왔다.

"뭐, 뭐야―!"

갑자기 로렌이 경하의 앞으로 불쑥 얼굴을 들이대었다.

"이보."

"왜!!"

"내가 준 녹색의 검은 잘 가지고 있겠지? 물론?"

“에?”

갑작스런 질문에 경하는 고개를 갸우뚱하면서 물었다.

“그게 당신이 준 거였어?”

라고 말하는 순간 로운이 경하의 입을 손으로 막아버렸다.

로운과 기엘과 이리야의 얼굴에서 핏기가 쫘아악 소리를 내며 사라지기 시작했다.

“우, 우읍—!”

버둥대는 경하를 향해 방긋 웃어 보인 로렌이 고개를 들어 세 남자의 얼굴을 확인했다.

그는 피식— 하고 웃음을 흘렸다.

“물론 천천히 사정을 들어줄 귀와 시간은 얼마든지 있네.”

“…우, 우읍!”

경하가 영문을 모른 채 로운의 팔에서 파닥이는 동안 로운과 기엘은 뭐라고 대답해야 할지 몰라 당황할 수밖에 없었다.

“그럼, 우리 모두 함께 느긋하게 아침 식사를 한 후 떠나 볼까?”

얄밉게 웃어 보이는 로렌에게 세 남자는 결국 울지도 못하고 웃지도 못한 채 고개를 끄덕일 수밖에 없었다.

*　　　　*　　　　*

“참 뭔가 굉장히 기분이 이상해.”

오랜만에 맨얼굴로 받는 미메이라의 바람.

경하는 부드러운 바람을 맞으며 기분 좋은 얼굴을 하고 있었다.

“이전에는 그냥 색이 흐려서 이상하다고만 생각했는데 지금 보니까 뭐랄까…”

경하는 고개를 갸우뚱거리며 할 말을 골랐다.

"아주 부드럽고 은은하고 따스하다고 해야 할까? 그런 느낌이 들어."

백색으로 빛나는 수장궁 키리엔.

그 궁의 한가운데에 서서 경하는 감격 아닌 감격을 만끽하고 있었다.

키리엔으로 돌아온 것은 어제 오후.

출정을 마치고 돌아오는 기사단의 뒤꼬리에 살짝 매달려 돌아온 시간은 경하의 예상보다도 훨씬 늦은 시간이었다.

화려한 환영회는 무사히 단 한 명의 낙오자도 없이 돌아온 기사단의 몫으로 돌리고 조용히 키리엔으로 입성한 경하 일행은 휴식을 취하며 미메이라로 돌아온 첫날 밤을 조용히 보냈다.

경하는 언제나와 마찬가지로 세 남자와 함께 서 있었다.

"그건 그렇고 신관 할아버지는 언제 만날 수 있지?"

"예, 저녁 즈음 해서 입궁하신다는 연락을 받았습니다."

"흐음. 불청객 일행은?"

"일단 공식적인 방문은 아니기에 특별한 일정은 짜여져 있지 않습니다. 오찬을 마친 후 휴식을 취하고 있는 것으로 압니다만 연락을 할까요?"

기엘이 머리 속으로 이런저런 생각들을 하며 대답했다.

"에? 아, 아니야, 아니야. 절대 연락하지 마. 절대로, 절대로 연락할 필요 없… 으악! 저 인간은 누가 안 잡아가는 거야, 정말!! 호랑이도 저 말 하면 나타난다더니. 으윽."

고개를 절레절레 흔들며 강력한 거부 의사를 밝히는 중간 경하는 자신을 향해 걸어오고 있는 로렌을 발견하고는 머리를 쥐어뜯었다.

"제발 귀신이라도 있음 잡아가면 좋겠어. 진짜로 싫어. 정말로 싫어. 으허헝~"

그렇다고 자리를 떠나 도망(?)을 가는 것도 여의치가 못하다.

"도대체 내가 전생에 무슨 죄를 지어서 저런 찐드기 같은 인간하고 자꾸 얼굴을 마주쳐야 하는 건데! 여기 와서 만난 사람들 중에서 제일 최악은 바로 저 인간이야. 저놈의 인간이라구! 젠장할! 우우. 소름 돋잖아."

경하는 벅벅벅 자신의 팔과 손등을 연신 긁어대었다.

이렇게 경하가 발작적으로 난리를 떠는 이유는 다른 게 아니었다.

레카를 떠나오며 경하가 그만 로렌의 유도 심문에 넘어가 버리는 바람에, 결국 그는 로운과 기엘로부터 사건의 전말(?)을 전부 들었기 때문이었다.

그 전말을 들은 직후부터 경하는 로렌이라면 아주 질색을 하고 있었다.

그럴 수밖에 없는 것이, 그 사건의 중간에는 로운도 기엘도 모르고 경하 자신도 모르는 잃어버린 시간이 끼어 있기 때문이다.

로렌이 그에 대해서 말이라도 할라치면 경하는 귀를 막고 그대로 줄행랑을 쳐버렸다.

"절대, 절대, 절대 죽을 때까지 듣고 싶지 않아!!"

라는 절규와 함께.

하지만 그렇다고 해서 키리엔까지 와 나름대로는 아직까지 수장 대리(?)랑 비슷한 입장에 있는 경하가 무조건적으로 로렌을 피해 다닐 수만은 없는 노릇이다.

"이곳은 생각보다 훨씬 공기가 맑아. 역시 바람의 신국이라 그런 것인가?"

"내가 알 게 뭐야?"

"이런, 토라져 있군. 아침부터 왜 그렇게 기분이 좋지 않은지 물어도 될까?"

"묻지 마. 대답할 생각 없어."

아주 노골적으로 로렌의 시선을 피하는 것을 탓할 수도 없는 로운은 경하 대신 대답을 했다.

"여독이 풀리지 않으셨기 때문일 겁니다. 키리엔에서의 첫날 밤은 잘 보내셨는지요."

그래도 나름대로 이런저런 예절을 경하보다 훨씬 더 잘 배운 로운은 그럭저럭 표정 관리를 해내는 중이다.

"물론. 아주 푸욱 잘 쉬었네. 뭔가 휴가라도 지내는 기분이야."

그는 그렇게 말하며 높이 솟아 있는 키리엔을 둘러보았다.

"카드미엘과 비교하긴 그렇지만 이 궁은 정말로 아름답군. 이 궁을 설계한 사람을 만나보고 싶을 정도야."

"그런 게 있을 게 뭐야. 오래전 사람일 텐데."

말 한마디 한마디 트집을 잡지 않고는 견딜 수 없는 경하는 여전히 투덜투덜.

"로운, 기엘, 이리야, 대신관 할아버지한테 서둘러서 키리엔으로 올 필요는 없다고 전해줘. 오후에 내가 신전으로 가겠다고 말이야. 그리고 그때까지 나는 좀 더 잘 거니까 깨우지 마. 아참, 시유한테 연락을 할 수 있으면 연락 부탁해."

말을 하다 말고 경하는 잠시 고민에 빠졌다.

"으음, 그리고…"

경하의 머리 속에 이런저런 설명하기에도 복잡한 것들이 마구 떠올랐다.

'아니야. 하나씩 하자, 하나씩. 일단은….'

고민의 초입에서 사고를 멈추고 경하는 말을 이었다.

"로크레슈 장로님이랑 하라스다인 장로님, 그리고 레이죠 장로님도 같이 신전으로 오후에 와달라도 해주면 좋겠어. 아주 중대한 일이라고, 꼭 내가 만나고 싶어한다고 해줘. 그럼."

말이 끝나기가 무섭게 경하는 대답도 듣지 않고 그대로 후다다닥 달려가 버렸다.

무의식 중에 바람술을 쓰는지 주위로 바람이 일렁거리는 것이 모두의 눈에 들어왔다.

경하는 머리카락을 날리며 아주 가볍게 뛰어가 버렸다.

"죄송합니다."

"아니, 특별히 그럴 것은 없네. 익히 알던 바니까. 저쪽이 좀 더 살아 있는 느낌을 주어서 오히려 다행이라는 생각도 든다면 이해하겠나?"

로렌의 말에 세 남자는 잠시 할 말을 잃었다.

그가 말하는 것은 아무래도 이전의 자아를 잃고 있던 경하를 말하는 것 같았기 때문이다.

"훗, 그대들이 염려할 만한 일은 없었네. 오히려 그때의 그는… 아니, 그녀라고 해야 하나? 잘 모르겠군."

로렌은 기억 속의 경하, 아니, 시안을 떠올렸다.

왠지 현실 같지 않았던 그때, 그는 꿈을 꾸고 있었을지도 모른다.

절대 현실화시킬 수 없는 꿈을 말이다.

"마치 살아 있지 않은 바람의 정 같은 그런 존재였네. 붙잡아두지 않으면 그대로 바람으로 화해서 사라져 버릴 것 같았지."

평생 동안 잊지 못할 기억의 편린을 그는 조용히 접었다.

"그것보다야 저렇게 활발하게 말하고, 웃고, 화를 내주는 쪽이 훨씬 맘에 드네. 평생 옆에 두고 잘 먹여서 기르고 싶을 정도로 말이야. 하하하하하."

로렌은 웃음을 터뜨렸지만 그의 말을 들은 사람들은 도무지 웃을 수가 없었다.

앞의 내용이 문제가 아니었다. 마지막의 '기르고 싶을'이라는 단어에 아연실색해 버렸기 때문이다.

로렌의 뒤에서 미타 남작은 '제발 폐하, 그만두어 주십시오' 하고 매달리고 싶은 기분이었다.

"이곳에 머무는 건 내 평생의 단 며칠이겠지만…."

로렌은 가볍게 숨을 쉬었다.

가이칸이 아닌 전혀 다른 나라에, 그것도 신국이라는 곳에 와 있기 때문일까? 로렌은 어느 때보다도 더욱더 여유라는 단어가 온몸으로 느껴지고 있었다.

"내 일생에 최고의 휴가가 되길 바랄 뿐이야."

"……."

"그러기 위해서는 일생을 건 연애라도 해보고 싶은데 말이야."

진지해졌던 로렌이 갑자기 고개를 휘익 하고 미메이라의 기사 두 사람에게 돌린다.

"그런 의미에서 말인데, 혹시 자네들 누님이나 여동생 없나?"

순간 미타 남작은 얼굴을 손으로 가려 버렸고 이리야는 뒤로 돌아가 기둥 뒤에 숨어서 소리를 죽이며 미친 듯이 웃어대기 시작했다.

"아, 사촌도 좋아."

대뜸 없는 누님과 여동생, 또는 있을지도 모르는 사촌을 찾아야 할지도 모르게 된 사람들은 서로 얼굴을 마주 보며 눈만 깜박일 수밖에 없었다.

*　　　　*　　　　*

팔을 뻗어 흘러오는 바람을 느낀다.
손가락 사이로 흘러가는 바람.
"진짜 좋~다."
부드럽게 흘러가는 바람을 맞으며 경하는 감탄의 소리를 자아냈다.
언제나 바람을 맞는 것이 경하는 아주 좋았다.
주위에 사람이 없을 때면 더 더욱 바람의 소리 하나하나가 들리는 듯해서 경하는 기분이 좋아지곤 했었다.
아무도 없는 신전의 꼭대기 위.
그곳에서 경하는 홀로 서서 바람을 맞고 있었다.
눈을 감고 경하는 바람의 흐름을 느꼈다.
아니, 바람이라기보다는 엘의 흐름을.
이전과 같으면서도 또한 전혀 다른 바람의 흐름은 경하의 기분을 말끔하게 가라앉혀 주고 있었다.
가만히 있어도 넓게 펴져 나가는 바람의 엘이 그대로 느껴진다.
산으로 흘러가는 바람, 강으로 흘러가는 바람, 평지를 넘나드는 바람, 폭풍 같은 바람과 산들바람, 온갖 종류의 바람이 모두 경하에게 신호를 보내온다.
한참을 그렇게 바람을 맞고 있는데 뒤에서 인기척이 났다.

경하는 그제서야 꼭 감고 있던 눈을 살며시 떴다.

"대신관 할아버지, 그렇게 서 있지만 마시고 이쪽으로 오세요."

"경하님."

나직한 목소리가 경하가 부른 이름이 맞았다는 것을 확인시켜 준다.

대신관 카류는 왠지 보지 못한 사이 더욱 나이를 먹은 듯이 보였다.

"맘대르 들어와서 죄송해요."

"아닙니다. 이곳은 경하님을 위한 곳. 언제든 자유롭게 오셔도 좋습니다."

카류는 잔잔히 미소 지으며 말했다.

몇 시간 전, 경하는 갑작스럽게 키리엔에서부터 이곳에 홀로 도착했다. 말을 탄 것도, 마차를 탄 것도, 그렇다고 해서 걸어서 온 것도 아닌 글자 그대로 갑자기 나타났던 것이다.

경하가 내뿜는 엄청난 기운의 파장 때문에 그가 도착했다는 것을 카류는 누구보다도 빨리 알아챘지만 왠지 홀로 있고 싶어하는 것이 아닐까 해서 그는 지금까지 시간을 보냈다.

"아마도 기엘과 로운이 곧 도착할 거예요. 거의 다 온 것 같으니까 자세한 이야기는 장로님들이랑이 도착하면 하지요."

그렇게 말하고 경하는 다시 눈을 감아버렸다.

불어오는 바람에 날리는 경하의 은색 머리카락이 카류의 시선을 가득 메운다.

'많이 성장하셨군.'

조용하게 느껴지는 경하의 파장에서 그는 많은 것들을 읽어 내렸다.

단순한 기억과는 전혀 다른 분위기 같은 것이지만 처음과는 판이
하다고 할 수밖에 없을 정도로 달랐다.

"갑자기 날아와서 놀라셨죠?"

"아닙니다."

"하하하."

경하는 소리 내어 웃었다.

왠지 질문 같은 것은 허락하지 않는 분위기.

카류는 그런 경하를 잠시 지켜보았다.

그리고 그리 오랜 시간이 지나지 않아 경하가 청했던 사람들의
파장이 가까이 오는 것을 느끼고 그는 조용히 자리를 떴다.

경하가 무엇인가 하려 한다는 것을 그는 직감적으로 느끼고 있었
다.

그것을 위한 사람들을 경하는 불러온 것이리라.

그는 발걸음을 옮기며 도대체 경하가 무엇을 하려는지 고심하기
시작했다.

"마음대로 불러서 정말 죄송해요."

헤실헤실 웃으며 경하가 말하자 장로들이 살짝 고개를 숙였다.

물론 경하가 아무리 해도 진짜 수장이 아니라는 것을 알고 있는
사람들이지만 경하가 가진 바람의 엘의 파장 하나만으로도 그에게
그런 자격이 있다는 것을 그들은 마음속으로 인정하고 있었다.

"하지만 제일 중요한 분들이니까 꼭 뵙고 싶었습니다."

경하는 자리에서 일어나 자신을 바라보는 세 명의 장로와 한 명
의 대신관 쪽으로 걸어갔다.

그는 그중에서도 레이죠 장로의 앞으로 가서 그의 얼굴을 바라보

았다.

"많이 건강해지셨네요."

"모두 경하님의 덕입니다."

그는 엄숙하게 고개를 숙이며 말했다.

누구보다도 그는 경하의 능력을 몸소 체험한 바 그대로 잘 알고 있는 사람이다.

"그렇게 고개 숙이지 마세요. 제가 쑥스럽잖아요."

그 말 그대로다. 이렇게 나이 많은 사람이 사실 경하 자신에게 극존대를 하는 것 자체가 아무래도 익숙해지지가 않는 것이다.

"여기 아시죠? 제가 처음 아슈레이로 소환된 곳."

경하가 말을 하기 무섭게 기엘이 경하에게 달려들듯이 말했다.

"설마 경하님, 지금 당장 돌아…."

"아아, 아니야, 아니야. 오늘은 다른 일이니까 흥분하지 마. 사실 난 돌아가는 방법도 모르는걸."

"죄, 죄송합니다. 제가 주제넘게."

기엘은 입술을 씹으며 뒤로 물러났다. 스스로가 그렇게 격렬하게 반응한 것에 놀라면서.

"그러지 말라니까. 기엘이 미안하다고 하면 내가 몸 둘 바를 모르겠단 말이야. 그냥 로운처럼만 해. 로운처럼만. 여하튼 그건 그거고…."

"돌아가시는 문제가 아니라면 갑자기 저희들을 왜 이곳으로 부르셨는지…."

대신관 카류는 경하가 도착한 이후부터 계속 그 이유에 대해서 생각하고 있었지만 도통 알 수가 없었다.

길고 길었던 계승로에 대한 이야기들은 이미 기엘을 통해 충분히 보고받은 뒤이기에 카류는 더 더욱 경하의 의중을 헤아릴 수가 없었다.

"아아, 그러니까 뭐랄까, 마지막으로 해야 할 일이 생각나서 말이죠."

그렇게 말하며 경하는 헤헤 웃었다.

뭔가 분위기 잡는 것은 역시 몸 어딘가가 간질간질거리는 것 같아서 성미에 맞지 않는다.

"뭐라고 설명은 잘 못하겠지만 좀 느낀 게 있어요. 갈리아 계곡에서의 일 때문만은 아니지만 여하튼 제가 여기 온 데에는 나름대로 이유가 있고, 또 그런 역할을 아슈레이에 있어서는 이계인밖에 할 수 없었던 이유라든가, 제가 어째서 그런 힘을 가질 수 있는지 하는 것들이요."

웃으려고 노력은 하고 있지만 왠지 얼굴 근육이 잘 움직여지지 않는 기분이다.

"지금부터 하려는 일은, 사실 저도 성공할 수 있을지 자신이 없어요. 가능할 것이라는 생각은 하고 있지만."

"무슨?"

"……."

레이죠 장로의 물음에 경하는 애매한 미소를 지어 보였다.

"혹시 실패하더라도 부디 용서해 주세요."

"경하님, 도대체 어째서……."

더 이상 설명하는 것도 왠지 마땅치가 않았다.

경하는 그대로 입을 다물었다.

경하는 주위를 둘러보았다. 기억에는 별로 없는 곳이다. 실제 자신은 이곳에 오자마자 정신을 잃었으니 말이다.

신전에 와서 이곳으로 바로 온 것은 오로지 감 하나에 의존해서 였다. 처음 자신이 이 아슈레이라는 대지에 발을 디딘 그곳.

경하는 그 중심으로 걸어나갔다.

"그때와 비슷하죠? 저와 로운과 레이죠 장로님과 대신관님."

팔을 뻗어 한번 가볍게 휘두르는 순간 바람이 일어난다.

"뭐, 그때와는 다른 사람들이 조금 있기는 하지만…"

바람에 사람들의 긴 로브 자락이 나부끼는 소리가 들려오기 시작 했다.

경하는 그 소리를 들으며 그 중심에서 가만히 눈을 감았다.

'이건 내가 이곳에서 만들어낼 수 있는 마지막 기적일 거야. 내가 이계인이기에 가능할지도 모르는.'

귓가에 들려오는 소리는 이제 자신의 머리카락이 바람에 흩날리 는 소리뿐.

두 팔을 벌린 경하의 입에서 나직한 목소리가 흘러나왔다.

"아슈레이의 모든 생명을 주관하는 자들의 이름."

화악— 하고 경하의 몸에서 강렬한 엘이 뿜어져 나온다.

"하나이자 둘이고, 둘이자 모든 것의 이름. 유린의 의지를 따르는 자, 바람의 세나케인!"

경하의 부름에 바람의 세나케인이 그 모습을 드러내기 시작했다.

"대지의 하나르, 물의 헤메트, 그리고 불꽃의 에사라."

차례차례, 사신의 화신과도 같은 모습이 경하의 주위 사방에 나 타나기 시작했다.

평소와는 전혀 다른, 마치 신상과도 같은 형체.

경하를 지켜보고 있는 모든 자들의 얼굴에 놀라움이 퍼져 나갔 다.

"그대들에게 명하니, 하나의 의지를 따르는 엘의 흐름을 그대들의 앞으로 불러오라. 흩어져 있는 그녀의 자취를 따라…."

스스로가 주문을 외우고 있는 것인지 아닌지도 경하는 분간할 수 없었다.

입에서 흘러나오는 것은 경하의 생각의 흐름과도 같은 것.

그 흐름을 따라 경하만의 강력한 엘이 흘러나왔다.

'그녀는 죽지 않았어. 강한 의지의 소유자. 그녀는 나를 이곳에 불러오기 위해 자신의 모든 것을 바람의 엘로 변화시켰다. 그러니까 불러올 수 있어.'

마음속에서부터 간절하게 경하는 그를 이곳에 불러온 사람의 이름을 불렀다.

'시안—!'

기엘과 로운은 자신들의 앞에서 벌어지는 광경을 믿을 수가 없었다. 아니, 그뿐만이 아니다.

그저 부르는 대로 따라온 이리야와 자리에 동참할 것을 명받은 장로들과 대신관 역시 그들의 앞에 펼쳐지는, 감히 그들의 눈으로 엿볼 수 없을 4신의 강력한 힘을 있는 그대로의 현실로 체험하고 있었다.

하나로 섞여가는 은색과 금색, 푸른색, 그리고 붉은색의 엘.

모든 것은 하나로 모여 빛을 만들어내고 빛은 어두움을 만들어냈다. 그리고 그 어두움은 다시 4개의 선으로 나뉘어 경하의 몸 주위에서부터 사방으로 퍼져 나가기 시작했다.

수십 수백 개로 갈라졌던 엘의 자락 하나가 카류와 로운에게 다가왔을 때도 그들은 놀라 뒷걸음치기는커녕, 그 자락에서 풍겨오는 강력한 엘에 취해 버렸다.

그렇게 얼마나 시간이 지난 것일지 모르는 와중.

하늘로 용솟음쳐 오르던 수백 가닥의 엘이 다시 천천히 경하에게 돌아오기 시작했다.

"…경하님."

기엘의 입에서 경하의 이름이 흘러나왔다.

그것은 경탄과 감격의 이미지가 섞인 부름. 굳이 입을 열지 않아도 경하를 바라보고 있는 사람들은 모두 같은 마음을 가지고 있었다.

수천 수백 개의 엘이 사방으로 펴져 나갔다가 다시 경하에게 돌아오는 그 광경은 죽을 때까지도 잊을 수 없을 장관이었다.

그 광경을 사람들은 두 눈을 크게 뜨고 지켜보고 있었다.

그 속에서 경하는 마지막으로 그녀의 이름을 부르고 있었다.

'시안. 눈을 떠요. 나를 이곳에 불러온 자, 당신이 필요해요.'

경하의 감겼던 눈이 순간 번쩍 빛을 발하며 떴다.

그의 눈앞에 눈이 부시는 엘의 덩어리가 만들어져 가는 것이 보였다.

그 눈부신 엘의 덩어리는 점점 인간의 형체로 변해가기 시작했다.

"……!!"

"……!"

입은 벌어졌지만 감탄사조차 나오지 않는 기적이 그들의 앞에 펼쳐지고 있었다.

두 눈으로 바라보기에도 벅차던 빛이 조금씩 가라앉기 시작했다.

그 빛과 함께 경하가 불러낸 4개의 신형도 조금씩 투명해져 가기 시작했다.

경하의 앞에 빛나는 은빛의 실을 온몸에 감은 여성의 모습이 드러나고 있었다.

감겨 있는 눈동자와 파르르 떨리고 있는 속눈썹, 희게 빛나는 나신은 마치 여신과 같은 아름다움을 가지고 있었다.

그리고 그 빛이 점점 사라져 가며 그녀의 얼굴이 나타나는 순간, 어디선가 날카로운 외침이 들려왔다.

"시안!!"

남아 있던 빛이 사그라져 가기 시작했다.

경하는 자신을 향해 서 있는 시안에게 다가갔다.

"시안."

그는 손을 들어 살짝 그녀의 얼굴에 손을 댔다. 그 순간 그녀의 눈이 파르르 떨리며 열렸다.

"돌아와 줘서 고마워요."

"…여긴."

공중에 떠 있던 그녀의 몸을 가볍게 안아 내리며 경하는 미소 지었다.

"여긴 대신전이에요. 만나서 반가워요."

"누구?"

"당신이 미메이라를 위해, 아슈레이를 위해 불러온 사람이오."

시안은 눈을 깜박이며 흐릿한 시야를 확보하기 위해 노력했다.

얼마 지나지 않아 그녀의 눈에 한 사람의 얼굴이 똑똑하게 비치기 시작했다.

그녀와 비슷한 얼굴이지만 또한 전혀 다른 남자의 성을 가진 사람이었다.

“꿈을 꾼 것 같아요.”

“맞아요. 오랜 꿈이었죠.”

“아주 오랫동안 사람들의 사이를 날아다니며…”

경하는 그녀가 말하는 것에 소곤소곤 대답해 주며 기엘과 로운에게 눈짓을 했다.

“아……”

문득 정신이 든 로운이 얼른 망토를 벗어 그들에게 가까이 다가가 내밀었다.

경하는 로운의 망토로 시안의 몸을 감싸며 미소 지었다.

“왠지 내가 처음 왔을 때 로운이 이렇게 하지 않았을까?”

“로운?”

경하의 목소리에 시안이 반응했다.

“그래요. 로운도 있고요, 그리고 당신의 아버지도 와 있어요.”

경하는 조심스럽게 시안의 몸을 로운에게 내밀었다. 로운은 기꺼이 그녀의 몸을 받아 들어 가볍게 안아 올렸다.

“이런 일이 가능하단 말인가.”

하라스다인 장로와 로크레슈 장로는 도무지 믿을 수 없는 기적에 당혹감마저 들고 있었다.

그들의 옆에 있던 레이죠 장로는 아무 말 없이 그의 딸에게 걸어가고 있었다. 그는 이미 한번 경하의 기적을 체험했던 사람이기 때문일지도 모른다.

“아무리…”

“당신들은 저 녀석의 가능성이라는 걸 너무 무시하는 경향이 있는 거야.”

이리야가 불쑥 끼어들었다.

"나도 죽을 뻔하다가 두 번이나 살아났다구. 물론 그렇다고 저 녀석이 무슨 일이든 다 할 수 있는 것은 아니겠지만."

"어떻게 시안님을……."

하라스다인 장로는 입을 다물 수가 없었다.

레이죠 장로가 그의 딸 앞에서 오열하는 장면이 그들의 눈에 들어왔다.

말 대신 울음이 먼저 흘러나오는 것을 그는 어찌할 수가 없었다.

"감사합니다, 감사합니다, 감사합니다……."

울음에 섞여 레이죠 장로의 목소리가 들려왔다.

그것을 뒤로하고 경하는 또 다른 두 명의 장로와 카류에게 다가가 말을 건넸다.

"오늘 일은 비밀이에요. 어디까지나 계승로에서 돌아온 건, 그러니까 일단은 시안으로 해두자구요."

"…경하님."

"기억이나 그런 것에 조금 문제가 일어날지 모르겠네요. 살려냈다고는 하지만 얼마나 완벽하게 그걸 해냈는지에 대한 자신은 없어요. 내가 한 건 그냥 흩어졌던 그녀의 엘을 다시 불러 모은 거니까."

"그런…."

"이미 사라진 것은 어떻게도 할 수 없었……."

말짱하듯 말을 하던 경하가 순간 뒤로 휘청했다.

"우앗!!"

이리야가 막 달려들려는데 어디선가 서 있던 기엘이 쏜살같이 달려와 쓰러지는 경하의 몸을 받아 들었다.

"경하님? 정신 차리십시오, 경하님."

그런 기엘의 모습을 보며 이리야는 쓴웃음을 지었다.

"여하튼 이 녀석의 일이라면 기사 양반은 죽었다가도 벌떡 일어나서 뛰어오겠구만."

"경하님? 경하님!!"

"그냥 둬. 저 여자를 살려냈잖아. 나한텐 갈리아 계곡에서의 일보다 지금이 더 경이로울 정도야."

"이리야 씨."

"당분간은 안 깨어날지도 모르지. 그동안 우리 세 명이 둘러앉아 경하 얼굴이나 실컷 보자구."

시안을 안고 있는 로운의 시선이 어느새 경하에게 가 머물렀다.

그는 뭐라 표현할 수 없는 심정으로 경하를 바라보고 있었다.

이른 새벽 잠에서 깬 로렌은 차가운 공기에 살짝 몸을 떨며 자리에서 일어났다.

아무런 일도 하지 않고 종일 나른하게 시간을 보내는 것은 한편으로는 느긋해서 좋았지만 다른 한편으로는 너무나 익숙한 일이 아니기에 약간의 불편함도 느끼는 그였다.

"이런. 너무 일찍 일어나 버렸군."

언제나 방 안 가득 시녀들이나 시동들에 둘러싸여 생활을 하던 로렌에게 있어 키리엔에서의 생활은 조금 불편했다.

가이칸의 카드미엘과는 전혀 다른 느낌의 키리엔.

그 속에서 로렌은 자유와 함께 약간의 이질감을 맛보고 있었다.

"새벽 산책이나 해볼까?"

한 명의 시녀도 거느리지 않고 그는 밖으로 나왔다.

사실 거느리고 나올 시녀조차 없다. 언제나 그의 곁에 있는 미타 남작 역시 아직은 수면 중일 것이다.

"가끔은 이런 것도 나쁘지 않군."

그는 왠지 슬금슬금 기어나오는 웃음을 조금씩 흘리며 중정이 바라다보이는 테라스 쪽으로 걸음을 옮겼다.

"역시 시원해."

새벽의 바람이 그의 곁으로 몰려왔다.

"마치 카드미엘에 있는 것 같군."

테라스에 기대어 그는 먼 곳을 바라보았다.

카드미엘을 떠나와 이곳에 머물다 보니 왠지 그곳에 향수감 같은 것이 느껴진다.

그는 자신이 그런 감정을 느낀다는 것을 알고 뭔가 조금 쑥스러워졌다.

"아직 나도 어린애인가 보군."

평생 벗어날 수 없는 곳이라 생각했기에 카드미엘을 감옥처럼 느꼈던 때도 있었다는 게 왠지 기분이 이상했다.

"으응? 저건 뭐지?"

먼 곳을 바라보고 있던 로렌은 중정 한곳에서 새벽 별빛을 받아 반짝이는 그 무엇인가를 발견했다.

"……!!"

간소한 옷을 입은 한 사람이 중정 가장자리에 서 있었다.

그는 마치 홀린 사람처럼 천천히 걸음을 옮기기 시작했다.

바람이 아니었다. 공기가 움직이고 있었다.

흔들리며, 때로는 속삭이고, 그리고 나부끼는 공기.

그 가운데 서 있는 사람.

로렌은 그 사람에게 다가갔다.

희미한 발자국 소리를 들은 그녀가 살짝 고개를 돌리는 순간 로렌은 심장 한구석에 강한 충격 같은 것을 느꼈다.

"……"

움직이는 공기 속에 바닥까지 닿는 머리카락을 흩날리며 서 있던 그녀가 살짝 미소를 흘렸다.

"당신은……"

마치 자석에라도 끌려가는 것처럼 로렌은 그녀의 곁으로 자신도 모르게 움직이고 있었다.

꿈을 꾸고 있다고 생각했다.

기억의 저편에 머물러 있던 환상이 다시금 그의 앞에 모습을 드러내고 있었다.

폐를 가득 채우는 시릴 정도로 청량한 공기.

그 공기의 중심에 서 있는 여인.

자신도 모르게 그의 입에서 잊을래야 잊을 수 없는 이름이 새어 나왔다.

"시안……"

움직이던 공기가 순간 멈칫했다가 다시 돌아갔다.

흩날리던 머리카락이 로렌의 시선을 가득 메우는 순간 그는 그 움직이는 머리카락 하나를 잡아 입술에 대었다.

"저는 로렌, 로렌 네세크 카루인 라이너드입니다."

"……"

희미하게 미소 짓는 얼굴을 로렌은 언제까지나 바라보고 있었다.

제7장
귀환

The Wind of Ashurei

길게 줄을 지어 앉아 있던 장로들 사이에서 신음 소리가 들려왔다.

가장 앞줄에, 그리고 모든 장로들의 앞에 서 있던 카류는 간간이 들려오는 대화와 신음 소리 또는 감탄사에 귀를 기울이며 조용히 기다렸다.

한참의 시간이 흐르고 웅성웅성하던 홀이 고요해졌다.

그것을 기다렸다는 듯이 카류는 입을 열었다.

"그럼 투표에 들어가겠습니다. 방법은 언제나와 같이."

카류가 신호를 하자 맨 앞에 있던 장로가 그의 앞에 있던 작은 단지를 들어 올렸다.

한 손으로 들어 올린 단지에 그는 무엇인가를 집어넣고 옆 사람에게 단지를 전해주었다.

천천히 연한 녹색의 단지가 순서대로 돌아 다시 카류 앞으로 돌아왔다.

그는 그것을 받아 뒤에서 대기하고 있던 두 명의 신관에게 건넸다.

두 명의 신관이 집계를 하는 손 위로 장로들의 시선이 집중되었다.

단지 안에 들어 있는 작은 돌들이 차례차례 장로들의 앞에 공개되었다. 푸른 돌의 행렬이 이어졌다.

잠시 후 모두의 앞에 투표 결과가 확연하게 드러났다.

투명한 유리 단지로 옮겨진 푸른색 돌. 그 옆의 또 다른 단지에는 단 하나의 붉은 돌도 찾아볼 수 없었다.

그것을 보고 카류는 빙그레 웃음을 지었다.

"그럼 만장일치로 이번 안건이 통과되었음을 선포합니다. 차후의 일에 관해서는 천천히 시간을 가지고 의논해 보도록 합시다."

카류의 선언과 동시에 홀이 웅성거림으로 소란스러워졌다.

그것을 보며 카류는 조용히 홀에서 퇴장했다.

"오늘도 안 깨어나시는 건가?"

"글쎄."

조용히 눈을 감고 누워 있는 경하의 옆에서 기엘은 걱정스럽다는 듯이 말했다.

이리야는 그런 기엘에게 너무 걱정하지 말라며 말했다.

"괜찮을 거라구. 그런 기적을 만들어낸 녀석이야. 이런 일로 어떻게 될 리가 없잖아."

"하지만 걱정이 됩니다. 세나케인님도 불러낼 수가 없지 않습니까?"

"오늘로 며칠째지?"

로운○ 손가락을 꼽으며 말했다.

"19일째."

"이틀만 지나면 꼬박 3주가 되겠군. 갈리아 때는 5일뿐이었다고 했지 않다?"

"그래. 역시 걱정돼…."

"걱정할 것은 그게 아니야. 아마도 깨어나면 이 녀석, 머리를 쥐어뜯는 정도가 아니라 화를 내며 성질을 부리면서 키리엔을 온통 박살 낼지도 모른다고."

"설마 장로 회의의 결정이 난 건가?"

"그래."

"…역시."

기엘은 고개를 끄덕였다.

경하가 시안을 엘의 흐름에서부터 불러들여 다시 살려낸 직후 정신을 잃고 쓰러진 것이 벌써 19일째다.

그동안 장로 회에서는 모종의 안건이 상정되어 연일 회의에 회의를 거듭해 왔던 것이다.

하지만 그뿐만이 아니다.

경하가 깨어나 그 소식을 듣기라도 하면 정말로 기절초풍을 해서 그 자리에서 거품을 물고 쓰러질 만한 소식이 기다리고 있기 때문이다.

세 남자는 눈썹 하나 까닥하지 않고 혼절하듯 잠들어 있는 경하의 얼굴을 조용히 지켜보았다.

이렇게 얼굴만 보며 지내는 것도 나름대로는 고역이었다.

걱정스러움과 괜찮을 것이라는 믿음이 하루에도 수십 번씩 교차하는 것이다.

혹시나 몰라 곁에서 번갈아 정화의 주문과 치료의 주문을 걸어주기까지 했다. 하지만 경하는 요지부동, 굳게 감은 눈을 뜨지 않았다.

그리고.

혼절하듯 눈을 감았던 경하가 눈을 뜬 것은 그 다음날, 정확하게 20일을 채운 늦은 저녁 시간이었다.

"밥."

일어나서 경하가 제일 먼저 한 말은 '여긴 어디야?'도, '어떻게 된 거야?'도, 기엘이나 이리야나 로운의 이름도 아닌 저 한 단어였다.

그 바람에 그만 자리에서 침몰해 버린 세 사람은 경하가 우걱우걱거리며 식사를 하는 모습을 보고 난 후에야 간신히 원래의 상태로 돌아올 수 있었다.

"뭐야, 내가 뭐 먹는 거 처음 봐?"

"…후우."

"먹는데 앞에서 한숨 쉬지 마!"

로운이 한숨을 내쉬자 경하가 버럭 소리를 질렀다.

"정말이지 시간이 그렇게 흘렀는데 저것 하나만큼은 변하지를 않았군."

"그러게 말이야."

"너무 그러지는 말아. 20일 동안 아무것도 드시지 못한 건데."

"오오, 맞아. 기엘, 고마워. 그런 의미에서 이거 한 접시만 더 달라고 말해 줄래?"

"알겠습니다, 경하님. 하지만 좀 천천히 드세요."

우걱우걱 입에 들었던 게 약간 흘러나오려는 찰나 경하는 얼른 입을 다물었다.

"역시 음식은 가이칸에서 먹었던 게 제일 나은 거 같아. 미메이라의 음식은 정말이지 총체적 난국일 정도로 달단 말이야."

"그래서 깨어나자마자 한 말이 밥이냐?"

"그만 하라고 했잖아. 배고픈 건 장사도 못 당한다는 속담이 있다고."

그 말을 하며 경하는 마지막 남은 고기 조각을 꿀꺽 삼켰다.

"후우, 이제 좀 살 것 같다."

물론 그렇게 말하면서도 경하는 손에 든 식기를 절대 내려놓지 않는다.

"정말이지… 할 말이 없군."

"하아, 너무 자서 그런가? 온몸이 삐걱삐걱하는 것 같아."

"치료 주문이라도 걸어줄까?"

"아니야. 그 정도는 아니니까 신경 쓰지 마."

고개를 저으며 경하는 무엇을 더 먹어야 할지 잠시 고민했다.

"적당히 먹었으면 이제부터는 밀린 일을 좀 처리했으면 하는데."

"일?"

과일 접시에 있는 사과 비슷한 것을 집어 한 입 베어 먹으려던 경하는 어느새 안으로 들어온 시녀가 내민 접시에 시선을 돌렸다.

"무슨 일? 내가 할 거는 다 했는데 뭐가 또 일이… 아참."

도대체 무슨 말인지 몰라 고민을 하던 경하는 무엇인가 생각났다는 듯이 손가락을 딱 울렸다.

"맞아, 한 가지가 더 남았었지. 뭐, 그것도 대충 해결된 거니까. 음음."

설명할 생각은 손톱만큼도 하지 않은 채 경하는 혼자 말하고 혼자 납득을 해버린다.

로운은 그런 경하에게 도대체 무엇부터 이야기를 해야 할지 고민 스러웠다.

잠시 생각을 정리한 로운은 일단 다른 것은 대신관 카류에게 그 역할을 넘기자고 판단했다.

"일단 제일 먼저 알려줄 소식은…."

경하를 보던 로운의 시선이 왠지 기엘과 이리야 쪽으로 돌아선다.

"말을 했으면 끝을 맺어. 왜 기엘이랑 이리야 얼굴을 보는 건데?"

"일단 들어도 너무 놀라지 말고 듣는 게 좋겠다. 입에 든 것은 삼 키고."

로운의 말에 경하는 입에 들은 음식을 꼭꼭 씹어서 꿀꺽 삼켰다.

'도대체 무슨 말을 하려고 그렇게 뜸을 들이는 건데?'

"자, 다 삼켰어. 할 말이 뭐야?"

"일단 네 힘으로 살아나신 시안님이 거의 아무 이상 없이 무사하 다는 것부터 알려야겠군."

"헤에, 그건 다행이네. 사실은 좀 걱정이 되었거든."

"그리고 그 시안님께서…."

로운의 말을 들으며 경하는 입을 삐죽거렸다.

'저 존칭어 바뀌는 거봐라. 쳇.'

"시안님께서 내일 가이칸으로 떠나시게 되었다."

"…아아."

로운이 하는 말에 고개를 끄덕끄덕하며 듣던 경하는 순간 멈칫했 다.

"에?"

"내일 가이칸으로 떠나신다고 말했어."

"……."

로운이 미리 입에 들은 것을 다 삼키라고 말한 것이 다행일지도 모른다.

"…지금 뭐라고 했어?"

"정확하게 말씀드리겠습니다."

보다 못한 기엘이 끼어들었다.

"가이칸의 황제, 아니, 정확하게는 아직 황태자겠습니다만, 그 황태자인 로렌님과 함께 가이칸으로 가시게 되었습니다. 출발은 내일 아침이구요."

"그, 그게 무슨 소리야?"

"그것이 뭐라고 말씀드리긴 뭐하지만… 경하님께서 잠들어 계시는 동안 두 분 사이에서 이런저런 말이 오간 것 같습니다."

"무슨 이런저런 말이야. 간단하게 말하지."

이리야가 투덜투덜거렸다.

"다시 말해서 네가 잠들어 있는 동안 둘이 한눈에 반해서 짝짝꿍이 되어서 함께 가이칸으로 가게 되었다 이 말이야. 그 녀석이 바란대로 신국인 황비를 맞이하게 되었다는 말씀."

"……"

쨍그랑

경하는 들고 있던 포크를 그만 떨어뜨리고 말았다.

"그, 그게 정말이야?"

"그래, 어제 장로 회의 인가까지 전부 받았으니 문제될 것은 없지."

"레이죠 장로님이 허락할 리 없잖아."

"허락하셨다. 딸이 바래서 가겠다고 하는데 반대할 아버지는 없지. 뭐, 속사정은 어떨지 모르지만 전대미문의 혼처 자리지 않겠어?

아슈레이 제일 가는 가이칸 제국의 황비가 되는 건데."

"그, 그래도 그렇지."

뻐끔뻐끔, 입은 갈팡질팡, 이마에서는 식은땀이 줄줄 흘러내린다.

"마, 말도 안 돼. 우욱. 내, 내가 왜 힘들여서 열심히 되살려 놨는데. 그런 법은 없어!!"

결국 경하는 그때까지도 찰싹 들러붙어 있던 탁자에서 벌떡 일어났다.

"어디 있어! 로렌이랑 시안은, 아니지, 굳이 물을 것도 없잖아. 젠장!! 사람이 목숨을 걸어서 살려놨더니만 웬 난리야, 이게! 으아아악!!"

글자 그대로 머리를 쥐어뜯으며 발광을 하는 경하를 보며 세 남자는 역시나 예상대로의 반응을 보인다며 어깨를 으쓱했다.

"제에—ㄴ장!!"

경하는 머리를 쥐어뜯다 말고 밖으로 뛰어나갔다.

"왜 일이 이렇게 꼬이는 건데!!"

길고 긴 복도를 울리는 경하의 목소리가 그가 뛰어나간 문을 통해 세 사람에게 들려왔다.

"역시나로군."

경하의 길고 긴 비명 소리를 들으며 로운이 한마디 했다.

"그러게나 말이야. 실수라도 하지 않으셨으면 좋겠는데."

"실수? 제국 황제의 얼굴에 물이라도 끼얹지 않으면 다행이지."

이리야는 두 사람이 대치하는 모습을 머리 속에 상상하며 말했다.

"이봐요!! 시안—!"

복도를 미친 듯이 뛰어 경하가 도착한 곳은 정확하게 시안이 있는 장소였다.

하지만 그 안에는 시안 이외에 한 명 더 자리를 잡고 있었다.

"오오, 깨어났군. 얼굴을 보지 못하고 떠나면 섭섭할 것이라고 생각했는데. 물론 카드미엘에서 있을 우리들의 혼인식에 참석해 주겠지?"

여유로운 로렌의 얼굴.

"이봐!!"

경하는 다짜고짜 로렌에게 달려들어 그의 멱살을 잡았다.

"도대체 당신 무슨 생각이야!!"

"이런이런, 이건 좀 놓고 말하지. 아름다운 레이디의 앞인데 말이야."

"시끄러워!! 다 당신이 문제야! 젠장할. 이봐요, 시안!! 당신 나 좀 봐!!"

"……."

간신히 로렌의 멱살을 놓은 경하가 이번에는 시안의 손을 덥석 잡고 당기기 시작했다.

"경하, 그건 실례야. 아름다운 레이디에게…."

"입 닥치고 있으라고 했지, 로렌!!"

엄청나게 무례하게 경하는 로렌에게 소리를 지르고는 시안의 팔을 잡아당겼다.

"잠시 이야기를 나누고 오겠습니다. 걱정하실 것은 없어요."

시안이 잔잔히 미소 지으며 로렌에게 말했다.

"흐음, 하지만…."

"걱정하지 마세요."

그 말을 마치기 무섭게 그녀는 경하가 이끄는 대로 따라나섰다.

그 뒤에서 로렌은 아주아주아주 걱정스러운 눈길을 보내고 있었다.

"많이 놀라셨나요?"

"당연하죠!!"

아무도 없는 키리엔의 가장 높은 탑 위에서 경하는 있는 불만 없는 불만을 가득 얼굴에 담아 투덜거렸다.

"도대체가, 사람이 잠들어 있는 동안 뭐가 어떻게 된 거냐구요!"

"나름대로의 일이 있었다고밖에는 말씀드리지 못하겠군요."

묘하게 침착한 시안의 말에 경하는 머리끝까지 짜증이 치밀어 올랐다.

'왠지 말하는 게 누구랑 똑같다는 생각이 든단 말이야.'

"아버님도 많이 놀라셨고, 제 이런 결정이 모든 분들께 폐를 끼쳤습니다. 부끄러울 따름이지요."

"……."

경하는 머리를 벅벅 긁었다. 저렇게까지 말을 해오면 갑자기 할 말이 없어지는 법이다.

"처음에는 저도 결심하지 못했었습니다. 하지만 로운으로부터 이런저런 이야기들을 듣고 결심하게 되었습니다."

"무슨 이야기를요?"

"지나온 이야기들이지요."

시안은 생긋하고 경하를 향해 웃어 보였다.

그 얼굴을 보고 있으니 경하는 왠지 아슈레이에 와서 얼마 되지 않았던 때가 기억났다. 거울에 비친 저 얼굴을 보고 황홀경(?)에 빠졌던 것마저.

‘으으, 죽겠네⋯.’

눈앞에 있는 시안은 이전에 자신이 알고 있던 그녀의 얼굴보다도 훨씬 성숙하고 아름다웠다.

거기에 경하와는 전혀 다른 우아함과 고상함이 배어 있는 것이다.

“아이고, 머리 아파.”

“장로님들께서 허락해 주지 않으실지도 모른다고 생각했었지만, 다행히도 경하님께서 계신 탓에 쉽게 허락을 받았습니다. 그것에 대해서는 경하님께 감사를 드립니다.”

“그라도 그렇지, 자신의 일생을 그렇게 쉽게 결정하면 어떻게 해요. 저 사람이 어떤 사람인지도 잘 모르잖아요.”

자신은 분명 험하게 마구 대하고 있지만 경하는 로렌이 가이칸이라는 커다란 제국의 황제라는 것을 나름대로는 실감하고 있었다. 과연 그것을 그녀는 짐작이라도 하고 있는 것인지 경하는 곤혹스러웠다.

그런 경하의 생각이 얼굴에라도 드러났는지 시안은 조용히 미소 지으며 말했다.

“어떤 걱정을 하시는지 모르겠습니다만, 그걸 아시는지요. 저는 이곳 미메이라, 바람의 신국을 이어받을 수장 계승자로서 태어나서 지금까지 교육을 받아왔습니다. 그 크기는 많이 차이 날지 모르지만 로렌님의 외로움을 저는 잘 이해할 수 있답니다. 그리고 무엇보다⋯⋯.”

“⋯⋯?”

“그분은 저를 순수하게 한 사람의 여성으로 대해주시거든요.”

그렇게 말하는 그녀는 정말로 로렌의 곁에 머물기로 한 것이 기쁘다는 듯 미소를 지었다.

사실 굳이 그녀의 입으로 듣지 않아도 그녀에게서 풍겨오는 바람의 엘이 모든 것을 경하에게 말해 주고 있었다.

그녀는 아무것도 숨기지 않고 경하에게 보여주고 있었다.

"하아… 그건 그렇지만…"

경하는 갑자기 힘이 빠져 버렸다.

"미메이라는 어떻게 하려고 그러죠? 그리고…"

"……"

"그리고 당신, 정말로 미메이라를 떠나서 살 수 있어요? 당신이 목숨을 바쳐서까지 지키려 했던 나라잖아요."

다른 사람은 어쨌든 간에 그녀만큼 미메이라를 사랑하는 사람은 없을 것이다.

그것을 경하는 잘 알고 있었다.

"미메이라를 사랑하는 만큼 그분도 사랑하니까요. 그리고 미메이라는 저보다 더 믿음직스러운 분께서 지켜주실 테니 저는 안심하고 있답니다."

"아이고, 머리 아파. 알았어요, 알았어."

"대관식에 참석해 주시겠죠?"

"……"

경하는 입술을 깨물었다.

"꼭 참석해 주시리라 믿어요. 로렌님께서 경하님과 나머지 세 분만큼은 책임지고 대관식에 초청을 하시겠다고 하셨습니다."

"후우, 며칠 자고 일어나니 천지가 개벽이라도 했나… 머리 아파."

경하는 시안의 말을 듣는 둥 마는 둥 하고 자리에서 일어났다.

덕택에 그가 한 가지 시안의 말을 귀로 흘려 들어버린 것은 전혀 깨닫지 못한 채.

"조금 더 쉬세요. 대관식을 미루었던 탓에 시간이 얼마 없다고 하더군요. 푸욱 쉬시고 꼬옥 카드미엘로 와주세요. 오가는 데는 큰 무리가 없으실 겁니다. 레카에서 카드미엘까지 곧장 가실 수 있도록 로렌님께서 준비해 놓으신다고 하셨으니까요."

"그건 알아요. 알았어요, 알았어. 갈 테니까."

경하는 손을 내저었다.

머리가 복잡했다.

경하의 머리 속에 떠오른 것은 시안이 그렇게 제국으로 가버리면 도대체 누구에게 미메이라의 수장 자리를 맡기느냐는 것이었다.

제일 먼저 그 생각이 드는 통에 경하는 다른 생각을 할 틈이 없었다.

'어차피 시간은 줄줄 가고 있는 거니까.'

"그럼 이만 내려갈까요?"

"먼저 내려가요. 나는 생각할 것이 조금 있으니까."

경하는 털썩 하고 맨바닥에 그냥 주저앉아 버렸다.

"그럼 부디 몸조심하시구요."

조신하게 인사를 하는 시안을 본 척 만 척 손을 흔들어 보이고 경하는 그대로 고민에 빠져 버렸다.

'흐으, 기엘은 택도 없을 사람이고, 로운은 어떨까? 우웅, 하지만 로운은 성격이 좀….'

고개를 끄덕였다가, 그리고 다시 저었다가 하며 경하는 생각에 잠기기 시작했다.

그 위로 미메이라의 깨끗한 바람이 스쳐 지나갔다.

바람 소리는 들려오지 않았지만 온 키리엔을 감싸며 다음 순간 세상으로 불어 나가는 미메이라의 바람 아래에서 경하는 밤이 새는 것도 모른 채 그렇게 앉아 있었다.

*　　　　*　　　　*

가이칸은 바야흐로 새로운 바람을 맞이하고 있었다.

오랜 라이너드 7세의 병환으로 침체되어 있던 와중에 젊고 패기에 가득 찬 새로운 황제에 대한 기대는 가이칸 제국 전체를 달구고 있을 정도였다.

내정되었던 대관식이 미루어지는 탓에 로렌의 건강이 혹 좋지 않은 게 아니냐라든가, 갈리아 계곡에서의 분쟁 때 부상을 입은 것은 아니냐는 억측, 또한 다른 황자가 대관식을 방해하는 것은 아니냐는 억측이 있었다.

하지만 로렌이 아름다운 미메이라의 여인과 함께 카드미엘로 돌아온 순간, 그런 소문들은 씻은 듯이 사라져 버렸다. 공식적으로 대관식이 미루어진 까닭은 아셀과 하나스와의 작은 분쟁 탓이라는 발표가 이루어진 이유도 있었지만 말이다.

신국인 황비라는 이례적인 정도가 아니라 전대미문의 스캔들도 로렌이 정식으로 황제의 자리에 등극하기 전에 벌어진 아셀과 하나스의 분쟁에서 승리했다는 기쁨에 그만 묻혀 버리고 말았다.

나름대로는 자신의 딸을 황비로 만들려고 하던 몇몇 귀족들은 로렌이 데려온 신비스러운 미메이라의 왕녀(?)를 본 순간 모두 할 말을 잃어버렸다.

고아함과 우아함, 아름다움과 귀족적인 화려함까지 모두 갖춘 완벽한 여성이 그들의 앞에 있었기 때문이다.

그리고 또 하나, 어느 누가 보아도 로렌이 주변의 눈을 반쯤은 의식하지 않을 정도로 그녀에게 푸욱 빠져 있다는 것이 결정적인 요인으로 작용했던 것이다.

물론 모종의 사건을 기억하는 사람들은 로렌이 결국 잃어버렸던 시안을 다시 찾아온 줄로만 알기도 했다. 뭐니 뭐니 해도 이전의 '시안'과 지금의 '시안'은 외모도 비슷한 데다가 이름까지 똑같았기 때문이다.

이런저런 자질구레한 일들이 산재해 있음에도 불구하고 일은 일사천리로 진행되었다.

일단 그것을 추진하는 사람이 다름 아닌 황제 자신과 그의 오른팔인 미타 남작이었기 때문이다.

카드미엘로 화려하게 입성한 로렌의 정식 황제 대관식은 그로부터 3주 후.

그리고 그날은 가이칸의 황제 로렌과 미메이라의 공녀인 시안 디레이죠의 혼인 날로 기록된다.

"저건 누구 머리에서 나온 거야? 마치 가짜 나이트들의 가장행렬 같잖아."

"어쩔 수 없습니다. 진행 과정은 상당히 변칙적이라고 해도 국혼은 국혼이니까요."

경하는 높은 연단 위에서 미메이라로부터 긴급히 차출되어 온 바람의 기사들이 시안과 로렌의 혼인 행렬의 뒤를 따르는 것을 못마땅한 눈으로 쳐다보고 있었다.

"결국엔 아버님들의 소원이 성취된 것이지."

"치잇."

미메이라의 누군가를 황제의 비로 보내 제국과 우호 관계를 맺으려고 했던 것이 결국에는 성취된 것인 셈이다.

"어쩐지 쉽게 허락해 줬다 했다더니. 장로님들 하나같이 속이 다 시커매."

겉으로 보기엔 로렌이 단순하게 시안에게 반해 청혼을 한 것으로 보이지만 실상 그 뒤에는 양국 간에 서로 치밀하게 이익 관계를 계산하고 있었던 것인지도 모른다.

"도대체 나는 무엇을 위해서 그 난리를 떨었던 건지 진짜 모르겠네. 혼신을 다해서 살려놨더니 냉큼 제국으로 시집이나 가버리고. 도움이 안 되잖아. 도움이!!"

"……."

"풋."

경하의 말에 토를 달 수 있는 사람은 없다.

"젠장… 도대체 왜 살려놨는지."

경하가 투덜투덜거리자 기엘이 웃으며 말했다.

"그래도 시안님을 되살려 내신 것을 후회하는 것은 아니지 않습니까, 경하님."

"그, 그건…."

투덜거리던 경하의 얼굴에 잠깐 당황하는 기색이 떠올랐다.

"모, 몰라! 내가 알 게 뭐야! 아으, 신경질난다."

경하는 투덜거리다 말고 자리에서 벌떡 일어났다.

"내가 하는 일은 왜 다 이 모양인 거야?"

"경하님, 어디 가십니까!!"

"먹으러 가."

"경하님, 잠시… 제가 같이 가겠습니다."

기엘이 허둥지둥 자리에서 일어난다.

"시끄러워! 거기 가만히 있어. 명령이야."

버럭 소리를 지르며 경하는 성큼성큼 걸어나갔다.

"뭔가 상당히 마음에 들지 않는다는 얼굴이군."

화려한 의례복을 손에 든 시종들이 로렌의 어깨에 의례복을 사뿐히 올려놓는다.

로렌은 익숙하게 어깨를 들썩이며 경하를 바라보았다.

"물론, 약간의 문제가 있을 수는 있겠지만 그렇게 노골적인 시선은 좀 곤란하다고."

"그러니까 그게 다 당신 탓이야."

"그렇게 생각해도 상관은 없어."

경하의 말투에 눈이 화등잔보다 커져 도끼눈이 되기 직전인 시종들을 로렌은 손짓으로 내보냈다.

아무리 로렌이 스스럼없이 대하고는 있다고 해도 자신이 경하와 이렇게 대화를 하는 것을 많은 이들이 알게 하고 싶지는 않았기 때문이다.

"나는 내가 원한 것을 최선을 다해 얻으려 노력할 뿐이지."

"그래서, 결국 당신이 원하는 대로 다 돼서 기뻐?"

"물론."

"치잇—"

꽤나 편한 의자이지만 경하는 그 위에 쪼그리고 앉아서 로렌을 바라보았다.

여유만만해 보이는 남자를 보고 있으려니 왠지 자신이 자꾸만 조그맣게 오그라드는 것 같았다.

"하지만 네가 없었으면 이루어질 수 없는 일투성이였지."

그렇게 말하며 로렌은 싱긋 웃었다.

"신은 내게 여신 대신에 널 보내준 게 아닌가 생각될 정도로 말이야."

"……."

왠지 경하는 얼굴이 간질간질거리는 것 같았다.

'짜식, 말은 잘하는군.'

로렌은 경하가 무슨 생각을 하는지 마는지 아랑곳하지 않고 계속 이런저런 말을 하고 있었다.

"물론 아직 제대로 해결된 것은 없어. 대관식에 아셀은 축하 사절도 보내오지 않았으니까."

"그건 당연하잖아. 얼마 전에 싸웠던 나라한테 그런 거 보내고 싶겠어, 당신은?"

"나는 보내. 그건 어디까지나 의례로라도 필요한 것이니까. 말하자면 아직 아무것도 시작되지 않았다는 뜻이지. 아슈레이가 가이칸의 이름으로 움직일 때까지… 물론 네가 큰 힘이 되어줄 것이라고 믿어 의심치 않고 있지."

그렇게 말하는 로렌은 정말 자신이 하는 말 하나하나가 다 진심이라는 표정을 하고 있었다. 물론 경하도 그가 정말로 진심으로 그런 말을 하는 것이라는 것을 알고 있었다.

저 사람은 절대 자신이 말하는 것에 있어 거짓을 흘리는 경우는 없는 것이다.

그 앞에서 경하는 푸욱— 하고 한숨을 내쉬며 말했다.

"헛소리하지 마. 나는 당신 편 들어줄 생각 없어."

"……?"

"앞으로는 알아서 하란 말이야. 당신은 뭐든지 할 수 있는 사람이 잖아?"

폴짝 하고 경하는 쪼그리고 앉아 있던 의자에서 뛰어내렸다.

그렇게 무엇이든 할 수 있는 사람이 어떤 형식으로든 자신을 인정하고 있다는 건 기분이 좋을 수밖에 없는 사실.

입으로는 투덜거리고 있지만 왠지 경하는 기분이 좋아지는 것을 느끼고 있었다.

'어때, 누가 저 로렌 앞에서 투덜거리고 우쭐거리겠어? 내가 해야지. 홋홋홋.'

역시 인간은 누구에게든 어떤 방식으로든 우쭐거릴 수 있을 때 희열을 느끼나 보다고 경하는 생각했다. 그것도 보통 사람이 아닌 저 가이칸의 황제가 상대라면 더 더욱.

"그게 무슨 소리지?"

"무슨 소리긴. 글자 그대로지. 앞으로는 내 도움받을 일 없을 거라는 소리야. 난 곧 여길 떠날 거니까."

"그건 당연한 것 아닌가? 미메이라로 곧 돌아갈 예정일 테니. 돌아가는 편은 준비해 줄 테니 걱정 말고 천천히 쉬다 가게."

"싫어. 내 힘으로도 갈 수 있어. 당신 도움은 더 이상 안 받아."

히죽— 하고 경하가 웃어 보인다.

로렌은 왠지 그런 경하의 표정에서 이상한 느낌을 받았다.

"나는 지금 돌아갈 거니까 시안한테 잘해줘. 그녀는 정말 당신 하나만 보고 여기에 온 거니까 몸 상태가 이상해진다 싶으면 바로바로 미메이라로 돌려보내 주고. 아아, 나는 모르지만 기엘이랑 로운들이 미메이라로 가겠다고 하면 그쪽은 좀 부탁해. 아마도 헐레벌떡 찾아올 테니까. 아참, 그리고."

말을 하면서 뚜벅뚜벅 걸어나가던 경하가 몸을 휘익 돌려 다시 로렌에게 다가갔다.

"잊어버릴 뻔했군."

"……."

경하는 주섬주섬 허리춤에 매달아놓았던 것을 풀기 시작했다.

잠시 후 그는 찬란한 빛으로 반짝이는 녹색의 검을 불쑥 로렌에게 내밀었다.

"이거."

"…이건 내가 이미 네게 준 것인데?"

"그러니까 받으라고. 어차피 돌아갈 때는 아무것도 가지고 갈 수 없는걸."

"……."

"게다가 이건 내가 아니라 당신 손에, 아니, 가이칸 제국의 황제가 가지고 있는 게 옳아. 그거 알아?"

경하가 묻지만 로렌은 아무런 말을 할 수가 없었다.

"이 가이칸 제국의 초대 황제, 아니, 그때는 왕이었을지도 모르겠지만 여하튼 그가 사실은 미메이라 인이었다는 거 말이야."

"무슨……!"

"그가 연인을 잃고 미메이라를 나갈 때 들고 나온 유일한 유품이 이거야. 그러니까 이곳에 있어야 해. 뭐, 지금은 그다지 의미가 없을지 모르지만."

터억— 하고 경하는 녹색의 검 카나린을 로렌의 손에 올려놓았다.

"굳이 누군가를 주고 싶으면 나 말고 진짜 시안에게 주던가. 그녀에겐 도움이 될지도 모르니까."

"이봐!!"

"자아, 그럼 나는 이만 퇴장."

"도대체 어디로 가려는 거지?"

홀가분한 마음으로 돌아서는 경하에게 로렌이 황급히 물었다.

붙잡지 않으면 두 번 다시 경하를 보지 못할 것 같은 이상한 느낌에 그는 전율과도 같은 기분을 느끼고 있었다.

"히히, 섭섭해?"

"……."

"하지간 가는 곳은 비—밀."

"너…."

"당신하고 만나서 나쁜 일도 많았지만 말이야. 나름대로는 좋은 경험도 많이 한 것 같아. 그 카스펀인지 하는 사람 속 너무 많이 썩이지 말고, 시안을 두고 바람 피우지 말고. 알았지? 시안을 두고 바람이라도 펴봐, 미메이라에서 말도 못할 만큼 많은 기사들이 우르르 몰려와서 박살을 낼걸?"

"그건 맡겨두지."

"자아. 그럼."

마치 내일이라도 만날 사람처럼 경하는 뒤도 돌아보지 않고 손을 흔들고 있었다.

그를 잡을 수도 없는 로렌은 아무 말도 하지 못한 채 경하가 걸어가는 것을 바라보고 있을 수밖에 없었다.

눈앞에서 거대한 문이 닫힌다.

"자, 잘깐!!"

황급히 긴 옷자락을 끌며 경하의 뒤를 따라 급하게 닫힌 문을 밀고 나갔다.

“……!!”

문을 여는 순간 그의 앞에는 이유 모를 바람이 거세게 불어닥쳤다.

답답함을 한 번에 날려 버릴 듯한 바람.

그러나 마땅히 있어야 할 사람은 이미 사라지고 없었다.

“…경하?”

아무도 없는 공간을 향해 이름을 외쳐 보지만 돌아오는 건 역시 가슴을 시리게 하는 바람뿐이다.

그는 그 바람이 잠시 머무는 공간에 서서 사라져 버린 경하의 이름을 몇 번이고, 몇 번이고 부르고 있었다.

*　　　　*　　　　*

“지금쯤 기엘이 펄펄 뛰고 있겠지?”

“그걸 알면서 그렇게 행동하는 네 저의를 모르겠군.”

세나케인이 이상하다는 듯 말했지만 경하는 아랑곳하지 않는다.

“뭐, 로렌에게 가서 닦달을 해서라도 돌아올 테니 걱정 같은 건 안 해. 그보다는 기엘이랑 로운이랑 이리야가 오기 전에 해결해야 할 일이 있어.”

“정말 그녀를 선택하겠다는 건가?”

“왜, 안 될 이유라도 있어? 어차피 지금은 능력이 문제가 아니잖아. 내가 원하면 된다고 했던 것 같은데. 그리고 받을 사람이 받아들이면 끝. 안 그래?”

“그렇긴 하지만….”

“너무 그러지 마, 케인. 그 애가 섭섭해할지도 모르잖아. 우아—

시원하다. 역시 카드미엘보다는 이쪽이 좋구나. 돌아가면 여기 바람
이 제일 그리울 것 같아.”

경하는 온몸으로 불어오는 바람을 느끼며 감상에 잠긴다.

경하가 지금 앉아 있는 곳은 키리엔의 제일 꼭대기, 아무도 돌아
보지 않을 탑의 지붕 위.

도무지 인간이 있을 것이라고는 상상조차 안 가는 곳이다.

바람 그 자체로 화하여 이곳 키리엔에 도착한 지 이제 몇 시간이
지났건만 경하는 그 위에 앉아 꼼짝할 생각도 하지 않고 있었다.

“역시 내가 생각해도 여기서의 나는 너무….”

“너무? 뭐?”

“아니, 아무것도 아니야. 끄으응, 춥기는 춥다, 여기. 곧 다들 돌아
올 테니까 서둘러야겠어.”

경하는 그렇게 말하고 그대로 높은 탑 위에서 뛰어내렸다.

“경하님, 어떻게 그러실 수 있습니까?”

“제멋대로 행동해도 된다고 누가 말했지?”

“너, 또 한 번 그래 봐!! 가만히 안 둘 거야! 어디 나랑 한번 붙
어볼래?”

이리야가 제일 씩씩대면서 경하에게 달려들었다.

“미안미안, 하지만 할 일이 생각났는걸. 그리고 모두들 금방 따라
왔잖아. 응?”

“그래도 너무하십니다, 경하님.”

“기엘 말이 맞아.”

히이잉— 하고 경하가 로운을 돌아보았지만 로운은 냉정하게 잘
라 말하며 기엘이 편을 들었다.

"아무리 네가 어디 있든지 우리가 알아낼 수 있다고는 해도, 아무런 말 없이 그곳에서 사라지면 우리 입장은 어떻게 될지 생각해 봤어?"

"미안하다니까, 로운."

벅벅벅 머리를 긁으며 경하는 앉아 있는 의자 위에서 점점 조그맣게 쪼그라들었다.

'우우, 다들 진짜 화났네.'

"정말정말 미안해. 내가 잘못했어. 두 번 다시 안 그럴게. 용서해 줘."

자신의 방식대로 경하는 두 손을 모아 들고 고개를 꾸벅 숙여 보였다.

잠시 침묵이 흘렀다.

경하는 빼꼼하게 눈을 뜨고 세 남자를 바라보았다.

"얼굴을 들어주십시오, 경하님."

"에…"

"저희들에게 고개를 숙이지 마십시오."

기엘은 고개를 돌리고 있었다.

"저희는 경하님이 고개를 숙일 상대가 아닙니다."

"미안."

그런 기엘의 반밖에 보이지 않는 표정에 경하는 가슴이 아팠다.

눈앞의 일밖에 보이지 않았다. 그래서 한 행동에 상처받는 사람들이 있다.

'나는 이 사람들을 두고 갈 수 있을까?'

스스로 자신에게 묻는다.

"정말 미안해. 앞으로는 꼭 같이 행동할게? 응? 언제나처럼."

자신에게 묻지만 돌아오지 않는 대답.

"잘못했어."

"좋아 그건 그렇고 왜 그렇게 혼자 훌쩍 돌아와야 했는지 그 이유나 들어보지."

로운이 조금 이상해지려는 분위기를 돌리려 말을 꺼냈다.

"아아. 그건, 시안이 로렌과 결혼해 버렸으니까. 시안을 대신할 사람을 찾아야 했거든."

경하는 가볍게―나름대로는―말했지만 그의 말에 모두의 얼굴이 굳어졌다.

"그건…."

"곰곰이 생각해 봤어. 기엘도 생각해 봤지만 절대로 안 될 것 같고, 로운에게 부탁했다가는 한 대 맞을 것 같고, 그렇다고 해서 내가 아는 사람이 많지도 않은데 아무한테나 맡길 수도 없는걸."

"그것을 생각하고 계셨습니까?"

"응. 나는 시안에게 그대로 넘길 생각이었는데 그게 생각대로 안 되었으니까 책임을 지고 다음 사람을 찾아야지."

"경하님."

"잠깐."

기엘이 무엇인가 말을 하려는데 로운이 그것을 막았다.

경하는 무슨 말을 하려고 하는가 해서 로운에게 시선을 돌렸다.

"그래서 찾은 사람이 누구지?"

"어어, 그러니까."

그녀의 이름을 말하면 다들 어떤 반응을 보일지 경하는 문득 두려워졌다.

스스로의 선택에 후회는 없지만 말이다.

"누구?"

"그게… 시안의 동생."

차가운 기운이 순간 네 사람의 사이로 지나갔다.

"무리다."

"무립니다."

"에에 그 어린애?"

세 남자의 반응은 한 템포씩 늦었지만 곧장 나타났다.

"왜? 시안의 동생이고 전 수장인 레이죠 장로님의 딸이잖아. 그 애 말고는 더 괜찮은 사람이 생각나질 않아. 그리고 시유는 생각해보겠다고 했는걸."

"장로회에서 받아들이지 않을 거다."

로운이 단호하게 말했다.

"어째서!"

"장로회에서는…."

말을 하다 말고 로운은 입술을 깨물었다.

그대로 말해도 좋을까 하는 의심이 그의 마음에서 생겨난다.

하지만 결국 그는 입을 열었다. 빠르든 늦든 결국엔 알게 될 것이기 때문에.

"장로회에서는 경하, 네가 그대로 남아주길 바래."

"에에엑—!!"

"시안은 이미 제국의 황비가 되었고, 별달리 후보자도 없다. 처음에는 어땠는지 모르지만 장로회에서 전원 만장일치로 통과가 되었다. 더 빨리 말해 주려고는 했지만…."

"그, 그건 말도 안 돼. 내가 왜……."

"말이 안 되다니요. 지금 상황에서 누가 그럼 미메이라의 수장이 될 수 있습니까? 경하님께서는 미메이라의 수장 자격을 모두 갖추고 계십니다. 누가 경하님 대신 바람의 주인으로서 남을 수 있습니까?"

기엘이 경하에게 진심을 담아 말했지만 경하는 제대로 들으려 하지 않았다.

"웃기는 소리 하지 마. 처음에는 날 죽이려고까지 했잖아. 대신관님은 어디 계시지?"

말을 하다 말고 경하는 그대로 자리를 박차고 일어서려 했다.

"대신관님은 이미 수장 계승에 관한 모든 책임에서 물러나셨다. 더 이상은 이 일에 관여하실 수 없어. 이미 넌…."

로운은 자리를 뜨려는 경하의 손목을 붙들었다.

"넌 미메이라의 수장이니까."

"이거 놔!!"

경하는 거칠게 로운의 손을 뿌리쳤다.

"누그 맘대로 그런 걸 정해? 어쩐지… 살아난 시안이 제국으로 간다고 해도 아무 말 안 한다 싶더니만 그런 걸 꾸미고 있었던 거군. 기가 막혀서!"

"경하님! 어딜 가십니까?"

"따라오지 마!!"

"경하님!!"

"사람을 멋대로 가지고 놀지 말란 말이야!!"

조금 전 자신이 한 말이 무색하게 경하는 그대로 그 자리에서 사라져 버렸다.

어디든 함께하자는 말 따위 경하가 사라진 자리에는 남아 있지 않았다.

“어디로 가신 걸까.”

“대신관이나, 아니면 내 아버님이나 기엘, 네 아버님께겠지.”

“…….”

“그러니까 애초에 무리라고 했잖아.”

이리야가 한숨을 내쉬며 말했지만 그의 말을 듣는 사람은 없었다.

“찾으러 가겠어. 그리고 내가 설득하겠어.”

기엘이 경하가 사라진 방향으로 걸음을 옮기기 시작했다.

“이봐! 무리라니까.”

이리야가 말렸지만 그의 뒤를 이어 로운 역시 굳은 얼굴을 한 채 따라 나갔다.

“무리라니까! 이봐! 내 말 안 들려!!”

이리야는 그 뒤에서 고함을 질렀다.

‘바보들 같으니라구.’

기엘의 앞에서 사라진 경하는 어디론가 내쳐 달리고 있었다.

어디를 향해 가고 있는지 스스로도 알 수 없었다.

‘…언제나 제멋대로야.’

발 밑을 스치는 낮은 풀들과 그 풀에 맺혀 있던 물기가 발목을 적신다.

‘내게도, 내게도 그런 마음은 있단 말이야!’

달려도 달려도 경하를 막는 사람은 아무도 없다.

하지만 누군가 제발 자신을 붙들어주었으면 하는 마음이 경하가 남긴 발자국 하나하나에 남겨진다.

‘하지만 안 돼… 나는 남을 수 없어. 남고 싶어도 남을 수 없단

말이야.'

가슴에서 울리는 울음소리 같은 것이 갈 길을 찾지 못하고 맴돈다.

경하에게도 그런 마음은 있다.

길다면 길고 짧다면 짧았던 여행. 그 여행을 함께 해오고 그동안 만났고, 또한 헤어지고, 그리고 그의 뒤를 따르는 사람들과 헤어지고 싶지는 않다.

하지만 그 마음이 강하면 강할수록 자신을 기다릴 사람들이 그리워진다.

어머니와 아버지, 그리고 누나들과 형들, 친구들, 그리고 원래 자신이 속해 있던 그 세상과 그 시간이.

'돌아가야 한다구!!'

아무리 뛰어도 숨은 가빠오지 않는다.

한 걸음 내딛는 순간 경하의 몸이 공기 중으로 다시 사라졌다.

'나는 돌아갈 수밖에 없어.'

*　　　　*　　　　*

"오늘로 삼 일째군."

"도무지 어디 있는지 짐작을 할 수 없으니. 나타났다 하면 사라지고 이번에는 붙잡는가 하면 또 사라지고."

동에 번쩍 서에 번쩍 그 파장을 드러냈다가 사라지고, 또 드러냈다가 사라지곤 하는 경하를 추적하는 일을 삼 일 내내 해온 두 기사는 이제 반쯤은 포기하고 있었다.

그들의 곁에는 일찌감치 두 기사가 하는 일을 포기해 버린 남자가 위로를 한답시고 중얼거리고 있었다.

"말끝마다 돌아가야 한다고 했었잖아. 그만 포기해."

"저는 포기할 수 없습니다, 이리야 씨. 가능성이 있는 한."

"하지만 얼굴도 볼 수 없는 녀석을 어떻게 설득할 건데?"

"돌아오실 겁니다. 하시고 싶은 일을 마치시면."

기엘은 팔을 내밀었다.

"이렇게… 느끼려고 하기만 하면 얼마든지 경하님의 파장을 느낄 수 있습니다. 어딘가 가까운 곳에 계신 것임에 틀림이 없습니다. 그리고……."

기엘이 하다 만 말을 로운이 이어받는다.

"어차피 돌아가든 돌아가지 않든, 결국 어디로든 돌아올 수밖에 없으니까."

눈을 들어 하늘을 바라보는 순간 바람이 휘이이잉 소리를 내며 불어온다.

상황은 나쁘지도, 그렇다고 좋지도 않게 흘러가고 있었다.

경하가 남긴 흔적을 따라 요 삼 일 간 수도 키리엔의 구석구석을 돌아다닌 두 기사는 누구보다 그것을 잘 알고 있었다.

경하는 자신이 아는 한 모든 장로들을 찾아다니고 있었다.

가서 그들에게 자신은 돌아가야 한다고 일일이 설득을 시키고 있었던 것이다.

물론, 어느 누구도 경하에게 그러마 하고 대답을 한 장로는 없었다. 그들은 이미 의견을 모아 결정을 했고 그것을 번복할 의사는 없었기 때문이다.

오히려 경하는 아마도 그들에게 계속 설득당하고 있는 듯했다. 경하를 만났다고 하는 장로들이 하나같이 입을 모아 하는 말이 모두 똑같았기 때문이다.

'몇 마디 하지도 않았는데 화를 버럭 내시고는 사라지셨네'라며 모두들 인상을 찌푸렸던 것이다.

"후우, 대신관님께서는 대신전에 칩거해 버리셨고……."

"이상한 것은 경하님께서 다른 장로님들은 어떻게 해서든 만나보시면서 대신관님께만큼은 아직 찾아가지 않으셨다는 거야."

"다른 사람은 몰라도 대신관님의 말에는 당할 수 없어서일지도 모르지."

"설마… 그 녀석이 그러겠어?"

두 기사의 말에 이리야가 툭하고 끼어들어 찬물을 끼얹었다.

"그런 말씀 하지 마십시오."

"미안미안."

상당히 날카로워져 있는 두 사람에게 한마디 하려던 이리야는 깨깽 하고 물러났다.

'여하튼 무슨 말을 못하겠어. 쳇.'

이리야는 속으로 궁시렁거리며 그 자리에 벌러덩 드러누웠다.

'그렇지. 나도 이젠 슬슬 거취를 결정해야 하는 시기가 오는군.'

결말이 어떻게 나든, 이곳은 자신이 있을 곳이 아니라는 것쯤은 그도 잘 알고 있는 것이다.

그때였다.

똑똑.

가볍게 문을 두들기는 소리가 났다.

"예, 들어오십시오."

누구인지 묻지도 않고 기엘이 대답을 하자 문이 조용하게 열리고 여관 하나가 들어왔다.

"세 분을 찾으십니다."

“어느 분이 저희를 찾으신다는 겁니까?”

“경하님께서…”

말을 전하려 그들을 찾은 것은 경하의 이름을 아는 얼마 되지 않는 여관 중 하나였다.

어디 있느냐고 묻기도 전에 그들은 바람처럼 여관을 제치고 달려나갔다.

삼 일 만에, 그들 대신 경하가 먼저 그들을 찾고 있었다.

“저희들은 경하님께서 이곳에 남아주시길 간절히 바라고 있습니다.”

“물론 첫 의도와는 다르다고 하나, 이미 운명은 그렇게 결정된 것. 저희들은 운명에 기꺼이 따르려 하는 것일 뿐입니다.”

“경하님께서 가진 능력은 이미 저희들 모두가 잘 알고 있는 것입니다.”

“수장의 위를 이으실 충분한 자격이 있으십니다.”

계속 이어지는 낮은 할아버지(?)들의 목소리에 경하는 슬슬 짜증이 나고 있었다.

이대로라면 간신히 마음을 굳히고 경하의 옆에 다소곳이 서 있는 시유에게 미안해질 뿐이다.

‘머리가 아파.’

미메이라의 이곳저곳을 다니며 한 명 한 명 장로들을 설득해 보려 한 시도는 결국 실패로 끝났다.

말 많은 장로들을 한자리에 모아놓고 이야기해 보아야 별 소용이 없을 것이라는 생각 끝에 벌인 일이었지만 결국 결과는 마찬가지.

수장궁으로 돌아오기 무섭게 그를 기다리고 있던 장로들에 둘러싸여 경하는 같은 말을 몇 번이나 계속 반복해서 듣고 있었다.

'꼭 오토리버스 해놓은 테이프 같다구.'

뚜웅하게 입을 내밀고 잠자코 듣고 있는 이유는 경하가 무슨 말을 해도 소용이 없기 때문이다. 그것은 요 이삼 일 간의 경험으로 잘 알고 있는 사실.

"이럴 줄 알았으면 처음부터 그냥 한자리에 모이라고 할… 아, 왔다!"

그때까지 자리에서 꼼짝하지 않은 채 장로들의 말을 듣고 있던 경하가 자리에서 벌떡 일어났다.

"기엘! 로운! 이리야!"

반갑게 경하는 그들의 이름을 불렀다.

"부탁이니까, 이 할아버지들 모조리 돌려 보내줘. 응?"

잠시 두 기사의 눈초리가 차가워지는 것을 느꼈지만 경하는 애써 무시했다.

"부탁이야."

경하의 애원에 결국 두 사람은 항복하고 말았다.

"저희들이 경하님과 잘 이야기해 볼 터이니 장로님들께서는 이만 돌아가 주시기 바랍니다."

로운이 의례를 취하고 하는 말에 장로들이 하나둘 그들을 돌아본다.

"설득은 저희들에게 맡겨주십시오."

말은 하지 않지만 꽤나 못마땅해하는 눈초리가 그들에게 화살처럼 박혀온다. 하지만 자신들이 앉아서 설득을 해봐야 씨알도 안 먹힌다는 것을 이미 눈치를 챈 것인지 장로들은 두 사람에게 조용하게 한두 마디씩을 하고 자리를 뜨기 시작했다.

“맡기겠네.”

“부탁하네.”

“그럼.”

비슷비슷한 말이 계속 그들에게 들려온다.

과연 경하는 그런 그들의 심정을 이해하고 있는 걸까?

두 사람은 그렇지 않을 것이라고 자신도 모르게 생각하고 있을지도 모른다.

“후우— 시끄러워서 죽을 뻔했어. 여기 시유는 보이지도 않는지. 참나.”

“경하님.”

“미안. 마음이 급해서 그런 거니까 이해해 줘.”

“아무리 급하셔도.”

“그래도 멀리 간 건 아니잖아. 내가 돌아 다녀봤자 미메이라 내에서 다람쥐 쳇바퀴 돈 것뿐인걸. 두 사람 모두 내가 갔던 데를 하나하나 다 따라다녀서 알잖아.”

두 사람이 무슨 일을 했는지도 훤히 꿰뚫고 있는 경하가 왠지 미워지는 순간이다.

“그럼 저희들이 무슨 말을 할지도 아시겠군요.”

“그렇게 서 있지 말고 앉아.”

털썩 하고 경하가 자리에 주저앉았다.

“똑같은 소리만 계속 들었더니 머리가 다 마비되는 것 같아. 무슨 세뇌를 시키는 것도 아니고.”

경하는 가볍게 말하고 있었지만 분위기는 사뭇 무겁다.

“안 앉을 거야?”

꾹꾹 관자놀이를 눌러가며 지끈지끈하는 머리를 어떻게든 해보려는 경하에게 이리야는 아무 말 없이 정화술을 걸어주었다.

"이리야 노운. 가나리아스—"

화아— 하고 물의 기운이 경하의 머리를 쓸어 내린다.

"어? 새 주문이네?"

"그래. 나유의 수장 계승자 씨한테 배웠지. 어때?"

"좀 괜찮아졌어. 고마워."

히죽하고 경하가 이리야에게 웃어 보였다. 이리야는 그런 경하의 어깨를 툭툭 치고는 그의 옆에 주저앉았다.

"정말 그렇게 서 있을 거야? 나한테는 기엘이랑 로운이랑, 그리고 이리야밖에 아군이 없는걸. 머리를 맞대고 어떻게 해야 할지 고민을 해보자."

탁탁 하고 경하가 자신의 옆 자리를 가리켜 보였다.

"아아, 미안. 시유, 너도 앉아."

새초롬하게 경하의 뒤에 서 있던 시유가 그제서야 경하에게서 조금 떨어진 자리에 가 앉았다.

그런 시유를 뭐라 설명할 수 없는 표정으로 바라보던 기엘은 한숨을 내쉬었다.

"경하님."

"응, 앉으라니까."

"정말 돌아가려고 하시는 겁니까?"

"…응."

잠시 잠깐의 망설임.

그것을 기엘은 놓치지 않았다.

"꼭 돌아가셔야 합니까?"

"……"

"같은 말 자꾸 하게 하지 마. 알고 있잖아."

"저희와 함께 계시겠다고 약속하셨잖습니까."

"그런 뜻이 아니라는 거 알잖아."

왠지 기엘이 하는 말에 경하는 자꾸만 마음이 움츠러들었다.

태연한 척 이야기하고 있지만 심장이 떨려온다.

"그럼 우린 어떤 뜻을 받아들일 것이라고 생각한 거지?"

로운이 나직하게 가라앉은 목소리로 말했다.

"아니, 정식으로 말하지. 이런 내 태도도 네게는 다른 의미로 받아들여질 수도 있으니까."

말을 마치기 무섭게 로운이 그 자리에서 한쪽 무릎을 꿇고 경하를 향해 얼굴을 들었다.

"무슨 의미로 저희들이 받아들였으리라 생각하신 겁니까, 경하님?"

"왜, 왜 그래, 로운."

그의 옆에 기엘이 똑같은 포즈로 무릎을 꿇었다.

"둘 다 일어나. 왜 그래, 당황스럽게."

로운이 저런 말투로 나오면 꼭 무섭도록 진지해지는 걸 경하는 경험상 잘 알고 있었다.

"그러지 마. 나 부담스러워. 그리고 이미 처음에 왔을 때부터의 조건이라는 것 다른 어떤 사람보다 두 사람이 잘 알고 있잖아. 내가 내게 맡겨진 일을 해내면 돌려 보내준다고."

"이곳에서 있었던 일은… 모두 잊어버리시고요?"

그 말을 하는 기엘의 목소리가 떨리고 있다는 것을 그 자리에 있는 모든 사람은 피부로 느낄 수 있었다.

공기가 기엘의 마음을 반영하듯 떨리고 있었다.

"그런 게 아니라는 거 잘 알잖아."

두 사람의 태도는 변할 기미가 보이지 않는다.

"나는… 어떤 이유에선지 모르지만 또 왜 나인지도 모르겠지만 여하튼 이곳에 와서 많은 경험을 했어. 로운이랑 기엘도 만났고, 이리야도 만났고, 바람술이라는 것도 써보고, 바람의 주인인지 하는 내 분수에 넘치는 존재도 되었고, 내 손으로는 어찌할 수 없는 사람들 사이에 껴서 이런저런 일들을 당했었어. 잊으려고 해도 절대 잊지는 못할 거야. 특히 여기 있는 사람들은 말이야."

"그럼 부디 이곳에 남아주십시오, 경하님."

기엘이 고개를 숙인다.

"기엘."

은발을 길게 늘어뜨린 자신의 기사인 기엘을 바라보는 경하는 가슴이 메어오는 것을 느꼈다. 누구보다도 충실했던 사람이다.

"진심으로 부탁드립니다. 이곳에 남아주십시오."

기엘고 똑같은 마음으로 로운이 간청한다.

로운의 반말조가 훨씬 익숙한 경하이지만 저렇게 존칭을 써 자신에게 말을 해오는 모습 역시 그가 아는 로운이다.

"제가 부탁드려도 아니 되겠습니까?"

"나, 로운의 속 많이 썩였잖아. 내가 있으면 로운 얼마 못 살걸? 속 타서."

"경하님!!"

그런 두 기사를 보며 경하는 가슴 아픈 미소를 지어 보였다.

"여기 시유가 있어. 어려운 결정이지만 시유도 받아주었고, 나는 시유한테 내가 줄 수 있는 한 모든 힘을 줄 거야. 물론 세나케인까지는 어떻게 될지 장담은 못하겠지만… 그래도 시유는 좋은 수장이

될 거라고 생각해. 뭐, 로운이랑 기엘은 좋은 선생님이니까. 나를 가
르치는 것보다는 시유를 가르치는 건 더 쉽지 않겠어? 적어도 나처
럼 졸다가 의자에서 굴러 떨어지는 일은 없을 거 아니야.”

경하가 애써 농담을 해보지만 아무도 웃는 사람은 없었다.

그 무서우리만치 어색한 침묵 속에서 경하는 말을 이었다.

“시유는 아무것도 모르지만 적어도 나보다는 미메이라에 대해서
잘 알고 있잖아. 시유는 좋은 수장이 될 거야. 부탁해.”

“……”

“내 마지막 부탁이자…”

경하는 조심스럽게 단어를 골랐다. 두 사람에게 가장 잘 이해를
시킬 수 있고, 그리고 두 사람이 가장 거절하기 어려운 단어를.

“내 마지막 부탁이자 명령이야. 시유의 기사가 되어줘.”

“……!!”

“……!!”

“나를 옆에서 돌봐주고, 가르쳐 주고, 아껴주고… 계속 지켜준 것
처럼……”

단어 하나하나에 경하의 진심이 묻어 나온다.

그들은 자신을 위해 먹을 것을 구해오고, 바람술을 가르쳐 주고,
언제나 함께하고, 그리고 목숨을 바쳐 자신을 지켜주었다.

누가 뭐라 해도 그것은 진실 중의 진실.

“시유의 곁에서… 내게 해주었던 그대로……”

“…다.”

고개를 숙인 기엘의 입에서 흐느낌과 같은 소리가 흘러나온다.

“할 수 없습니다.”

“기엘…”

“할 수 없습니다. 절대로 할 수 없습니다. 경하님께 하던 그대로
라니, 절대로 할 수 없습니다.”

“기엘!!”

“저는 경하님 단 한 분의 기사입니다! 절대로 그 명령에 따를 수
없습니다!!”

고개 숙인 기엘의 목에서 울음 섞인 목소리가 피처럼 짙게 흘러
나왔다.

“절대로, 제 목에 칼을 대신다 해도 따를 수 없습니다!”

“기엘… 나, 나는.”

“제가 한 맹세는, 저희들이 한 맹세는 모두 경하님의 이름을 걸
고, 경하님 단 한 분을 위해 한 맹세입니다. 그 맹세를 깰 생각은
제 목숨을 모두 달라고 하셔도 할 수 없습니다. 절대로!”

“그러니까 내 부탁이라고 하잖아. 내가 하는 말은 그대로 믿어준
다고 했잖아. 응? 내가 하는 것은 다 믿어준다고 했잖아.”

“그래도 그것만큼은 할 수 없습니다!!”

목소리에 묻어 나오는 물기.

그 물기가 땅에 떨어지기도 전에 기엘은 거칠게 자신의 라이트를
뽑아 경하의 앞에서 깊이 바닥에 내리찍었다.

쿠웅— 하고 울리는 소리가, 쩌억— 하고 바닥이 갈라지는 소리
가 마치 기엘의 가슴에서 나는 상처 소리와도 같았다.

“그리 말씀하신다면 저는 기사로서 살아갈 수 없습니다.”

마지막 말은 정말로 울음에 뒤섞여 잘 들리지 않는다.

경하의 꼭 다문 입에서도 아무런 소리가 들리지 않는다.

쿠우웅—

어떻게 대답해야 할지 몰라 입을 다물고 있던 경하의 귀에 또 다

른 소리가 들려왔다.

"…로운?!"

다문 입에선 단어라 할 수 있는 아무것도 흘러나오지 않는다. 단지 로운은 기엘과 마찬가지로 그의 라이트를 뽑아 기엘과 나란히 바닥에 내리꽂았을 뿐이었다.

파르르 하고 라이트의 빛나는 검신이 흔들린다.

마치 경하의 마음이 흔들리는 것을 대변하듯.

"이곳에 머.물.러.주.십.시.오, 경하님."

로운은 한마디 한마디, 흔들리고 있는 그의 마음이 행여 흘러나올까 두려운 듯 천천히, 그리고 바닥에 깔릴 듯이 말했다.

"…안 돼."

"그 정도면 되었어. 두 사람이 저렇게 말하고 있어도 누구보다도 널 잘 알고 있는걸. 이해할 거야."

"아니야, 이리야……."

그때까지 어떻게 해서든 울먹이지 않으려고 노력하고 있던 경하는 더 이상 참을 수 없었다.

아무렇지도 않은 듯 말하려고 했었다.

적어도 이들에게만큼은.

"기엘, 로운, 나도 두 사람과 헤어지기 싫어. 내가 현실의 세계에 있었다면 두 사람 같은 사람은 절대로 만나지 못했을 거야. 이리야도 마찬가지야. 그러니까 헤어지기 싫어."

목소리는 또렷했지만 어느새 꼭 쥔 경하의 주먹 위에 물방울이 하나둘 떨어지고 있었다.

"하지만 나는 더 이상 이곳에 있을 수 없어. 느낄 수 있지 않아? 내가 이런 힘을 가지고 싶어서 가지게 된 건 아니지만, 내게는 세나케인이 있고, 헤메트가 있고, 하나르가 있고, 에사라까지 있어. 그게 무슨 의미인지 모르겠어?”

돌아가고 싶은 마음과 그렇지 않은 마음이 교차한다. 하지만 결국 선택의 여지는 없다.

경하는 그것을 너무나도 잘 알고 있었다.

차라리 어느 한쪽을 그저 선택할 수 있는 권리가 경하에게 주어졌다면 기친 듯이 고민을 했을지도 모른다. 하지만 그렇게 고민을 해볼 만한 여지도 경하에겐 주어져 있지 않았다.

어느 누가 가르쳐 준 것도 아니었지만 경하는 알고 있었던 것이다.

선택의 여지 따위 경하에게 허락된 단어가 아니었다.

차라리 고민을 할 수 있었으면 하고 경하는 간절히 바라고 또 바랬었다.

“내가 그런 능력을 가질 수 있는 건 이곳의 인간이 아니기 때문이야. 내가 이곳에 온 건 시안 단 한 사람의 의지도 아니고, 내 의지도 아니야. 내가 이곳에 불려온 것은 바람의 의지와 그것을 모두 포함하는 모두의 의지가 부른 거야. 아슈레이의 모든 생명이… 그러니까 기엘도, 로운도, 이리야도 그중의 하나야. 그리고 내가 할 일은 다 끝났어. 나는 이곳에 새로운 의지를 부여했고, 그건 내가 다른 세계의 인간이기 때문에 할 수 있는 일이었어. 그리고 난… 다른 세계의 인간이기 때문에 이곳에 머무를 수가 없어. 내가 원하더라도 이곳에 머무를 수가 없단 말이야.”

뚝뚝뚝.

눈물이 떨어진다.

“내가 이곳에 오래 있으면 오래 있을수록 어떤 영향을 미칠지 몰

라. 그러니까 난 돌아가야 해.”

“경하님……”

“내가 여기서 한 일은 모두 내가 아는 사람들을 위해 한 거야. 아슈레이를 위해서라는 거창한 이유 따위 난 사실 몰라. 로운이 여기에 존재하고, 기엘이 여기에 존재하고, 또 이리야가 존재하는 곳이기 때문이었을 뿐이야. 이기적이라고 해도 좋아. 하지만 그것만큼은 진실이야. 내 진심이라고.”

스윽— 하고 물기가 묻어나는 얼굴을 이리야의 손이 감쌌다.

“그만 해, 이제. 이 녀석도 힘들다고.”

“나는 진심으로 기엘과 로운과 이리야가 사는 세계를 지키고 싶었어.”

“그래그래, 무슨 말인지 알아. 그러니까 이제 그만 울어.”

“그러니까… 이젠 돌아가고 싶어……”

“그만 하라니까.”

“돌아가고 싶어……”

“알았어. 돌아가. 네가 원하는 대로 해줄게. 그만 울어. 네가 바라는 거라면 뭐든 해줄게. 그러기 위해 내가 살아 있는 거니까.”

눈물을 닦아주고 싶지만 왠지 경하의 얼굴을 가린 손은 움직이지 않는다. 이리야는 그냥 그렇게 경하의 얼굴을 가리고 서 있었다.

경하를 바라보고 있는 두 기사도 마찬가지였다.

“거기 두 폐업 기사 양반도 마찬가지지? 원하는 대로 해주자고. 그게 이 녀석에게 우리가 마지막으로 해줄 수 있는 가장 큰일이야. 이 녀석을 바라는 건 우리뿐만이 아니라구. 이 녀석에게도 가족이란 것이 있어. 우리의 이기심으로 이 녀석을 가족에게서 마음대로 떼놓을 권리 같은 것은 없어.”

이리랴의 입에서, 경하가 차마 하지 못했던 말까지 흘러나오자 순간 경하의 눈에서는 폭포수처럼 눈물이 쏟아져 나왔다. 마음에 담아둔 채 차마 하지 못했던 말, 그것이 눈물이 되어 흘러내리고 있었다.

손으로 가린 사이로 흘러나오는 눈물에 경하의 진심이 담겨 있었다.

닦아줄 수도 없는, 닦아낼 수도 없는 진실.

그 진실이 만들어내고 있는 침묵 속에서 네 사람은 한참 동안이나 그렇게 그 자리에 머물러 있었다.

＊　　　＊　　　＊

"대신관님께서 칩거하시고는 그대로 아무도 만나지 않으시겠다고 하셨으니. 참나."

"힘들어."

"그래."

경하의 앞에 그대로 자신들의 라이트를 내려놓은 두 남자는 어두운 밤, 대신전의 앞에서 높이 솟아 있는 대신전의 탑들을 바라보며 한숨을 내쉬고 있었다.

"설마 대신관님께서 마지막 걸림돌이 되실 줄은 몰랐어."

"그러게. 경하님도 알고 계셨던 게 아닐까 싶기도 하고."

"그렇지. 경하님을 돌려보낼 주문을 아시는 것은 대신관님뿐이니."

"어떻게 할까?"

"글쎄? 어떻게 하는 게 좋을까, 로운?"

“뭐….”

자신을 바라보는 기엘의 얼굴을 마주 보며 로운은 쓴웃음을 지었다.

바라는 것은 결국 하나뿐이다.

“쳐들어가야지 뭐.”

“역시 그렇겠지?”

두 사람은 서로 비슷한 얼굴을 하고 있었다.

“라이트를 빼놓고 온 거 잊었다.”

“왜? 협박이라도 하려고? 대신관님을?”

로운의 말에 기엘이 농담조로 이야기해 본다. 하지만 그 농담이 진담임을 두 사람은 잘 알고 있다.

정말로 협박이라도 할 생각을 두 사람은 모두 하고 있었던 것이다.

“필요하면 해야지.”

“응….”

“이걸로 미메이라에서 추방을 당한다고 해도 어쩔 수 없잖아.”

“그래.”

투욱투욱 하고 그들은 서로의 주먹을 마주 대었다.

예전에, 아주 오래전에 장난을 치려고 마음먹었을 때면 의례히 하던 행동이다.

“일이 끝나면 우리 술이나 한잔하러 가자고.”

“응. 아직 그 술집 멀쩡하겠지?”

“물론. 외상값도 있을지 몰라.”

후우— 하고 기엘은 하늘을 바라보았다.

어둑어둑한 하늘.

그 하늘에 떠 있는 구름 한 자락에 왠지 시선이 간다.

"신전 꼭대기 위에서 이미 기다리고 계시잖아. 더 이상 그곳에 있으면 추위로 고생하실 거야."

"그런 걱정은 안 해도 돼. 경하님은 건강하신걸."

"그럼… 이제 가볼까?"

"좋아."

서로의 어깨를 마주 대고 두 사람은 나란히, 신전의 입구로 걸어갔다.

굳게 닫혀 있는, 하지만 두 사람에게는 절대 닫혀 있을 수 없는 문으로.

＊　　　　＊　　　　＊

"결국 돌아가시는군요."

"말릴 수가 없었던 모양입니다, 두 사람 역시."

"말릴 수 있었다면 우리들에게도 가능했을 겁니다."

늙은 네 사람의 장로가 나란히 앉아 술잔을 기울이고 있었다.

"허허허허, 주문을 내주지 않으면 당장에라도 달려들 기세였다고 제가 말씀드렸습니까, 하라스다인 장로?"

"하하하하, 그 녀석이 그런 소리를 했다니, 혼쭐을 내야겠군요. 감히 대신관님 앞에서."

"이런, 그런 건 우리 아들의 전매특허인 줄 알았더니만 그게 아니었나 봅니다."

"기엘 녀석은 원래 얌전해 보이지만 화가 나면 집안에서 아무도 그 녀석을 말릴 수가 없었지요."

"그래, 시유님은 어떠십니까?"

"경하님과 아직까지 함께 계십니다."

대답은 시유의 아버지인 레이죠 장로의 입에서 나왔다.

"돌아오시면 처음부터 시작을 해야겠지요."

어느새 그의 시유에 대한 존칭은 조심스럽게 바뀌어져 있었다.

"두 사람이 모두 기사 직을 때려치우겠다고 했으니 그것도 문제군. 도대체 누굴 또…."

"그러게나 말입니다. 걱정이 이만저만이 아니에요."

네 사람은 조용히 술잔을 기울이며 신전 꼭대기에서부터 전해오는 생생한 파장을 그대로 느끼고 있었다.

조용히… 그 파장이 사라지는 순간을.

*　　　　*　　　　*

"고마워."

경하는 기엘이 내미는 얄팍한 양피지를 받아 들었다.

경하에게 내미는 기엘의 손이 눈에 띄게 떨리고 있다는 것을 경하는 알 수 있었지만 아무 말 하지 않았다.

대신 경하는 기엘의 손을 잡아 그대로 당겼다.

키가 큰 기엘의 턱 아래로 경하의 머리가 닿았다.

"처음이네, 내가 기엘한테 이러는 거."

"글쎄요, 경하님."

수차례. 기엘은 경하를 지키기 위해서 이렇게 경하를 감싸 안았던 적이 있었다.

"미안… 있어주지 못해서."

"아닙니다."

"정말 미안해."

토닥토닥하고 기엘은 경하의 어깨를 두들겼다.

두 번 다시 이런 행동은 할 수 없을 것이다.

"시유 잘 부탁해."

"그런 말씀은 하지 마십시오. 지킬 수 없을지도 모르니까요."

"고집쟁이."

"하하하."

기엘의 품을 벗어난 경하는 이리야에게 다가갔다.

이리야는 입꼬리를 올리고는 경하에게 장난을 치듯 말했다.

"괜찮으신가요, 아름다운 아가씨?"

"……."

순간 닭살이 두두둑 솟아나는 걸 경하는 참고 또 참았다.

"이리야, 끝까지 이럴 거야?"

"뭐, 마지막이잖아. 처음은 마지막처럼, 마지막은 처음처럼이랄까."

"농담은 관둬."

"잘 가라, 건강하고."

"응."

"고맙다."

꾸욱 하고 이리야가 경하의 손을 잡았다가 놓았다.

마지막으로 경하는 로운의 앞에 가서 섰다.

왠지 항상 기엘보다 로운 쪽이 어렵게 느껴졌던 것도 사실이다.

"로운."

스윽― 하고 로운의 손이 올라온다.

은색의 머리카락이 로운의 손에 닿았다.

"처음에 이렇게 한 건 로운이었는데…."

"그렇지."

문득 경하는 무엇인가 생각났는지 로운의 손에 있던 머리카락을 잡아당겼다.

그다지 힘을 쓰는 것 같지도 않았는데 경하의 손 안에 있는 머리카락이 순간 바람을 일으키며 길게 자라났다.

다음 순간 그 머리카락은 깔끔하게 잘리어 경하의 손에 남았다.

"이건 좀 유치한 거 같지만 난 이곳에 남기고 갈 수 있는 게 없으니까."

잘라낸 머리카락을 경하는 불쑥 로운에게 내밀었다.

"으음, 역시 유치한가."

짧아진 머리카락이 왠지 어색한 기분마저 들게 한다.

"아니, 고맙게 받지."

로운은 경하의 손에서 은색으로 반짝이는 머리카락을 받아 들었다.

"역시 로운은 그 말투가 좋아. 나한테 존대 같은 거 하면 로운 같지 않거든."

"그건 미안하군."

웃고 있지만 자신의 얼굴이 가면과도 같다는 것을 로운은 뼈저리게 느끼고 있었다.

"으음, 역시 머리카락은 너무 유치하다. 아! 그렇지. 그거 줘봐."

애써 로운이 받아 든 머리카락을 다시 받아 든 경하는 조용히 눈을 감고 들리지 않는 주문을 외웠다.

길게 긴 머리카락이 경하의 손에서 떠올라 넓게 팔을 벌리는 경하의 손과 손 사이에 길게 늘어섰다.

하나에서 둘로, 다시 셋으로 늘어가는 빛과 바람의 가닥.

그 사이로 은색과 금색, 붉은색과 푸른색의 빛이 쉴 새 없이 오가는 것이 그들의 눈에 환상적이게 비추어졌다.

오랜 시간이 걸리지 않아 그 빛은 수그러들고 그들의 앞에는 은색으로 찬란하게 빛나는 길쭉한 물건이 하나둘씩 나타났다.

"하나는 로운에게, 하나는 기엘에게… 그리고 이건 이리야에게."

경하의 손짓을 따라 길쭉한 물건이 하나씩 호명되어진 사람의 앞으로 바람에 실려 날아갔다.

"이건……."

눈앞에서 천천히 아래로 떨어지는 물건을 세 남자는 모두 동시에 받아 들었다.

그것은 은빛으로 반짝이는 검이었다.

"들었어. 라이트는 바람의 엘로 만들어지는 거라고. 뭐, 이건 네 가지의 힘을 모두 쓴 거니까 더 튼튼할 거야. 헤헤."

순간 검을 받아 든 세 남자는 말을 잃었다.

"어… 맘에 안 들어? 그, 그러니까."

"아닙니다. 감사할 따름입니다. 경하님, 정말 감사합니다."

기엘은 그 검을 받들고 경하에게 예를 취해 보였다.

"고마워."

"고맙군."

로운과 이리야도 같은 행동을 하며 경하에게 말을 건넨다.

"그러지 마. 내가 뭔가 대단한 거라도 준 거 같잖아. 아아, 로운. 기엘 좀 부탁해. 기사 폐업이니 뭐라고 해도… 로운의 말이라면 들어줄 거야."

"명심하지."

"자아, 그럼……."

천천히 경하는 뒷걸음질을 쳤다.

그 앞으로 바람의 엘이 귀환의 주문을 담은 양피지를 날려왔다.

두 손으로 그것을 받아 든 경하는 잠시, 아주 잠시 망설이다가 입을 열었다.

"돌아가면… 이곳의 일을 모두 기억할 수 없을지 몰라. 하지만……."

손에 들고 있던 양피지가 어느새 경하의 손 위에서 바람의 엘로 화했다.

"하지만 가능하다면, 이곳의 기억이 남아 있다면… 남아 있을 수 있는 거라면 절대로 잊지 않을 거야."

바람의 엘로 화한 양피지가 있던 자리에서부터 한 줄씩 두 줄씩 바람의 엘이 만들어져 사방으로 뻗어 나가기 시작했다.

"로운이랑 기엘도, 이리야도, 그리고 이곳도……."

경하의 말소리가 순간 바람 소리에 휘말려 가기 시작했다.

귓가를 울리는 목소리의 사이사이로 바람의 흐름이 시작되었다.

경하의 몸에서 시작된 굵은 빛줄기 하나가 순간 하늘 높이 치솟았다가 어디론가 멀리 사라졌다.

아마도 시유에게 가는 경하의 마지막 선물일지도 모른다.

그리고 그 뒤를 이어 4개의 신형이 동서남북 사방에 나타났다.

은빛으로 빛나는 바람의 세나케인이 남쪽에, 붉게 타오르고 있는 불꽃의 에사라가 서쪽에, 출렁이는 물과 같은 물의 헤메트가 북쪽에, 그리고 금색으로 반짝이는 대지의 하나르가 동쪽에 나타났다.

그 4개의 신형은 경하를 둘러싸고 마치 그를 보호하려는 듯 강력한 파장을 내뿜기 시작했다.

순수한 엘이 넘칠 듯이 경하를 바라보고 있는 사람들에게 밀려왔다.

그 파장은 그들뿐만 아니라 가까이 있는 모든 사람들이 느낄 수 있는 만큼 강력한 순수한 신들의 힘이 담겨 있는 것.

그 안에서 고요하게 서 있는 경하는 마치 태풍의 눈 한가운데에 있는 것 같았다.

눈에는 아직도 그를 배웅하는 남자들의 얼굴이 보인다.

"…절대로 잊지 않을게."

소리 대신 마음에서 마음으로 전해지는 경하의 인사말이 들려온다.

"그리고 고마워, 케인. 너도 절대 잊지 못할 거야. 바람의… 세나케인."

그리그 경하가 눈을 감는 순간.

경하가 서 있는 곳에서부터 소용돌이와도 같은 바람이 하늘로 높이 치솟아올랐다.

눈을 뜰 수 없을 정도의 강력한 바람이었지만 경하를 배웅하는 세 남자의 눈에는 경하의 마지막 모습이 똑똑히 비추어지고 있었다.

은백색의 머리카락이 천천히 검은색으로 변해가는 것이 그들의 눈에 들어왔다.

그리고 그것이 완전히 어두운 색으로 변하는 순간… 사방을 둘러

싸고 있던 4개의 빛이 동시에 경하의 뒤를 따르듯 하늘로 높이 솟
아올랐다가 동서남북 사방으로 곧장 퍼져 나갔다.

바람이 잦아들고 있었다.
눈을 뜰 수도 없을 만큼 강력하게 불어 올라가던 소용돌이는 멈
추고 그 바람이 치솟아 올라간 하늘 위에서는 양피지 한 장만이 그
대로 고요히 바닥으로 내려앉고 있었다.
그것을 제일 먼저 집어 든 것은 로운이었다.
"남은 것은 결국 이것뿐이군."
그는 조용히 양피지를 말아서 그의 뒤에 다가온 기엘에게 건넸
다.
"이건… 네가 가지고 있어."
"로운……."
"그런 얼굴 하지 마. 그 녀석이 걱정할 거다."
"……."
"내려가자."
"조금만, 조금만 더 있다 갈게."
얼굴을 들지 않는 친우의 어깨를 로운이 천천히 감싸 안는다.
"그래."
"조금만 더 있다가…."
"그래…."
"더 있다가……."
기엘의 얼굴이 닿아 있는 어깨가 어느새 뜨겁게 젖어오고 있다는
것을 로운은 느낄 수 있었다.
"그래. 조금 더 있다가 가자."

그대로 로운은 한 발자국도 움직이지 않았다.

그들을 바라보고 있는 이리야 역시 그곳에서 멍하니 하늘을 바라보고 있었다.

"조금 더 있다가… 이 바람이 잦아들면 그때 내려가자, 기엘."

바람이, 경하가 남기고 간 바람이 그 젖은 어깨를 모두 마르게 할 때까지.

오래도록 그렇게 그들은 그 자리에서 경하가 남기고 간 바람 속에 서 있었다.

*   *   *

"정신이 드니, 경하야?"

"어……."

"여보! 여보!! 경하가 정신이 드나 봐요!!"

"경하야!"

익숙하지만 왠지 낯선 목소리가 들려왔다.

경하는 잘 떠지지 않는 눈을 억지로 힘들게 떴다.

"경하야……."

"……."

잠깐, 아주 잠깐 흐릿하게 비치던 시야가 다음 순간 맑아진다.

그 시선 안으로 익숙한 얼굴들이 하나둘씩 들어찼다.

"기엘? 로운?"

"경하야!!"

뜻 모를 단어들이 아들의 입에서 흘러나오자 울먹이던 여인의 목소리가 순간 경하의 이름을 불렀다.

“아, 엄마… 아빠.”

“그래! 엄마다! 정신이 들어? 응?”

순간 경하는 자신이 부른 이름의 주인공들은 더 이상 그의 앞에 나타나지 않는다는 사실을 뼈저리게 느낄 수 있었다.

“괜찮아, 엄마. 나….”

“그래. 정신이 들어서 다행이다. 흐흑.”

흐느끼는 울음소리가 하나둘씩 늘어간다.

하나는 어머니, 또 다른 두 개는 누나들의 울음소리다.

그리고 또 하나 마음속에서 들려오는 울음소리가 경하의 심장을 아프도록 죄어왔다.

‘그래. 돌아왔어.’

주르륵

눈가로 눈물이 흘러내린다.

‘돌아왔어. 잊어버리지 않고.’

“어디 아프니? 응?”

“아, 아니야, 엄마. 괜찮아.”

얼굴을 쓰다듬는 손길에 경하는 따스함을 느꼈다.

“형은?”

“네 형은 금방 도착할 거다.”

아버지의 목소리가 들려오고, 그리고 그 뒤로 누나들의 울음소리가 섞인 목소리가 들려온다.

“야이 X할 녀석!! 이 누나들은 안 찾고 경원이만 찾아!! 나쁜 녀석!”

그러고는 다시 통곡하는 소리.

그 소리를 들으며 경하는 웃음을 지을 수밖에 없었다.

"미안, 큰누나."

감각이 하나둘씩, 손가락 끝에서부터 살아나기 시작했다.

그리고 경하는 눈을 깜박이며 자리에서 일어났다.

"엄마, 울지 마. 난 괜찮으니까."

"그래그래, 내 새끼."

자신을 안고 울음을 터뜨리는 어머니를 안고 경하는 식구들에게 미소를 지어 보였다.

'정말로 잊지 않고 돌아왔어.'

눈물과 뒤섞인 웃음소리가 경하도 모르게 그의 입에서 새어 나왔다.

'잊지 않고……'

후일.

신문에는 작은 기사가 났다.

관악산 기슭에서 실종되었던 고등학생이 한 달 만에 아무런 이상 없이 관악산 등산로에서 발견되었다는 기사였다. 단지 이상이 있다면 한 달 동안의 기억이 전혀 없다는 것뿐.

무사히 가족의 품으로 돌아왔다는 기사는 그저 그런, 신문의 작은 귀퉁이를 장식하는 평범한 기사였을 뿐, 그 안에 담겨 있는 것이 얼마만큼의 무게를 가지고 있는지는 아무도 알 수 없었다.

오직 그 주인공인 경하 한 사람을 제외하고는…….

The Wind of Ashurei

"아직이냐?"

"몰라! 입 좀 다물고 있어. 왜 따라와서 난리야."

"시끄러, 이 녀석!"

콰앙— 하고 머리가 지이이이잉 울린다.

"왜 때리는데!!"

"이 형님이 특별히 시간을 내서 함께 발표를 봐주러 왔는데 왜 난리야, 난리는?"

"쪽팔리잖아!! 누가 이런 걸 이렇게 직접 보러 오냐?"

"넌 옆에 잔뜩 깔려 있는 사람들이 눈에도 안 보이냐? 멍청이."

"누가 멍청인데!!"

"멍청이지. 그렇게 이 형님이 과외를 시켜줬는데 기껏 온 게 여기냐?"

"그래! 나 머리 나빠. 어쩔래!!"

"흥이다, 흥."

차가운 바람이 옷깃을 스치고 지나갔다.

로비의 거대한 유리문은 닫혀 있었지만 그래도 찬바람은 곳곳으로 스며들고 있다.

"쳇, 이런 건 전화로 문의하면 되는데."

"시끄러워. 직접 와서 보는 것도 공부가 되는 거야."

오래 기다리지 않아 학생으로 보이는 남자 두 명이 길고 긴 명단을 가져와 게시판에 붙이는 게 보였다.

"어? 나왔다."

누군가가 하는 말에 우루루루루 하고 사람들이 일제히 그 자리로 몰려갔다.

정말로 전화 한 통, 컴퓨터에다가 마우스로 클릭 한 번만 해도 되는 세상이건만 직접 자신의 눈으로 합격 발표를 보러 오는 사람은 아직도 많은 모양이다.

"우어~ 사람 정말 많다."

"너, 여기 있어!"

그 말을 마치자마자 경하의 형인 경원이 그 사람들 사이로 요리조리 잘도 파고들며 사라져 버렸다.

"하이고, 행동은 되게 빨라요."

말은 그렇게 하지만 경하의 얼굴은 웃고 있었다.

사실 여기까지 같이 와준 형이 고맙기는 고마웠기 때문이다.

'물론 형한테는 입이 삐뚤어져도 고맙다는 소리는 안 하지. 훗훗.'

나름대로는 소신있게, 그리고 자신있게 지원한 학교이고 과이지만 합격 발표라는 것은 심장을 떨리게 하는 것임에는 틀림이 없기 때문이다.

한 달 간의 기억이 없는—사실은 아니지만—경하를 하나부터 열까지 일일이 책상에 불러 앉혀서 공부를 시킨 건 다름 아닌 저 극성맞은 형이었다.

그것을 고맙게 생각하는 마음은 사실 가득하지만 왠지 형에게는 그 고맙다는 말 한마디가 잘 안 나온다.

"후우, 춥기는 춥네."

합격 발표가 나는 날이지만 로비에는 온기라고는 조금도 없다.

사람들은 모조리 앞으로 몰려가고 뒤에 남아 있는 것은 경하처럼 남겨진 수험생들뿐.

모두들 소심해서인지 엉거주춤 발끝을 들고 멀리를 바라볼 뿐이다.

주위 몇 미터 안에는 아무도 없는 이른바 군중 속의 고독이랄까?

'헤에… 시간이 걸리네.'

고개를 갸우뚱하다 말고 경하는 씨익 입꼬리를 올리며 미소를 지었다.

살짝 눈을 감고 경하는 그 자리에서 그대로 고개를 들었다.

바닥에서부터 사람들이 걸어다니는 진동이 전해져 오고, 웅성웅성하는 소리가 귓가에 들려왔다.

그 사이에서 경하는 고요하게 공기가 움직이는 소리를 찾아내었다.

쉬이이이— 또는 쏴아아아아— 하는, 때로는 휘이이이— 하는 바람 소리들이 하나둘씩 다른 소리들 대신에 경하의 귀에 들려오고 있었다.

처음에는 흐릿했지만 점점 경하의 귀에는 오로지 공기가 움직이
는 소리, 바람이 만들어내는 소리만이 들려오기 시작했다.

'그래, 이것만은 남았구나.'

현실에서는 한 달 간의 시간, 그러나 경하가 보낸 그 실제의 시간
동안 보고 듣고 느꼈던 것은 지금도 눈에 선할 정도.

그것은 지금 이렇게 문득 바람의 소리를 듣고 있을 때마다 다시
눈앞에 떠오르곤 한다.

바람의 소리를 듣는 것이 하나의 능력이라면 현실로 돌아온 경하
에겐 그 능력이 그대로 남아 있었다.

바로 그 아슈레이의 기억과 함께.

'잊지 않아서 정말 다행이야.'

뻐억—!

"야!! 왜 멀쩡히 서서 백일몽은 백일몽이냐?"

"우윽, 아프잖아!! 이 바보 형아!!"

언제 나타났는지 멍하게 서서 바람 소리를 듣던 경하의 뒤통수를
있는 힘껏 후려친 경원이 경하를 노려보고 있었다.

"왜 때려!!"

"정신 놓고 있으니까 그렇지. 쯧."

그러면서 경원은 다시 한 번 경하의 어깨를 투욱 쳤다.

"가자!!"

"어딜!"

"어디긴! 합격증 받으러 가자니까."

"에?"

"붙었어, 임마!!"

활짝— 하고 웃는 형의 얼굴이 경하를 바라본다.

"정말?"

"그래!!"

"진짜지?"

"이 형한테 고마워해!! 너한테 한 과외 남한테 해줬으면 지금쯤 난 부자되었을 거다."

"에에, 쩨쩨하다. 동생한테 과외해 줘놓고. 대신 엄마가 이런 거 저런 거 많이 사준 거 다 알아!!"

"시끄러, 임마!!"

다시 퍼억— 하고 경하의 등을 친다.

"안 떨어지고 붙은 것도 다행으로 알아!! 그나마 1차는 떨어져서 내가 얼마나 죽도록 혼났는 줄 알아?"

"헤헤헤헤."

저절로 웃음이 나오는 것은 어쩔 수 없다.

경하는 그렇게 헤실헤실 웃으며 형의 손에 질질 끌려갔다.

"그만 웃어, 임마. 누가 너 보면 바보라고 하겠다."

"헤헤헤헤."

귓가에는 드물게 들으려 노력하지도 않은 바람 소리가 들려오고 있었다.

"아니, 아무것도 아니야."

"웃지 마!!"

"히히히, 형."

"왜?!"

"고마워."

"……."

“히히.”

“에라이!!”

파악— 하고 경원이 달려들어 경하의 목을 졸랐다.

“그걸 인제 알았냐!!”

“으아아악! 아파, 아파, 아파—!”

파다다닥 하며 경하는 힘들게 경원의 팔에서 벗어났다.

그리고는 냅다 형을 한 대 치고는 도망을 치기 시작했다.

“아프잖아!!”

“시끄러워, 이 녀석!!”

경하의 형이 두 손을 번쩍 치켜들고 쫓아갔다.

얼굴에 닥쳐오는 바람은 차가웠지만 경하는 마냥 신이 나서 내달렸다.

그 뒤로 어느 누구의 눈에도 보이지는 않지만 몇 줄기의 바람이 따라가고 있었다.

마치 따라가는 것이 그들의 주인인 것마냥.

스쳐 지나가는 바람을 또 한줄기 불러들이며……

〈8권 끝〉

아슈레이의 여행을 마치며……

길고 긴 시간이었습니다.
정말로요.
마지막 장이 사실 제일 시간이 오래 걸렸습니다. 정말 마지막이라서 그랬는지….
사실은 밤을 꼴딱꼴딱 새고 이 후기를 쓰고 있습니다.
이 후기를 쓰고 있으니 정말로 끝까지 썼구나 하는 생각이 드네요. 물론 마지막의 감동은 이 글이 인쇄되어 나오는 그 순간이겠습니다만.

멋도 모르고 뛰어든 판타지의 세계. 정말 저에게는 처음으로 다가온 환상적인 세계였습니다.
물론 그만큼 고생(?)도 많이 했습니다.
…막판에 시안을 뭐 하러 살려냈냐는 비난 아닌 비난도 좀 받았지만 후후후후, 어쩌겠습니까? 원래부터 그렇게 하리라 마음먹고 있었으니 곱게곱게 살려줄밖에요.
저와 이 아슈레이의 주인공들은, 그러니까 대략 1년 반 정도 함께해 왔습니다.
여러분들이 경하와 로운이랑 기엘 등을 만나기 한 6개월 이전부터 말입니다.
무던히도 제 속을 썩였던 주인공들입니다만 그래도 이렇게 끝까지 함께 무사히 마감이라는 다리를 건너오게 되어 아주 기쁩니다.
물론, 이 친구들 말고도 저와 함께 동거동락을 하시는 마감 전사님이라던가, 제가 혹시나 굶을까 싶어 바리바리 먹을거리를 싸주시며 열심히 해라라고 말씀해 주신 어머니, 그리고 글 쓰는 게 재미있냐? 며 힘들어하는 제게 가끔씩 격려 아닌 격려를 해주신 아버지께 감사할 따름입니다.
힘이 무지하게 들다가도 아버지께서 글 쓰는 게 재미있냐고 물어주시면 자신도 모르게 '네' 하고 대답을 하는 스스로가 놀라웠고, 그리고 그때 다시 힘이 솟아나곤 했습니다.
마감이냐? 라고 물어주시던 아버지 얼굴은 지금도 눈에 선하네요.
물론, 귀에서 떨어지지 않는 단어도 있습니다.

"원고 주세요!"
"원고 주세요!"
"오늘은 꼭 주셔야 해요."

아슈레이는 두 분의 기자님 덕택으로 쓰여지기도 했습니다.
허 모 기자님과 권 모 기자님, 속 썩여드려 죄송합니다(꾸벅).
앞으로는 착한 작가가… 쿨럭쿨럭 돼보겠습니다.
마지막으로 함께 이 글을 끝까지 읽어주신 모든 독자 분들과 이 책을 만들어주신 모든 청어람 식구 분들과 사장님께 감사의 말씀을 드립니다.

정말 감―사합니다.

2002년 2월 27일 아침
김우인 드림

아슈레이 세계

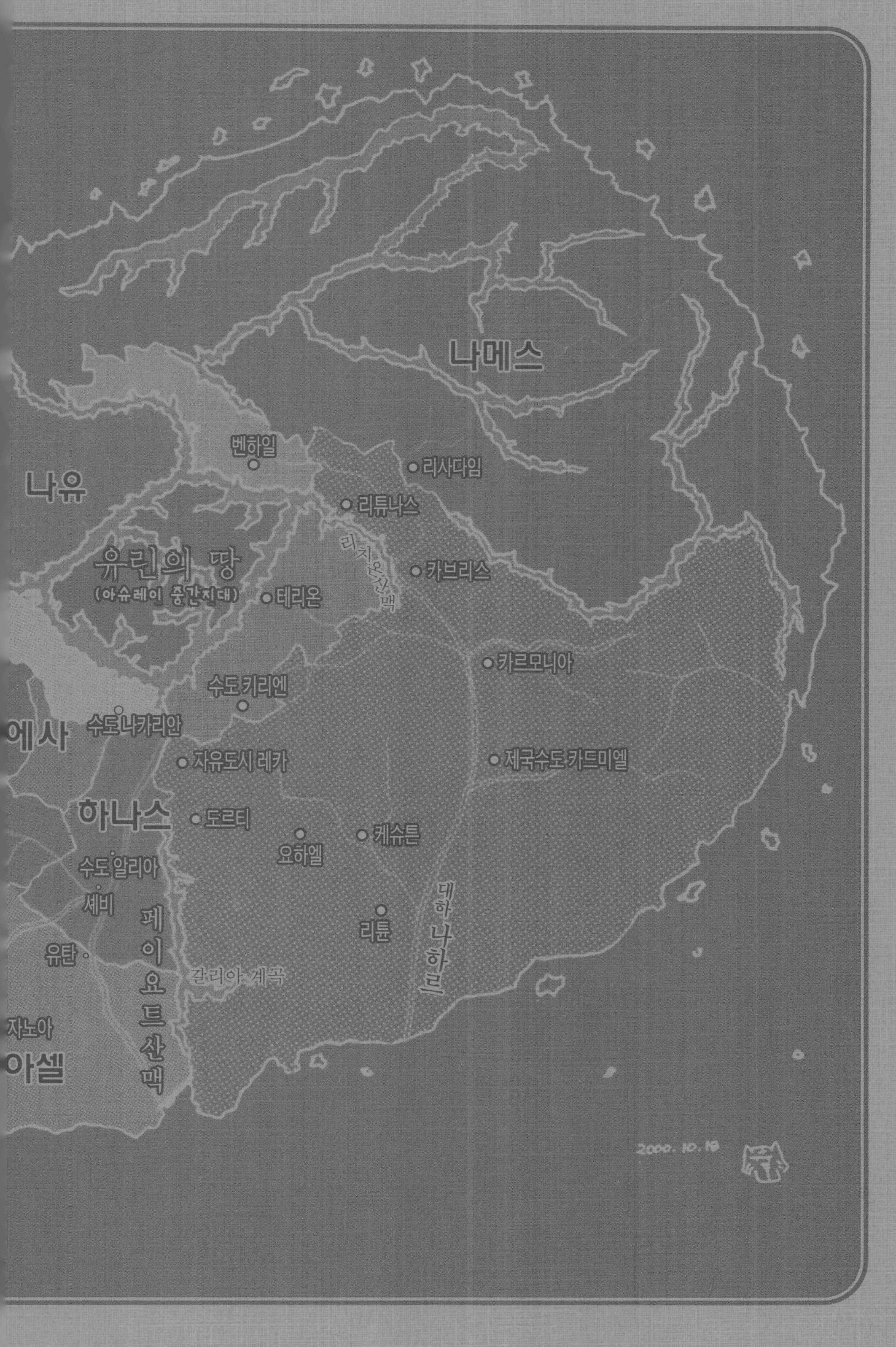

나메스
나유
벤항일
리사다임
리튜나스
유린의 땅
(아슈레이 중간지대)
리치온산맥
카브리스
테리온
카르모니아
수도키리엔
에사
수도나카리안
자유도시레카
제국수도카드미엘
하나스
도르티
케슈튼
수도알리아
요하엘
셰비
페이요트산맥
대하나하르
유탄
리튠
자노아
아셀
갈리아 계곡
2000. 10. 18